黄河口草语

郭立泉 —— 著

山东文艺出版社

图书在版编目（CIP）数据

黄河口草语 / 郭立泉著. -- 济南：山东文艺出版社, 2025.1. -- ISBN 978-7-5329-7282-1

Ⅰ. I267

中国国家版本馆 CIP 数据核字第 2025DK6274 号

黄河口草语
HUANGHEKOU CAOYU

郭立泉 著

主管单位	山东出版传媒股份有限公司
出版发行	山东文艺出版社
社　　址	山东省济南市英雄山路 189 号
邮　　编	250002
网　　址	www.sdwypress.com

读者服务	0531-82098776（总编室）
	0531-82098775（市场营销部）
电子邮箱	sdwy@sdpress.com.cn

印　　刷	山东新华印务有限公司
开　　本	880 毫米 ×1230 毫米　1/32
印　　张	10.75
字　　数	225 千
版　　次	2025 年 1 月第 1 版
印　　次	2025 年 1 月第 1 次印刷
书　　号	ISBN 978-7-5329-7282-1
定　　价	69.00 元

版权专有，侵权必究。如有图书质量问题，请与出版社联系调换。

我甫一降临，

就陷入了野草温情的重围之中。

——郭立泉

序言

沿着草木的叶脉回乡

鸟鸣越来越高,越来越接近生命的云端。

有些虫子蛰伏在草丛深处的暗堡。一颗露珠抖落到地下的同时,我听到了梦起床的声音。在这片土地之上,再过一会儿,我的太阳将如约归来。

爷爷说,人生一世,草木一秋。我知道,人活着,草木也活着,尽管不一个活法,但都是从生到死,春花绚烂,秋叶静美。每一墩野菜都有灵,每一株野草都有魂。厚地高天,每一种生灵的萌发和生长都值得关注;怡红快绿,每一次生命的呼喊和律动都令人敬畏。

因为生来的野性子,它们不需要人来播种浇水、施肥灭虫。它们栉风沐雨,依照时令,快活地生长在贫瘠的黄河口,达观地枯荣在拥挤的河子西。

站在后桥村张子峰的苹果园边,我看着一群群麻雀从头顶上飞过。草木葱茏,苹果好闻的气息越来越浓,越来越香。"家,家,家家！"喜鹊的祈祷从果园深处传来。

如今，几十年过去了，从童年的河子西启程的婆婆丁花絮一直飞呀飞，飞呀飞，飞到我饱经沧桑的额头上。

我从黄河口的荒原上走过，从稚嫩走到成熟，从黑发走向苍颜。这些千姿百态的草，这些五颜六色的花，始终让我牵挂着、怜爱着。

我啥也没穿，跟着爷爷到河子西。爷爷说，后来，我就长在了河子西，就像那些野草野菜一样，拔不动脚。从枝叶上，从形色上，它们想长成什么样儿就长成什么样儿，想要啥颜色就要啥颜色，有的青春靓丽，有的激情飞扬，有的成熟含蓄，有的缠绵悱恻。它们盛衰有时，四季有序。春天，轻柔而绚烂；夏天，蓬勃而刚强；秋天，静美而深沉；冬天，内敛而苍茫。一天又一天，我的乡愁在地下延伸。那些草木的根系所及，便是我隐秘的快乐所及。草桥沟两岸那些植物们，春华秋实，凡能吃的，我都采来填充过空空的胃囊。它们养育着我的身体，抚慰着我的灵魂，那么纯粹，又那么多情，食之有日，回味无穷。

慢慢地，我和这些草木就长在了一起。《黄河口的庄稼》"收割"完了，以笔为犁，走马河子西，打开这扇自然之门，让黄河口的草木次第登场。是的，为黄河口的草木立传，记录植物天生的丽质，感恩草木歉年的善举，展现花瓣迷人的粉蕊，梳理叶片细致的文脉，刨根，问底，品尝那些或举在枝头、或掩在藤蔓、或钻进土里的各种各样的果实，我认为，这是一件快乐无比且功德自在的事情。

春天的繁茂终究要到来，尽管走向荣华的路漫长而凶险，但没有哪一株草木因为惧怕倒春寒而放弃生长。

明朝时，《菊逸说》这样赞美植物世界之美妙多姿："草木之品在花，桃花于春，菊花于秋，莲花于夏，梅花于冬。四时之花，臭色高下不齐，其配于人也亦然。潘岳似桃，陶元亮似菊，周元公似莲，林和靖似梅……"

解读大地上的每一株植物，走进植物的每一个内心城堡，或许我会得到生命葱绿的密码。

"土生万物，地载群伦。"地球上本没有"农作物"这种东西，它们都是从野生植物驯化而来的，是某种石破天惊的进化转化而来的。在此之前，植物是这个世界上绿色生命的先驱，荒芜地球上最初的占领者，宇宙意志的绿色信使，大地道德的楷模。

花开半夏的时节，各种草木开始发力，在河子西的大地上争奇斗艳。不觉之间就想起这个越琢磨越可爱的字——"艳"。象形字"丰"的本义就是草木枝叶繁茂，再加上个"色"，组成了"艳"这个会意字，意指美丽的颜色。草木争艳，我首先想到的是河子西那起起伏伏的满沟植物，那是唯美动人的爱情大片；滚滚红尘，作为草木之人的我，何其有幸醉舞在如此美艳多姿的草木丛中。

青春期以前，关于生命的来源，曾经是深深困扰着我和伙伴们的一大问题。小学三年级的一个下雨天，我放了"雨假"，社员们也不用到田地里去拼命劳作。家家户户分了几十斤花生，要剥出成色好的花生仁交回生产队，再进入城里人的餐桌；剩下点秕子，留给农户改善一下生活。我们全家围着锅台，一边咔吧咔吧地剥着花生，一边在雨声中拉家常，气氛难得地好。我们看着父母的脸色，咽着口水，大着胆子往嘴里扔一两颗"秕花生"。不知怎么，那个话题又被我提了出来。这次，我不再是在河子西的地瓜沟里捡来的了，而是在村西井台子上的那一棵最高的蓖麻下捡来的。井台子上的蓖麻年年种，年年绿。一直到上了高中，我还不止一次地在村西驻足，绕着那棵蓖麻看。那片庄稼里，蓖麻是长得最高大的，而且那棵蓖麻周围的蔓蔓子草、谷莠子、曲曲菜又是那么茂密。我对这弥散着青草香的出生地非常满意。

千万年来，是草木养育了我们，又是草木丰润了我们的灵魂。每个黄河口的人都得到了草木绿色的护佑。草木在发芽，我也在故乡大地温厚的养育中一年年长大。

现在，我穿行在河子西的草木中，沿着一篇篇植物散文溯游而上。从博物学的角度讲，我采撷到了青枝绿叶、红蕊香瓣。虽描摹得不尽准确，但我的意图非常明确——我要沿着草木的叶脉回乡。或许，这是我最佳的回归路径，这条路上竟然有那么多闻所未闻、见所未见的好东西。这是我此生不可多得的销魂的"艳遇"。

"烟暖土膏民气动，一犁新雨破春耕。"自然界中最能供养生民万物的就是这些植物了。正像爷爷说的，亘古凡间，草木维系；荒可救饥，病则疗疾；斯物恩德，永当铭记。

——这本书是我和黄河口草木鲜活的对话录，也是故乡安排我写的第二本黄河口生态散文集,为黄河口的草木立传,为亲爱的读者打开一本绿色的生态册页,丰润葳蕤,千姿百态。这本《黄河口草语》,是草木物语,是天地对话的窃窃私语,也是我和故乡草木的恋语。

只不过,这场对话中,人类不是高高在上的,我和草木平起平坐,互诉衷肠。

我知道草木在望着我。

每一株植物对我而言都是一部心灵史。那些鲜活的、沉静的,翠绿的、鲜红的,明丽的、黯弱的,深邃的、浅淡的,峥嵘的、柔美的草木,豆子般散落于河子西的原野上,或昂着首,或勾着头,款款向我的笔底走来。

我用笔来重现这些草木的时候,有种奇怪的感觉:时时觉得右手握着的不是一支笔,而是一株河子西的植物。我写着写着,它就长出了叶子,开出了花朵,渗出了青青的草汁。此时的我也是黄河口的一株植物,专心致志只做一件事——开花、结果,虽然卑微,却很充实。我的那些野草野菜啊!它们大面积地消失,被城市化进程所淹没、所遮蔽,连名字都变得越来越陌生。我在这里,把黄河口植物芳香的名字铺陈一部分:

曲曲菜、黄蓿菜、水蓬花、婆婆丁、益母草、灰灰菜、扫帚菜、车前子、蓇葖苗、青青菜、苦苦菜、老鸹瓢、茶棵子、谷莠子、吐噜酸、节节草、洋茄子、蚂蚱菜、拉拉秧、商陆、荠菜、茅烟、荻子、香蒲、蓼香豆、老鸹枕头……

我的这些乡邻听说我要写它们,像着了魔法,枝叶婆娑,拖着泥土，捧着露珠，蜂拥而来。

所有的颜色都撩人，所有的气味都亲切。

我喜欢河子西的味道，那是初春的草茎被折断后所释放出的生命汁水的味道，是夏天的阵雨打在沙土路上的味道，是秋天庄稼被成片放倒摊开身子和秋风缱绻的味道，也是冬天枯草在寒风中鸣叫的味道。

青草的味道带我回家，村路带我回家。爷爷常说自己是草木之人。人生一世，草木一秋，在这片土地上，谁又不是呢？人吃草长大，与草为伴，随草埋没。人就是草，草就是人；人是能移动的草，草是扎了根的人。

那些青草伸出青葱的手掌，呼喊着我，拥抱着我，喊得我鼻子发酸，抱得我激动莫名。每每我想回乡，草木就是玉立在村头永远不老的熟稔的"路标"。

阳光下，蓇子苗见我走来，争相举起粉红色的花盏。

拐过草洼子桥，草桥沟里高挑着的，是那满沟俊朗健硕的香蒲组成的旗阵。

野菊花慎重地打开紫色的头巾，在风中欲言又止。

苍子棵密匝匝的球果急切地爬满枝头，以集结的队形，展现一嘟噜一嘟噜的诗篇。

过了季家屋子村，下了大公路，一脚蹚到小草上，路两边有益母草和小媳妇喝酒（地黄），一股母性的温馨弥散在空气中。

在西大井，我遏制不住长成一株芦苇的冲动，老鸹瓢纤细的藤蔓缠上我的秃顶，欢谑地开出一串串粉白的小花。

一窝窝的青青菜张着密密的锯齿,每让雨淋一遍,身子就往上蹿一截。盛夏时节,它们的个头已和我一样高了。数不清的野蜜蜂正围着毛茸茸的花顶,嗡嗡嘤嘤,轰也轰不走。

月光填满了玉米地,也填满了草桥沟。水蓬花一袭素裙,静等朝霞重生。在朦胧的夜色下,它的神性反而欲盖弥彰——我坚信,河子西青青的草地上刚刚有天使降临!

在荷尔蒙充盈的那些年,我就和这些葱茏的"路标"一起拔节、生长。

这世上,最具美德的是这些土里长出来的东西。就是它们,在饥馑的年代里拯救了黄河口千千万万的生命。

这些葳蕤在生命中的草木,是我心中芳颜永驻的少女,嫩枝扶风,暗香盈袖。我要为它们立传,我要为它们歌唱。

爱情多美好,草木就有多美好。我和小芹他们一天天在草桥沟转悠,春天拔菰荻,夏天刨菜根,秋天摘野果,冬天翻地瓜。那些草木,那些隐藏在草丛中的野瓜野果,带给我难以言说的快乐!

退休后去做一个小小的"庄园主",这曾是我和几位同学好友很向往的事情,地点我都选好了,就在草桥沟边上的河子西。我要亲手栽下一片林子,种上几亩庄稼,并涵养一地的草木,让它们自生自灭、共生共荣。

探索美的真谛,追寻生命的历程,从一株野草开始。在田野中坐定,望着一坡的草木半天不动,相看两不厌。那些流畅的枝条,那些奔放的叶片,不管以气胜的还是以韵长的,都是我成长的模范。旭日东升,看每一棵野草野菜都在阳光下打开自己,长出自己的体形和香味。"多向精气神里看,少从口眼鼻上认",一直看到草木纹理细处的美、人间感人至深的善。

在追寻中,我看到了大地的力量,感受到了水的润泽。每一棵草木都在追慕阳光,而我,独爱阳光横陈的河子西——此地甚好!

河子西,是个与理想密切相关的词。

在沿着草木的叶脉回乡的途中,我曾有过许多美好的想法。但理想很丰满,现实很骨感。前行的路上会有太多意想不到的阻碍,有些问题能够解决,有些问题是我无法解决的,比如身体。史铁生是我从高中时就最喜欢的作家。因为同病相怜,他的《我与地坛》成了我读得最多的文章。虽然才情和格局无法和他相比,但他对人生深邃的理解、对生命意志的磨炼,永远是我仰望、学习的高标。现在至少有一点我和他是一样的——不是在医院就是在去医院的路上。我的职业是生病,业余是写作,不然这本书两年之前就问世了,草桥沟边上的那个窝棚也早就搭起来了。

中国人历来有一种浓厚的乡土观念。大半个中国都流传着关于"老家是哪里"的歌谣。"问我祖先来何处,山西洪洞大槐树。"一首短短的歌谣让千千万万的人对一棵大槐树产生了一种原乡的亲近感。

自从我们村被拆迁后,我便成了一个无家可归的人。只有到了传统上坟的日子,原先同住一村的人才在坟地里短暂相聚,唏嘘着哭上一阵子，又四散而去。

无家可归的感觉越浓，就越想家，越想回家。"你说你要回家去，死也要埋进那黄土里……"

每一株草木都是我生命的"支撑"。没有人知道草木生长之乐，也没有人知道反刍草木深处那些温柔记忆有着怎样隐秘的快乐，更没有人知道河子西那些生灵的快乐——地猴子偷起豆种来不分白天黑夜；刺猬知道害羞，晚上躲进草窝里谈恋爱；长虫则不管不顾，光天化日之下就开始"盘辫子"，让我既害怕又好奇……无数个白天和黑夜，我和一沟草木耳鬓厮磨，和一沟绿水卿卿我我。阳光普照，天地大美，我和水蓬花的情事秘不可宣……

《黄河口草语》是"黄河口生态系列散文"中的第二部。这本书是否做到了"百草丰茂"，得交由读者去评判了。

优秀的自然文学写作者更应是优秀的博物学家和人间大爱的承载者，应当具有与万物"同生同在"的共鸣意识和悲悯情怀，"天地与我并生，而万物与我为一"。虽然我的生物学知识和人生阅历都会影响到这本《黄河口草语》应有的水平和视野，但这些草木天然的美丽弥补了我才情的不足。天地之间，没有比草芥更平凡更卑微的，但也没有比草芥更昂扬更恣肆的。我就像对黄河口的草木情有独钟的食草动物，一生对这些汁水丰盈的野草"反刍"不已，是这些草木本身的卓越激发了我。它们自由自在，能屈能伸，不为世俗所染，不为繁华所移。高，高到天宇中；低，低到尘埃里。

正是这种对草木万物的爱意,促成了这本《黄河口草语》的问世。

下一步,该稍事休整,保养一下这匹老马,萧萧长鸣,奋蹄远山,去完成故乡交给的第三个作业。作业的题目是什么呢?想象一下整本书里"群鸟欢歌"的喧腾情景,书题应该叫《黄河口鸟语》。

郭立泉

目 录

1 **菜 部**

2 曲曲菜 — 生命的葳蕤

9 黄蓿菜 — 天意怜幽草

16 婆婆丁 — 无法停留的爱

23 车前子 — 那片风情的耳朵哟

30 蒿苗子 — 呦呦鹿鸣食野蒿

34 苣子苗 — 打碗碗花，缠人啊

41 苦菜子 — 大地的苦恋

47 荠菜 — 一地新诗出土来

53 灰灰菜 — 杖藜扶我过桥东

59 蚂蚱菜 — 晒不死的五行草

64 莛秆子棵 — 春地里的提琴菜

67 吐噜酸 — 你是我酸涩的胎记

71 羊沟子菜 — 想我时，我在碱地边等你

76 扫帚菜 — 扫起一地香气来

1

79　老鸹瓢—就喜欢缠上你的枝头

83　青青菜—踏遍河西寻卿卿

88　老鸹枕头—你是我的小呀小枕头

94　猪牙子菜—谁的腋窝开小花？

98　小野瓜—滴里当啷的乡愁

103　委陵菜—小花开得刚刚好

107　洋茄子—唖摸唖摸你的味儿

111　小野豆—一心缠上芦苇的细腰吧

115　铜丝—不缠着你，我可怎么活？

119　婆婆纳—那一双蓝莹莹的杏眼哟

123　野菠菜、蛤蟆腿—流浪地球的野菜

128　酢浆草—酸溜溜的叶叶水灵灵地长

131　珠珠棵—枕着你的花香入梦

136　拉拉秧—就和你拉拉扯扯

139　玉谷银子菜—春来咱们草里见

143　马虎铃铛—灯笼草里的烟愁

147　甜酒棵—到河子西挖一棵小媳妇喝酒

151　野豌豆—天生丽质难自弃

156　皮菜根—旷野有红粉

159　支棱子菜—枝　生

163　野菊花—蕊　寒

169 草 部

170 芦苇 — 你说要年年美丽给我看
182 荻子 — 你修长的睫毛

190 茅草 — 乘一朵茅花回童年
198 谷莠子 — 从狗尾草的第六节开始暗恋
202 蒲子 — 半人半草的水烛

208 水蓬花 — 我的佳人长在水中
213 麦蒿 — 麦子恋人
217 瓣瓣子草 — 搓根要子捆麦香

221 香丝草 — 种一地相思往天上长
225 节节草 — 草亦有节
231 蓼香豆 — 水边有株相思豆

234 苍子棵 — 私奔的耳珰草
239 香草 — 它就叫香草
243 蓬子草 — 这世界我飘过

3

247 垂序商陆 — 与一株爱草言欢

252 婆婆针 — 陪你仗剑走天涯

256 虎尾草 — 长一把长毛刷刷天

260 苘铎铎 — 枝上挂满香铎铎

268 曼陀罗 — 媚惑与冷艳

273 刺蓬棵 — 谁的头像风滚草?

276 穄子 — 没有名分的庄稼

279 三棱草 — 一到水边我就香给你看

283 草木樨 — 独舞与狂欢

287 独行菜、附地菜、家臣子蓑衣 — 一把草儿

294 艾草 — 艾烟缭绕

302 益母草 — 母亲,我是专为你而生的那株草

308 苔、藻、萍 — 水草三韵

317 荆条 — 木中之圣

323　后　记

菜部

曲曲菜：生命的葳蕤

学名：Sonchus wightianus
中文名：长裂苦苣菜
科属：菊科苦苣菜属

春风又一次拂过黄河口大地。草桥沟两岸，野菜们开始争相登场。荠菜、茵陈、婆婆丁、泥胡菜早早钻出地面。而我最想吃的曲曲菜，却是"千呼万唤始出来"。荠菜已经吃了半个月，红嘴香椿也能采第一茬时，它才小心翼翼地探出两个小芽来，谛听这个爱恨交织的世界。

头几天，小芽长得磨磨蹭蹭。我知道，它在等，等一场雨。一场如酥的小雨过后，它的小身子一下子伸展开来，浅绿的叶片上泛着羞涩的红晕。

这种菜或许只有在黄河口才叫曲曲菜。我在其他地方也见过它，但他们有叫苦麻子的，也有叫牛舌头、曲麻菜的，更多的人叫它曲曲芽。其实它的正名叫长裂苦苣菜，菊科植物，叶子边缘有密密麻麻的小锯齿，头状花序，黄艳艳的舌状花一轮一轮地开着。没人打扰的话，它会一直开到秋天，美丽而又寂寞。

曲曲菜是好吃的。它是黄河口人最钟爱的野菜。

我来到河子西时，银亮的露珠正在曲曲菜的手臂上滚动，葳蕤的叶子在春风中激动得颤抖。"三叶一尖"时的曲曲菜是最好吃的。用一把特制的钩刀，在弥散着草木芬芳的河子西，将一棵棵曲曲菜轻轻挖起来，带着一截一寸左右的白根。留在地下的那截根，两天后会拱出新芽。洗菜时不要揉搓，让曲曲菜保持舒展的状态。"汲幽泉以揉濯，抟露叶与琼枝。"上桌时的曲曲菜绿叶白根，青白分明。土里生土里长，虽然少了点高贵气质，但那股清苦之气是黄河口的曲曲菜卓然独具的。

吃曲曲菜的时候，连那段白根也别浪费，全塞进嘴里。嚼起来最好发出咯吱咯吱的响声,对,就是小兔吃野菜的那种脆响。唇间是微微的苦,微微的甘,微微的清气。

这是曲曲菜最原始、最纯正的吃法。

曲曲菜的吃法当然还有很多:凉拌、热炒、馇黏粥、蒸姑扎、包饺子、蒸巴拉子、烙菜盒子。一种优秀的野菜,能吃出各种花样来。

曲曲菜从不挑三拣四,它和各种酱合作,甜酱、面酱、豆瓣酱、蒜蓉辣酱,还有虾酱——曲曲菜蘸上蜢子虾酱,就是天作之合!清苦的曲曲菜蘸着来自利津刁口海铺的虾酱下饭,是百吃不厌的美食。

曲曲菜馇成黏粥,也令人舌下生津。略一炝锅,添水放菜,开锅后放玉米面、高粱面皆可,最好撒点花生碎,抓把黄豆扔到锅里也行,啥东西啥味。不等掀锅,袅袅的热气就把野菜香气一阵阵送出来。那可真是一锅"勾魂粥"啊,每次都提醒自己少喝,每次都喝到肚皮饱胀。

曲曲菜令多少黄河口游子魂牵梦萦!几十年来,我吃得最多的野菜就是曲曲菜。在得了重病之后,医生说我元气大伤,需要大补。每次家人问我最想吃啥时,我开口便说曲曲菜黏粥。现在,我的小院里专门开辟了菜畦,从野地里挖来曲曲菜根种,已葳蕤生姿,馋了,俯身扯两把,蘸酱吃,馇黏粥喝,随心所欲,大快朵颐。

曲曲菜是仁厚的。和黄蓿菜、扫帚菜、灰灰菜一样,它是黄河口人的"救命菜"。小懒倌说:"1960年,我差点饿死,是曲曲菜救了我。"人是从草木里爬出来的，只要河子西从春天里活过来，人就饿不死。老人们常说："曲曲菜里三分米。"传说饥荒年份，皇上也吃曲曲菜，皇后还到河子西剜过曲曲菜呢！

走起路来细步纤纤的皇后娘娘到底来没来过河子西，我不知道。挎上篮子去河子西剜菜，可是我和花枝他们每天一放学必做的功课。小时候家里困难，姊妹又多，爹是民办小学教师，一月工资八元钱，要拿出大部分来买工分。村里分粮，是按"人七劳三"，劳力多的，挣工分就多，分的粮食也多。爹的这点工资买不了多少工分，分的粮食也就少。有段时间，家里又要断顿了，正是青黄不接的时候，曲曲菜派上了用场，不仅猪吃，人也吃。上顿曲曲菜粥，下顿还是曲曲菜粥。开始，菜粥还比较稠，能用筷子夹起来；后来，越来越稀，粥稀可影了。爹身量大，一米八的大个子，一顿要喝上好几碗。那天早晨，姐姐把粥盛上给爹端过去，然后我们兄妹几人围着锅台开始呼呼啦啦喝起粥来。一大锅稀粥，一会儿就见底儿了。娘说："这是围着一锅台猪啊！"然后和爹商量："曲曲菜没了，你上完课，去坝外剜吧。"当时，家里的那头猪"老海"刚下了十二只小猪，它们也是顿顿曲曲菜。

爹上完课，骑上车子带着我到崔家庄东北的黄河大坝外去剜菜。我不知道爹是如何问到这个地方的，这里的曲曲菜厚得让人拔不动腿。在高高的田埂上望下去，曲曲菜横无际涯，一蓬蓬葱茏茂密，张着绿汪汪的叶子，翅膀一样，好像正在贴地飞行。

在黄河故道边的这片旷野上，它们才是真正的主人啊！

我当时才八岁，虽然人小，干活也能顶半个劳力。但早上我只喝了碗曲曲菜黏粥,又饿又累,一会儿就干不动了。爹问:"饿了吧?"弯腰摘了几片曲曲菜叶子,抖了抖土,说:"先点点饥,将就一下吧。"说着自己也扯了把曲曲菜吃起来。艰苦的日子里,需要将就的事情太多了。

一直干到了晌午歪,才装满了麻袋。终于要回家了,爹把麻袋绑在车后座架上,又让我坐在麻袋上。尽管爹把麻袋压了又压,我坐在上面还是感到不稳当。过了汪二河桥就到家了,桥建在一条沟上,爹提前加速,奋力爬上了那又高又陡的上桥坡。可下桥时,自行车突然下冲,爹刚说了句"小心,抓紧了",我就"啊啊"叫了两声,从高高的后座上摔了下来。我的头先着地,我平生第一次感受到了啥叫"金星乱转"。车子冲下桥坡好远才刹住,爹把车子一扔跑了过来,抱起我,一边扑打着我身上的碱土,一边连连问:"摔坏了吧?疼吗?疼吗?"我疼得眼泪都下来了,嘴里却说不疼。

到家后,爹敞开麻袋,双手抓出几把曲曲菜扔到猪食槽子里。猪正饿得转圈,张开大嘴,呱唧呱唧吃起来,嘴角沥沥拉拉流着绿色的汁水。剩下的大半麻袋,好的挑出来馇黏粥,不好的喂猪。

后来过了好多年,娘说我之所以鲁笨,就是那次把脑袋摔坏了。

娘说曲曲菜会搬家,哪里闹饥荒了,就会从其他地方悄悄搬去救荒。曲曲菜搬家都是在年三十晚上,正是"一夜连双岁,五更分二年"的时候,一棵棵、一片片的曲曲菜从土里飞起来,神不知鬼不觉地飞到那个将要闹饥荒的地方，悄悄扎下根。第二年春天，青黄不接的时节，人们没有吃的了，许多人家盘算着到哪里去逃荒要饭呢，曲曲菜就会从地下钻出来，抖着长长的叶子，向人们招手。

听了这个传说后，那年的除夕夜，我偷偷跑到院子里，看着黑暗的天空：会有成片的曲曲菜飞到河子西吗？

曲曲菜的叶子长得宽，足以兜住生活苦难的泪珠。纵贯曲曲菜的茎是一条绛红色的河流，托举着修长的叶片，横穿碧绿的草地。当我把一整棵曲曲菜吞到肚子里，我就吞进了河流，吞进了草地，也吞进了它曾经托举的雨露和阳光。我的心胸也仿佛一下子开阔起来。谁能想到吃曲曲菜有如神助，让我观察这个世界有了不一样的眼光。娘说古时候有位皇帝落难，流落到黄河口，利津洼的人好心肠，用曲曲菜救了他的命。皇帝重新登上金銮殿后，为报恩，先是下旨免除了黄河口的皇粮国税，又想着加封曲曲菜。可是他把青青菜（刺儿菜）错认成曲曲菜，所以青青菜头上就顶着一颗颗珠子，而曲曲菜气恼得叶片上时常挂着晶莹的泪珠。

到了垦利镇中学工作后，吃曲曲菜越来越少了。有时偶尔到吴家旺村附近去剜曲曲菜，但现在那个地方已经长出了一片高楼。不只曲曲菜，其他野菜也越来越少了。

曲曲菜，我们通常叫"小曲曲"。还有一种"大曲曲"（乳苣），长得和曲曲菜极像，乍一看像是它龙凤胎的哥哥。大曲曲结果早，农历五月份就能看到和蒲公英相似的小白球。六月初，风一吹，小白球就乱了，"小降落伞"不受约束，漫天飞舞。而此时的小曲曲，花刚打起骨朵来还做着美梦呢。大曲曲喜欢在"二巴碱地"（半碱地）上生长，叶子灰白，花浅紫色。掐断叶子时，会有比小曲曲多得多的乳汁流出来，因此又叫"乳苣"。它比小曲曲要早生半个月，忒苦，小懒倌叫它"苦杀驴"。人吃一口会苦得转圈，猪吃起来却香得不得了。我怀疑猪到底有没有味觉。

  娘说，曲曲菜清热败火，维生素含量也很高，还能防癌。现在生活好了，胖子太多了，多吃点野菜，能控"三高"。

  像少男少女一样，曲曲菜到青春期会长"青春痘"，这个时候就不能吃了。但它的个子开长了，摁都摁不住，高的能长到一米八。在垦利县城路边的绿化带里，经常能见到曲曲菜葳蕤的身姿。从六月份开始，它略微透红的主茎顶端会分叉，并慢慢抛出黄花，那是一种纯净的不掺任何杂质的黄。曲曲菜的花期长，果期也长，六到十月，它都在静静地开花，结果。开一次花不容易，它要一直开到秋天。黄河口人如此喜欢曲曲菜，它们要认真地积蓄能量，准备来年继续黄花高挑，碧叶匝地，绿遍河子西的原野。

  陈旧的阳光，照着陈旧的河流和陈旧的大地。普鲁斯特说到爱情时说，没办法，只有爱！我也想说，对黄河口的大地，对黄河口大地上茂密鲜嫩、清苦回甘的曲曲菜，我没办法，只有爱！

  这么多年，转徙于江湖之间，东南西北中，酸甜苦辣咸，我舌尖上那点欲望扫过平原，扫过高山，扫过奔腾的黄河长江。但是，我还是想念河子西，想念那在雨后伸胳膊伸腿、绿意盈盈的野菜，想念那遍布黄河口的曲曲菜。

黄蓿菜：天意怜幽草

学名：Suaeda salsa
中文名：盐地碱蓬
科属：苋科碱蓬属

秋风一来，蚂蚱们尸横遍野，
黄蓿菜趁机红成天边的地毯。
用一种奢华的方式，
迎接八方来客。
又一阵风来，
你这沧海桑田的见证者，
率领芦苇、柽柳、罗布麻，
迎着海风一个劲地喊，站稳了别趴下！
话音中的那株天堂幽草正红向天涯。

——《黄河口的N种诗意物象》

  黄河口的野菜一族，要说最令人念念不忘的，一定少不了黄蓿菜。黄蓿菜和曲曲菜两种野菜，一红一绿，一个似红霞焕彩，一个如碧玉生辉，望之生机盎然，食之大快朵颐，宛如上天赐予黄河口的一对尤物，多少年来，牢牢占据着乡亲们食用野菜"排行榜"的前两名。作为黄河口土著，提到黄蓿菜，不管是热炒还是凉拌，没人不喜欢。

  春风一来，黄蓿菜就跟着来了。它是大地上最早萌芽的野菜。蒙蒙细雨中，渠头沟坡上，黄蓿菜无须水肥，最先舒展开身子，水灵灵，让整个大地熠熠生辉。

  和许多海边先锋植物一样，黄蓿菜利用自身的生长特性，巧妙地隐身于莽莽草丛中。作为这个星球上崭新的陆地，黄河口让生活在这里的动植物都切身感受到了自然的伟力。这里是"共和国最年轻的土地",从头到脚都是新的,是全新的土地,也是生长梦想的地方:大天鹅的河海长梦,中华秋沙鸭的湖畔清梦,丹顶鹤的廊桥遗梦……每年芳草萋萋、野花点点的季节,也正是各种鸟儿进入发情期,在湿地上晾晒它们的爱情幽梦的时节。这些鸟儿不喜欢精心策划的室内婚礼,它们钟爱的是天当房、地当床的天然草坪婚礼,草坪越大越好,水蓬花、芦苇的构造越自然、越浪漫越好。所有的鸟儿都期盼黄蓿菜变红,要快快地红,红成海滩上硕大无朋的地毯。红海长滩就是它们的婚礼现场,红滩湿地是它们的天然洞房,也是它们最浪漫的天地产床。

  黄蓿菜的正名叫盐地碱蓬,苋科碱蓬属,一年生草本,叶条形,半圆柱状。据说神农尝百草时,曾根据它的颜色取名"黄青菜"。我的老乡们叫它"黄净子菜",应该是"黄青菜"的音讹。

  在广袤的黄河两岸,黄蓿菜又叫黄荃菜、皇席菜等,而且各有各的来历。传说薛仁贵东征时,来到此地,大军缺粮,曾以此充饥。凯旋后,他将这种野菜献给皇帝。皇帝龙颜大悦,干脆叫它"皇席菜"。

  有一种野菜,书上叫猪毛菜,老百姓叫"支棱子菜",枝互生,常长在沙土地上,口感比黄蓿菜还要好。采嫩叶焯焯,拌以虾皮做馅儿,是一种上乘美食。

  还有一种更高大,茎也更粗壮的"黄蓿菜",老乡们称之为"大种子"。晒干了后,抖下来"种子仁儿",用大锅煮了,沥出咸水,就成了猪冬天的美食。三年困难时期,"种子仁儿"拌上点麸子,不知救过多少老乡的命。

记得那年春夏之交，粮食又断顿了。娘经常打发哥、姐到河子西采野菜充饥。娘将口味易于搭配的几种野菜，通常是黄蓿菜、扫帚菜、灰灰菜、吐噜酸等，先在清水里泡洗干净，在开水里焯熟，再加盐、清酱、蒜、辣椒等，搅拌匀和，连饭带菜吃。那天晚上，全家人的主食又是两大盆野菜。为了省油钱，屋里连煤油灯也没点，我们摸着黑，窸窸窣窣解决了一大盆。我边吃边提议："娘，点灯吧，天太黑了。"娘训斥道："哪那么多毛病啊？就这么一碗黄净子菜，你还能吃到鼻子眼里去？"那些日子里，因为肚子里缺粮食，大人孩子的气都不顺畅，我挨的训就特别多。

终于吃了个半饱，正好几个小朋友来找我玩儿，我就赶紧蹿了出去。一个说："你嘴里有股子蒜味儿。"我说我吃的黄蓿菜。"好吃吗？""很好吃，不信你尝尝。"我就回家偷着捧了一捧，他们三口两口就吃完了。我又跑回家，一捧捧往外运黄蓿菜。

饭吃完了，就更不需要点煤油灯了。黑灯瞎火的，谁也没发现我进进出出在干些啥。到了第二天早上，我迷迷糊糊地被娘揪了起来。娘指了指只剩下了个黄蓿菜底子的盆，还没开口"审问"，我便主动"招"了。哥哥姐姐训斥我把全家人的早饭弄丢了。娘倒没有雷声霹雳地拾掇我，只是说："都是苦孩子，他们家没吃的，吃我们两口饭是应该的。只是你这傻孩子得说一声呀。我们也是吃了上顿没下顿，现在咋办呢？"娘说着，望了望姐姐。姐姐赶紧说："还能咋办？还得去剜黄净子菜呗。"我这个惹了事儿的儿子赶紧去找钩刀子，到河子西的野地里去。娘说："你们快去快回，剜点黄蓿菜，面缸里还有点高粱面底子，能弄个'汤饱'。"临出门,会来他娘端着半瓢子高粱面进了我们家门:"他婶子,孩子不懂事,光长个馋嘴。你们这一家子五六张嘴,今早晨吃啥?孩子没出息。这日子啥时候是个头啊?!"

我家的小黄狗躲在一边,望着屋子里的人。我们边往河子西走着,边听我娘说:"嫂子,你们家人口比我们还多呢,不就一口吃的吗?孩子们互相尝尝,苦日子帮衬着过呗。亏得坡里有那些黄蓿菜、曲曲菜。青黄不接的日子马上就要过去了……"

那段日子,我感觉要饭的特别多,还有好多和我一般大的孩子。往往是我们正在吃早饭的时候,要饭的上门了,他们一手拿着个打狗棍,一手端着个破饭碗。我在四五岁时,跟着母亲在西双河要过饭。每当有要饭的来了,我腿快,先跑到干粮篮子那里,拿起一整个饼子或掰下半块。娘很紧张地望着我的一举一动。娘心疼那饼子。讨饭的大人把我给他的饼掰下大拇指大小的一块留下,把那块大的还给我,说:"谢谢好心的大兄弟。要饭的人一定要知足感恩,不能贪心不足。一家一口,够吃就行。你将来会有大出息的。"娘这时往往会看看自家的锅里,拿过要饭人手里的碗说:"锅里正好还有曲曲菜黏粥,趁热喝了,暖和暖和。"

现今的人们大都已忘却了饥荒的苦难,但饥饿的年月离我们并不远。初中时,我在班里学习成绩是第一,仍免不了下午放了学到邻村去讨饭。见了同班的同学,我老远就躲起来——那时已经知道害羞,张不开口了。

现在想想,我们全民扔掉打狗棍,不再大面积讨荒要饭的日子,也就半个世纪的光景吧。

亲身体会到饥饿滋味的人,才能真正知晓人性的良善和美好。一口干粮,就能救人一命;一个菜团,可能结交一个终生好友……

作为黄河口地区最受欢迎的野菜之一,黄蓿菜的可食期很长,从春天一开春采撷嫩叶,到初秋二茬三茬地采来包大包子,足有半年的时间。最原始的吃法,往往也是最得真味的。掐几把黄蓿菜嫩叶,开水一焯,挤干水分,加点盐、蒜一拌,就是本色的吃法;若再滴几滴香油、蚝油、老醋浸过,黄蓿菜的灵魂就被勾了出来。

黄蓿菜炒肉丝、包饺子、包包子,都是令许多游子念念不忘的吃法。生活困难时期,整点佐料也是奢望。下锅一焯,或上笼一蒸,饭也是它,菜也是它;爱吃是它,不爱吃也是它。从断奶开始,我吃了多少黄蓿菜,那数字就不好算了,反正我的"菜肚子"就是从那时候开始吃出来的。

初秋,一般野花野草花容失色,唯独黄蓿菜卓然于野,浅绿,深绿,赤红,紫红,叶子饱满圆润,像是透明的玉,一不小心就会弄破它娇嫩的皮。

菊月露寒,秋色烂漫。柽柳醉人,蒹葭霜染。天鹅戏水,黄蓿涂丹。这是渤海边无双的红地毯,这是黄河口独有的风景线。夕阳西下时,面对这样的景色,只怕任何人都会像朱自清那样临风感叹:"但得夕阳无限好,何须惆怅近黄昏。"

多少个黄河口的清晨,我站在堤坝的缓坡处,贪婪地望着漫坝红透的黄蓿菜王国,仿佛一万幅红锦缎在铺张,一万匹红骏马在奔腾。这是多么奢华的大地之诗啊!

黄河口南岸防潮堤处有大片大片的黄蓿菜,为便于游客观赏,那里还特意设置了几个观测屋。但一般游客不知道的是,真正一望无际的黄蓿菜景观位于黄河口的北岸,波澜壮阔地一直红到海里。那无边无际的红,令陕西文友禅香雪激动得连连哎哟:"哎哟,哎哟哟,这黄蓿菜的地毯路一直通到海里回不来了咋办啊?"

我说:"咋办?只要有它在,春天就有盼头。只要春天有盼头,我们的日子就有滋味。"

婆婆丁：无法停留的爱

学名：Taraxacum mongolicum
中文名：蒲公英
科属：菊科蒲公英属

所有平淡的清晨，都会因为对一朵花的流连而变得美妙神奇。就像今天，我本来是到民丰湖边跑步健身的，却被一株婆婆丁抱住了脚。现在，我已和它对视良久。而且我的目光又习惯性地越过黄河，凝望着利津河子西的方向，那里有一大片我童年的婆婆丁；每棵婆婆丁都举着金黄的花朵，小脚的外婆在婆婆丁花海里时隐时现，四周弥漫着天国的芳香。

婆婆丁，不知道是谁起了这么好听的名字？"婆婆"这个词，永远是一种温馨的存在。"婆婆"慈祥，宽厚，说话柔声细气，从来没有脾气。"婆婆"的模样，应该就是天使的模样。"丁"，有健壮之意。草木有灵，以生长的姿态，守护着河子西。

当三月的触须刚碰到荻获（白茅）的小腿儿，河子西的婆婆丁已挤挤挨挨地开了一地小黄花。

露水消了的时候，蝴蝶拈花来了，一朵一朵地拈过去。尽管婆婆丁是风媒花，而且能自花授粉，但它们仍然争相挥着手，激动地等待着蜂蝶的飞临。

河子西的麦苗返青了，我们在草桥沟沿上疯跑着，一弯腰，采下一朵婆婆丁。先是宣东大声喊：

打箩箩，卖箩箩，
下来麦子蒸馍馍。

然后他把婆婆丁举到嘴边，深吸一口气，"噗"的一声，茸毛四处逃散，飘到空中，然后一朵一朵荡悠着飘向草桥沟西岸。

宣东吹完了,轮到我吹。我也大声喊:

打箩箩,卖箩箩,

蒸了馍馍请婆婆……

正说着,草洼子桥那边来了一位小脚老人。"姥娘!"我叫了起来,迎着跑过去。姥娘拍了拍我的小脑瓜:"远远看着像俺那小羔子。还不接着姥娘的包袱?可累杀姥娘了!你舅送我到利城车站,我自个儿坐车到了陈庄,搭了辆地排车到了草洼子,又从草洼子跑到这里。这都大半天了……"不等姥娘说完,我就抢过包袱往家跑。姥娘说:"这小鳖羔子,也不等等我。"

到了家,姥娘把包袱里的脆馃子拿出来,宣东他们眼都盯着那个毛头纸袋子。毛头纸袋子已被油浸得半透明了,露出了一块块的脆馃子。脆馃子是一种加了糖的油炸面食,又香又甜,吃起来嘎嘣脆。平时是吃不到的,只有姥娘来,我才能解解馋。小伙伴们见者有份,这个一块那个一块,一边吃一边蹦蹦跳跳出去玩了。虽然我只吃到了一块,但那香甜的滋味,加上心中的自豪感,让我觉得那就是世上最好吃的东西。

我家住在利津县最东部的付窝公社前桥村,姥娘家住在县城西部的店子公社朱家村,离着百十里路。在我八岁的时候,舅来我家住了两宿。可能嫌我太顽皮了,那天晚上,娘突然说:"跟着你舅去住姥娘家吧,不开学别回来。"天还没亮,我们就出发了,走到中午刚到盐窝镇,在路边吃了点饭继续西行,一直追着太阳走。我累了就爬到舅的小推车上。走了整整一天,我再也走不动了。舅说:"看,咱家就在太阳下边那个村!"我望向天边,一轮夕阳悬停在朱家村的房顶上,感觉比我们村的太阳更大更圆。

外甥住外婆家,一般都会享受到在自家不可能有的优待。外婆隔段时间就踮着小脚领着我去店子赶集,给我买脆馃子吃。路上碰到熟人问这是谁,外婆就说:"东乡的外甥。外甥狗,外甥狗,吃饱了就走。"

其实,我吃饱了也不愿走,在外婆家一待就是两个月。

每个午后,外婆都要泡上一壶婆婆丁茶,几位老人边喝茶边拉呱。我玩累了,就跑过去咕咚咕咚灌上一肚子茶水,然后拱到外婆怀里。外婆抚摩着我的小肚子,念叨着:

  小猫跑出家,碰上小蛤蟆。
  干啥去啊?打酒去呀。
  打酒做啥呀?娶媳妇呀。
  戴啥花呀?婆婆丁呀。
  多咱娶呀?到腊八呀。
  谁抬轿啊?小蚂蚱呀。
  咋着抬啊?一蹦跶呀。

印象中,小时候就去过外婆家那一次。上高中时,一个周末,我在河子西锄地。晚上回家,看到外婆来了。娘把小饭桌子摆在院子里,我拿起一个卷子说:"干粮这么硬啊,好几天了吧?姥娘咬不动的。"娘说："你姥娘刚到，来不及蒸新的了。"我把外面焦硬的部分掰下来留给自己，把里面的软芯给牙口不好的外婆吃。外婆说："这'外甥狗'还真没白疼啊！"

第二天，外婆和我一起去河子西，摘完地头的豆角，又剜了点婆婆丁。外婆揪下一片叶子，白色的乳汁冒了出来。外婆说："婆婆丁里有奶呢。河子西有多少好东西啊！这婆婆丁可不是一般的菜啊，不光能吃，还是药材，能治痄腮、扁桃体炎。——这些好东西，救了多少人的命啊！"

外婆不识字，我也不明白关于黄河口的野菜，她咋知道那么多！外婆说婆婆丁又叫蒲公英，传说很久以前，有位十六岁的姑娘患了乳瘤，乳房红肿，疼痛难忍。她的母亲知道了，以为女儿做了啥丢人的事——姑娘家哪有得这病的？姑娘羞坏了，夜里投河自尽，恰巧被在月亮下捕鱼的蒲姓老公公和女儿小英救了起来，并用一种药草给她治好了病。姑娘将这种药草带回家种了起来，出于感恩，就叫它蒲公英了。

我想，外婆多像婆婆丁啊。婆婆丁的身子匍匐在大地上，阳光照到哪里，它就生长在哪里。外婆也匍匐在大地上，踮着小脚喂鸡，上地，摘豆角，赶集……她经受过太多的风霜，受过男人很多打骂，生过很多孩子。蝗虫来了，她跑；黄河水来了，她跑；闹鬼子了，她跑；还乡团来了，她跑……从沾化要饭，要到利津。生活稍微安顿点了，她也跑不动了。

后来我查了好多资料，李时珍《本草纲目》说婆婆丁"主治妇人乳痈水肿，煮汁饮及封之立消。解食毒，散滞气，化热毒，消恶肿"。《救荒本草》中称婆婆丁为"孛孛丁菜",又名"黄花苗",说它味微苦。据说最早记载婆婆丁的是《唐本草》:"叶似苦苣,花黄,断有白汁,人皆啖之。"蒲公英拌韭菜,在维吾尔族的食谱中是道强身名菜。婆婆丁味清苦,二三月采嫩叶,焯水,用醋、蒜、盐、味精一调,就是下饭好菜;若用肉丝略一炝炒,青嫩可口,香气乱撞。

婆婆丁刚一拱出地面,芽心就有两朵花蕾。婆婆丁的花期是3—9月,果期是4—10月。大半年的时间,在有风有水的草地上,你都能找到它。有些婆婆丁喜欢开在茅草丛里,或者说有些茅草乐意围着婆婆丁生长,早晚都闻着花香,享受着婆婆丁温情的抚慰。

婆婆丁的叶子从根部长出,贴着地面四散开来,莲座状,青碧如玉。"莲座"之上的花茎三四寸长,像挺起的船桅。你还没回过神来呢,船桅的顶端就开出了一朵艳黄的花。

婆婆丁开花先从花序外围开起,中间未开的会排队静静等待。整个花序像是一种圆形的琴,每一片舌状花瓣都是一个琴键。那些花柱柔韧而刚强,擎着这架花琴,捧着层层叠叠的琴键。

弹琴者是风。风的手指数也数不过来。风弹琴的章法就是无章法,无数的指头弹着琴,无数的琴键在春风里闪跳,一首天籁之曲在河子西飘荡。这首曲子的名字应该是"婆婆的爱"。

婆婆丁的种子熟了,顶部就会长出美丽的羽毛头饰。这种美丽的装束还有一个你想不到的作用——把种子送到更高更远的地方去。准确地说,婆婆丁的"种子"实际上是它的瘦果,黑褐色,顶端有喙，喙上是七毫米左右的冠毛。无数瘦果围成一个圆圆的毛团，被纤细的花茎托举着。这个毛团在明晃晃的阳光下微微扇动着毛翅，在做着起飞前最后的热身。只有天使，才能长出那么洁白柔顺的翅膀。

婆婆丁的瘦果离开花茎，始于一个午后。那场风来了，那些翅膀轻轻展开，好像在说："世界那么大，我想去看看。"至于去哪儿，完全听风的。相信风会把它们带到幸福的地方。大地是起点，也是终点。婆婆丁的味道，就是飘零的味道。婆婆丁的绽放，就是流浪的开始。

外婆终于被风刮走了。

外婆去世时，我赶到朱家村，跟着送葬的人群跟跟跄跄往墓地走。蒙蒙眬眬中，听到周围的人说："这人是谁啊？哭姥娘哭得这么痛。"另一个说："好像是东乡前桥村的吧。"

秋风又起，思念无限。我望着河子西的方向，一朵婆婆丁的"小伞"飞来，又一朵飞来。我伸出手去，想留住一朵，"小伞"却身子一闪，向着远方的远方飞去。

听老家的人说，这两年河子西的工厂越来越多，婆婆丁越来越少了。这个世界上，人有人言，花有花语。我想问外婆："你知道婆婆丁的花语是无法停留的爱吗？外婆，天堂里有婆婆丁吗？这些轻扬的婆婆丁，是你在天国放飞的天使吗？"

车前子:那片风情的耳朵哟

学名:Plantago asiatica
中文名:车前
科属:车前科车前属

河子西的原野上，大多数草木一钻出地面便认真地挺直身子，极力往高处长。而有一种草则与众不同，所有叶片都努力贴着地，就像一只只青葱的耳朵，谛听大地深处的秘密。这些耳朵，真的听到了辽远的《诗经》时代飘来的歌声——

  采采芣苢，薄言采之。
  采采芣苢，薄言有之。

  采采芣苢，薄言掇之。
  采采芣苢，薄言捋之。

  采采芣苢，薄言袺之。
  采采芣苢，薄言襭之。

我对周朝的好感，相当一部分来自《诗经》，来自这些透着草香的诗句。有周一朝，不发达的生产力和自由欢畅的生活方式竟然那么自然地融合在一起，而且前后历经近八百年。中国还有哪个朝代有这么长的寿命？那是一个怎样风清气朗、草长莺飞的时代啊！如果你不知道如何读这首《芣苢》，看看清人方玉润在《诗经原始》中对这首诗的妙解吧："读者试平心静气，涵咏此诗，恍听田家妇女，三三五五，于平原绣野、风和日丽中群歌互答，余音袅袅，若远若近，若断若续，不知其情之何以移而神之何以旷。则此诗可不必细绎而自得其妙焉。"

这就是《诗经》，中国最美的文字。这首诗，极干净的文字中散发着植物的清香，又是一首能用眼睛来读的乐曲，萦回着优美的旋律，回环往复。说不定就是在这河子西的原野上呢，一群妇女边劳作边唱着——

> 采呀采呀采车前，快点把它采起来。
> 采呀采呀采车前，赶紧把它收起来。
>
> 采呀采呀采车前，一片一片摘下来。
> 采呀采呀采车前，一片一片捋下来。
>
> 采呀采呀采车前，牵起衣角兜起来。
> 采呀采呀采车前，掖起衣襟装起来。

这是一首清新的诗，是一幅水彩的画，是村姑自编自唱的农事歌，也是唱给大地的祈子曲。古人是多么期望子嗣众多、人丁兴旺啊！北宋陆佃称车前草子"善疗孕妇难产及令人有子"，采食车前子能令妇女易怀孕生子。妇女们边采边唱歌，唱亮了春水，唱软了大地，唤醒了地下沉睡的懒虫儿，惊飞了枝头栖息的小鸟儿。

历史的车辄辘驶过车前草，驶过采车前的女人，驶进了信息时代，也将万种风情留给了春秋。可是那种人与自然和谐共处的欢畅，那种万物生灵平起平坐，梦想与植物共舞、与轻风唱和的怡然，真不该是《诗经》时代独享的专利啊。

烟尘过处，那群女子的欢歌一直飘过两千五百年，飘到了今天的河子西。河子西也有一群女子在边采车前子边唱，她们唱的不是"采采芣苢"，而是"在那遥远的地方，有位好姑娘"……长在野地里的车前子竟然能当药材卖钱，这让村民们惊喜不已。姐姐在地里捋车前种子，晒干了卖到付窝公社采购站，换来的钱给我交了学费，买了新的铅笔和本子。她五指并拢，抓住茎秆根部，一捋到头，蒴果填满了手心，圆溜溜的小种子有的从指缝里掉落，滚进土里再也找不到了。姐姐也不去费力捡拾。有那个工夫，还不如多捋几把呢。再说，这些种子落进土里，明年春天又会钻出一片车前草来。

那时河子西的原野上到处都是车前草，我们都叫它"老牛瀽瀽"。它的名字很多，牛舌草、车轮菜、钱贯草、医马草、马蹄草、鸭脚板、蛤蟆衣、车辖辘菜，还有牛遗、当道。因为叶片像耳朵，又有猪耳朵菜、驴耳朵草、牛耳朵棵等叫法。

至于"芣苢"啥时候被叫成了"车前"，有两个传说，都和它神奇的药效有关。一说东汉时有位高官常常咳嗽，治了多年不见效。有天他正咳嗽得直不起腰来，偶遇华佗。华佗让他趁端午吉时，乘上车子西行五里，见车前之草，采来煎服便是。高官依法而行，咳嗽果然治愈了，从此车前草就药名远扬了。还有一种说法，是说东汉名将马武击武陵蛮夷失利，被困于荒无人烟之地，人困马乏，瘴疫流行，人和马都肚子胀痛，便尿出血。马夫张勇见有三匹马常啃食一种野菜，尿血不治而愈，就拨来煎水喝，肚子不胀了，小便也正常了，便迅速报告了马武。马武问此草生何处，张勇用手一指："就在大车前。"马武大喜，喊道："天助我也，好个车前草！"令士兵采来煎服，果然治好了全军的尿血症。从此，车前草这种沙场扬名的良药便流传至今，文雅的"芣苢"之名反而被人们渐渐淡忘了。

其实，我更喜欢我们祖先两千多年前给它起的名字——芣苢，也有写作芣苡的，但不管用哪个字，总少不了头顶上那棵草。它的叶子，始终和大地如胶似漆，贴着大地，聆听大地，一种远古的唯美绵绵不断。

车前，车前科多年生草本植物。花茎可达五十厘米。叶基生，呈莲座状。穗状花序，花萼绿色，花药白色，雄蕊四枚，雌蕊一枚。有趣的是，它的雌花先开，雄花要过些日子再开，间隔登场。这种奇妙的习性，可以有效避免自花授粉导致的近亲繁殖。为了生存，植物们真是费尽了心机！

这么用心去繁衍，车前的结子能力也确实令人惊叹。一棵车前至少生长三四根花茎，一根花茎上能结上百颗蒴果，一颗小蒴果里包着五六粒黑色的种子，这样一棵车前总共能结几千颗种子呢！

车前草发芽是比较早的，刚钻出地面的叶子像小猫耳朵。这耳朵沾点春雨就疯长。昨夜刚下一场雨，今天早晨的车轮下就"嗖嗖"冒出些小脑袋。两天不见，原先蛰伏在灰灰菜下的车前叶子就会突然扩展开来，猫耳朵一下子长成了猪耳朵。这种大叶植物喜欢群居，沙土地里长，红土地里也长，繁殖能力强，到哪里都能迅速衍生出一个部落。

到了夏季，车前草的中央抽穗，密密的小花一开就是一长穗，一朵一朵，小得像蚊子腚。贴近了看，那些细细的花粉给长长的穗子笼上了一层薄纱。此时的叶片和人的手掌一样，不多不少，每片上的叶脉都是五条。

《救荒本草》中这样写车前草："春初生苗，叶布地如匙面。……叶丛中心挸葶三四茎，作长穗，如鼠尾，花甚密，青色微赤，结实如葶苈子，赤黑色。"还说到车前草的可食性："采嫩苗叶炸熟，水浸去涎沫，淘净，油盐调食。"今年春天，我去了黄河上游的甘肃刘家峡水库，在水库中的游船上吃过凉拌的小车前，很好吃。车前炒肉、包饺子，都有一种别样的清气。

车前草是中药里的"家长"，常用于镇咳、明目、止痛、止泻、利尿等，名医陶弘景更是说久服车前能"跳越岸谷，长生不老"！

车前草能明目。唐代诗人张籍患了眼疾，友人韦处厚特地从三千里外寄来了车前子。张籍服后，便特地作了一首《答开州韦使君寄车前子》的诗："开州午日车前子，作药人皆道有神。惭愧使君怜病眼，三千余里寄闲人。"李时珍针对这事儿，说："观此亦以五月采开州者为良，又可见其治目之功。"

车前的叶片长得非常奇特，都是按照螺旋状排列，叶片间的夹角都是137.5度。这种神奇的构造，使所有的叶子都能充分得到阳光的照射。建筑学家受此启发，仿照设计，使楼房一年四季都能最大限度地利用光照。而阳光，是多么需要算计啊！

车前草，这从历史深处走来的野菜，我在江苏高邮的高速服务区细细端详过，在云南楚雄的山路上匆匆瞥见过，在新疆喀什民居前拍摄过，在甘肃的刘家峡品尝过。但我最不能忘怀的是故乡原野上的猪耳朵菜，它们的耳朵眼里萦绕着乡愁的歌，它们伸着耳朵在前桥村的小路边听着从遥远的《诗经》时代传来的歌声，那可真是周朝"好声音"啊！

这些年，行色匆匆，那些本真的东西丢得越来越多。但我好像听见车前草在对我说："远行的人啊，请歇歇脚。"望一眼路边守望的车前草，和它说句暖心的话。它正伸着久等的耳朵，听着呢。

蒿苗子：呦呦鹿鸣食野蒿

学名：Artemisia capillaris
中文名：茵陈蒿
科属：菊科蒿属

一种植物是不是本土植物，可以从名字的字数上来判断。一个字的，大都是本土植物，比如桃、李、杏、艾，还有蒲、蒿等。如果是两个字呢，就可能不是本土的，比如番茄、葡萄、苹果。我们祖先造字起名时，喜简明洁净，一字搞定。诗歌也简、净，看《诗经》，大都是四字一句："食野之蒿。""杨柳依依。"

蒿，农人再熟悉不过的一个字。《诗经》里的"蒿"，现在叫茵陈蒿，菊科多年生草本，主要产于北方，又名北茵陈、因尘、绿茵陈、婆婆蒿、白蒿、绒蒿、野兰蒿等。宋朝苏颂《本草图经》记载："近道皆有之……春初生苗，高三五寸，似蓬蒿而叶紧细，无花实……五月、七月采茎叶阴干。"黄河口人叫"蒿苗子"。

鲜花盛开或者不盛开的季节，黄河口国家公园草原上成千上万个婚礼正在举行：野菊花仰着脸，等待风带来它的爱情。蒿苗子的每片嫩叶都散发着独特的芳香。蝴蝶穿过重重诱惑，跳着舞奔赴而来……

《救荒本草》称之为"白蒿"："生荒野中，苗高二三尺，叶如细丝，似初生松针，色微青白，稍似艾香，味微辣。救饥：采嫩苗叶炸熟，换水浸淘净，油盐调食。"据《野菜养生事典》，茵陈蒿嫩茎叶炒肉丝、炒鸡蛋俱佳。

但我感觉茵陈蒿还是做汤熬粥更佳，比如茵陈粥、茵陈田螺汤、茵陈鲫鱼汤、茵陈肉丸汤、茵陈鸭肉汤等。

茵陈蒿为中药"茵陈"的植物来源。春季采收的，习称"绵茵陈"，多卷曲成团状，灰白或灰绿色。全体被白色茸毛，气清香，味微苦。秋季采收的，习称"花茵陈"，多分枝，两面被白色茸毛，黄棕色。药材炮制方法也很多。

蒿苗子是黄河口大地上自带浓郁香味的那个部落。那种味道是融到肌体里、浸到骨髓里的。"蒿苗子味"是蒿苗子此生的标配。即使晒干，被塞到灶膛里，蒿苗子也会执着地散出独特的香气。

好多植物在某个特定的地域中，会有一个特别的称谓。比如，蒿苗子在前桥村还被叫作香蒿、蚊子香。孩子们说那是一种辛臭之味，但大人们偏说那是一种"香"。作为一种中药，蒿苗子那一身辛臭之气，却有许多特殊药效。

《神农百草经》载："茵陈蒿……主风湿寒热邪气，热结黄疸。久服轻身益气，耐老。"《名医别录》说："白兔食之仙。"白兔吃了能成仙！据说，鹿吃的九种解毒草中就有白蒿。我的同事王小东听闻之后，从一开春餐桌上就天天离不了蒿苗子！

古书上，蒿苗子还叫"萧"，又叫"蘩"。中国辞书之祖《尔雅》载："蘩，皤蒿。"皤蒿，即白蒿。

蒿苗子的花语：遇见就是运气。英国伟大的散文家乔治·吉辛遇见不认识的草木，通过学习认识了，下一次看见它在路旁闪耀，一下子叫出它的名字时，会有一种他乡遇故交的快乐，喜不自胜。

蒿苗子越长越高，超过了我的身高。它的身上结满了种子，这种子放在锅里一煮，会煮出一种糨糊状的黏合剂。庄户人家没有浪费了的东西，村里的妇女们会用它来打袼褙：将平时积攒下来的破铺衬、烂套子拼贴在菜板上，刷上一层又一层蒿子浆，晒干后，揭下来，比着鞋样大小剪下来，再一层层用大针头纳起来，一双千层底的鞋底就成形了。舒适、合脚的布鞋，就成了我穿得最多的鞋子。风里来，雨里去，那承载着说不尽乡愁的千层底，一直伴随着我步入了花甲之年。多少年了,乡愁的滋味,就是蒿苗子的滋味。

东晋葛洪《肘后备急方》载:"青蒿一握,以水二升渍,绞取汁,尽服之",可治寒热诸疟。据说屠呦呦就是从这条记载中获取了用乙醚提取青蒿素的灵感,把一生献给青蒿素研究,为世界抗疟史做出了举世无双的贡献,并因此获得了2015年诺贝尔奖。有意思的是,她的名字也来自"呦呦鹿鸣,食野之蒿"的诗句。但有一点要搞明白,蒿的品类太多,经证实,提取青蒿素的植物并不是茵陈蒿,而是黄花蒿。

每当夏秋时节,我们总有一段和蚊子共舞的时光。人们忙了一天,困乏交加,正想休息呢,白天睡足了觉精神头十足的蚊子挺着针嘴,吹着喇叭,开始群起攻之。讨厌得很!傍晚时,前桥村的人家院落里点起了一堆堆蒿苗子,沤出的蒿烟缭绕在院子角角落落。男人们摇着蒲扇,咕咚咕咚大口品着"大把抓"茉莉花茶,等着女人们把晚饭端上小饭桌来。那些被熏得晕头转向的蚊子们,一度找不到隐在蒿烟中的"神仙"们。

我素喜酒,家里人常担心我饮酒无度。每年春天,姐姐总不忘采些白蒿,阴干,炒好,托人捎来,说能醒酒、护肝。我又会念叨传说中华佗所作的诗:

> 三月茵陈四月蒿,
> 传与后人要记牢。
> 三月茵陈能治病,
> 四月青蒿当柴烧。

蕾子苗：打碗碗花，缠人啊

学名：Calystegia hederacea
中文名：打碗花
科属：旋花科打碗花属

> 打碗碗花，开得早，
> 二姐模样长得好。
> 手儿呢，手儿巧。
> 脚儿呢，脚儿小。
> 绿叶红花配得妙，
> 柳眉杏眼细腰俏。

——黄河口民谣

河子西的草花儿千千万，像打碗碗花这么娇美的真不多。虽然在红土地里也能长，但打碗碗花还是喜欢在沙土地里长，瘦弱的身子骨特别喜欢在草桥沟的坡上爬来爬去。三角形的叶片下，冷不丁绽出一朵粉红色的花。人锄牛踏，猪啃鸡啄，它都不在乎。当你以为已斩草除根、大功告成的时候，它又钻了出来，爬了起来，开出花来。

打碗碗花柔柔地开着，弱弱地长着，嫩得让人不忍心用手去摸。其实它也真不能随便摸。奶奶的歌谣里就唱道——

> 打碗碗花，打碗碗花，
> 小娃娃，莫碰它。

为啥不能碰它？奶奶说，小孩子要是胡乱去采打碗碗花，吃饭时就会打破碗。

有人说，它起初很可能叫灯碗碗花，因为花的形状像一盏灯碗，后来叫讹了，成了打碗碗花。听说在其他地方，它还有很多别的名字：旋花、美草、盘肠参、面根藤等。

《诗经》的植物盛宴里是绝对不能少了打碗碗花的。但当时它就一个字：葍。

好多事儿就怕琢磨，一琢磨就成了学问。乡邻们很多看似又土又俗的说法，反而是最古雅最有学问的。一个葍字，就把这种植物的文脉接通到了两千年前。黄河口人叫它福子苗，原来是从《诗经》里来的，应该写作葍子苗。

《诗经》里有诗道："我行其野，言采其葍。不思旧姻，求尔新特。"这说的是一个弃妇的故事。试译成白话：我在旷野独行路，采朵葍花心凄楚。不念原配旧日情，另寻新欢真可恶。

写到这里，我想起了一位女同学——福苗。她家姊妹六个，她排行老二，比我大一岁，我叫她二姐。福苗喜欢穿一件粉红色的上衣，长得比葍子苗还娇艳。

放秋假了，娘说："'老海'又下了一窝猪，奶不够吃的了。你到八连去拾草剜菜吧，多剜点曲曲菜和葍子苗，猪吃了下奶。福苗家的'老花'也下了一窝小猪，你和福苗一起去吧。你们俩同学，正好做个伴。"

八连是军马场的一个连队。我和福苗住在八连的屋子里，头两天拾草，晒干后再背到一个高坡上，等大人们赶着地排车来拉。后两天剜菜，每人要剜上满满的几麻袋，够那些猪吃上一阵子。

八连的屋子坐落在一片槐树林里，住进了四面八方的人。吃饭时，人们才聚到一起说说话，顺便休息半个钟头，饭后就各忙各的了。有个山西人，姓关，吃饭时不大吃菜，手里不离一把小壶，壶里盛满了陈醋。他吃一口干粮，就一口醋。人们叫他"山西酸"。"山西酸"不拾草，也不剜菜，只撸茶棵子（罗布麻），说是运回老家当茶卖。他不大干活，每天抱着一本蔡东藩的《民国演义》看。那时我已看过《三国演义》《封神演义》，就问他"演义"是啥意思。"演义嘛，就是艺术加工，三分实事儿，七分夸大。比如今天中午你吃了两个卷子，我说你饭量是真大啊，一顿饭吃的卷子能从手心摆到肩膀头，这就是演义。演义就是添油加醋。"说到这里，他抿了一口醋，"比如说关老爷——我那本家老乡，过五关斩六将，单刀赴会，真个是武圣人。可说到刮骨疗毒，那就是演义了。胳膊上的肉割开，血流了一盆，还谈笑风生，饮酒下棋——神仙也受不了啊，早疼昏过去了。"说完，他拎起醋壶又抿了一口儿。

"山西酸"指了指我们剜的菜，又说："这个，你们叫蓠子苗，南方叫鼓子花，见到啥缠啥，自己站不起来，只能依靠别的东西往上爬。但你要说它能缠到高粱穗上去，缠到天上去，那就是演义了。我再给你讲个故事吧。明朝有个人叫马铎，和同窗林志一同进京赶考。林志在乡试、会试中都考了第一。殿试前一天的晚上，他梦见一匹马踩在自己的头上，就闷闷不乐。马铎也做了一个梦，梦见有位粉衣少女趴在自己耳边说了一句诗。殿试时，皇帝说：'我出一个上联，对得好的就是状元。风吹不响铃儿草。'林志正搜肠刮肚呢，马铎一下子想起了粉衣少女说的那句诗，就说：'雨打无声鼓子花。'于是马铎就得了状元。"

我问:"后来呢?"福苗揪着我的衣领往外走,说:"啥后来不后来的?吃饱喝足了,该去剜菜啦。"等走到槐林深处,福苗趴在我耳朵上说,那位泄露天机的粉衣少女就是菖子苗仙子。后来,马铎就娶了这位仙子为妻,过上了幸福的生活。过了一会儿,福苗又说:"你在咱村里功课最好,只要好好学习,将来也能中状元。"我说:"你呢?"她叹了口气说:"我是菖子苗的命,在河子西扎了根的。"

春风吹过河子西的大地。菖子苗发芽早,长得也快,刚长到脚脖子就急着爬蔓,这里爬爬,那里缠缠,缠麦子,缠蒿子,也缠灰灰菜。菖子苗的根有个吉祥的名字"菖根"——幸福之根。菖根白白的、细细的。在河子西的沙土里,我们一次次用镰刀剜、用铁锨掘,撸撸菖根上的沙土,嚼嚼,咂摸那点甜味儿。菖子苗花也开得早,一不留神就开了。

相传菖子苗花是杨贵妃的精魂所化,倾国丽人香消玉殒,马嵬坡上长出了这娇媚的花儿。在日本,它叫昼颜,逢日光就开放,入夜则闭合。它开花不是一瓣一瓣的,一朵花儿就是一只喇叭,蝈蝈、蟋蟀、地猴子们吹着它玩儿呢!长长的花柄托着花喇叭儿,这只喇叭想飞。往哪儿飞呢?不知道,反正是想飞。

可它终究没能飞起来。

我的求学之路越走越远,回家的次数越来越少。福苗走不出去,她是扎了根的,横七竖八的根须羁绊住了她。福苗先是留级,然后是退学。学不上了,福苗的身子反而长了起来,就像原野上的菖子苗花,回眸一笑,惊艳了整个河子西。

打碗碗花,开千家,
二姐梳头窗前呀。
朵朵野花头上插,
头发亮得照人啊。
娃娃跟了一串串,
小伙子围了一团团。
打碗碗花,往上爬,
今日七,明日八,
后日我要出嫁呀。
娘给我娃红手帕,
手帕绣上打碗碗花。

福苗模样长得好,三村两庄的坏孩子们就缠着她。先是父母逼着订婚,后又闹着退婚;再后来她未婚先孕,最后跟了一个叫狗剩的,匆匆结婚生了个闺女。那年回家,正好在村口碰见她回娘家。她头上很明显有几缕白头发,眼红红的,见了我别过脸去,没看见一样。两个孩子紧紧牵着她的衣襟,好像怕她跑了。

听放羊的小懒偘说,自从狗剩养了翻斗车有了钱,福苗就遭罪了。因为生了两个女孩儿,婆婆就没给过她好脸色。狗剩也开始动手打她。狗剩经常到南方出车,听说一个饭店里的服务员给他生了孩子。福苗上过吊也喝过药,救过来后脑子就不好使了,最终也没能让狗剩回心转意。说完,小懒偘又唱着歌谣放羊去了——

打碗碗花,开不红,
　　婆子娘打儿媳不心疼。
　　白天打,黑夜拧,
　　二姐浑身青又肿。
　　眼睛哭得像铜铃……

　　几年后回家,打听起福苗的情况。奶奶说福苗找不着了,孩子也跟着跑了。"唉,这闺女,没福啊。"奶奶絮叨着,"活不见人,死不见尸。心性这么高,何必呢?这么多年,女人不都是这么过来的吗?"

　　我转到河子西,望着一地艳艳的莒子苗花,又想起了二姐。莒苗不知人去尽,春来还发旧时花呀。

　　我蹲下身子凝视着一株莒子苗,泪滴打湿了花瓣。我头有点晕,感觉自己变成了一株芦草,长在莒子苗的身旁,先心疼地抱一抱它,然后小心翼翼地让它爬上来,绿绿的叶子攀上来,粉粉的花儿打开来……隐约听见小懒偘幽怨的歌声从草桥沟对岸传来——

　　打碗碗花,开不红,
　　那个人的老婆没人疼。
　　打碗碗花,顶锅盖,
　　那个人的老婆没人爱……

苦菜子：大地的苦恋

学名：Ixeris chinensis
中文名：中华苦荬菜
科属：菊科苦荬菜属

苦菜,是大地苦恋的见证。

当初,苦菜喜欢把葳蕤的叶片在河子西铺张一地。虽然花还没开,但挤挤挨挨的花骨朵已让我拔不动脚。苦菜是出了名的急性子。一进农历三月,河子西的坝坡上,通往西双河的大路旁,苦菜花就开成了一片海洋,微风中,荡起一望无际的金色涟漪。整个大地一下子明亮起来。

南珊喜欢看野花,特别是成片的野花。本来,我承诺的是带她看盛开的苦菜花。她催过我几次,我因为正在赶写一部电视连续剧的剧本,就说:"别急。你是谁?你是花的魂魄!你不来,花不开。"没承想今年春天气温高,当我和她来到河子西时,大片的苦菜花没等我们。南珊的嘴噘得能拴住驴。好在河子西有的是野花,我赶紧采了一些曲曲菜花、野菊花,把蜜蜂、蝴蝶都引来围着她转。她的那张俊脸才见到了阳光。

大自然又给我上了一课。所有的花令都是不可违的,赏春当及早,莫等空折枝。但人生的苦楚可能就是,认识到错误是一回事,真正改正错误又是一回事。时代的列车,不会等待姗姗来迟的旅客。更何况,时代的列车还可能会把人载向各奔东西、渐行渐远的方向。泰戈尔早就说过,你错过太阳,又要错过月亮了。不只泰戈尔,南珊也和我说过,没有人会永远站在原地等你。但等我真的明白过来,好多事都晚了。

我又想起了我窗外的那株小桃红,昨天还骨朵满枝,而今已落红遍地。

"南风吹露畦,苦菜日夜花。"我感觉苦菜应该是开两次花的。我从垦利驱车去利津县城喝喜酒，走的是黄河北大堤。本来走南岸更近，但因为北大堤的景色更美，我们就舍近求远了。到王庄闸时，我们停下，下车在石埽上坐一会儿，回想一下建光曾在这里弹奏的《水边的阿狄丽娜》，看黄河东去浊流西来，闻闻花草残存的香气。

就在这时，一株苦菜跳进了我的眼帘。这是一株落单的苦菜，叶子闪着黑绿的光芒，旺盛得令人称奇。现在已是深秋，坝坡上大多数植株已经枯萎泛黄了。

我想拔走它，转念一想，终是不忍。算了，这么青葱旺盛的生命，在这里长得好好的，还是别糟蹋了。我唯一要做的，就是掏出手机，拍照留存。上了车系安全带的时候，我在心里表扬了一下自己：没有拔走这棵苦菜，做得不赖。看到好东西就想据为己有，这是人的劣根性啊。

苦菜，正名叫中华苦卖菜，菊科舌状花亚科苦荬菜属，基生叶呈莲座状，叶片形状多变，有的有不规则深裂，带着锯齿似的小尖，却不扎人。不小心碰到，也是柔柔的，一点儿也不觉得疼。小朵黄花似菊，头状花序，开花顺序是由四周向中间，向心式开放，每朵舌状小花顶端有五个齿裂。它身高5—47厘米，瘦果褐色，别名山苦荬、活血菜、节托莲、败酱草、苦叶苗、苦麻菜等。

发苦的菜那么多，为啥唯独它叫苦菜？因为它是真苦。从《诗经》时代开始，它一路苦过来。"采苦采苦，首阳之下。人之为言，苟亦无与。"意思是说：

采苦菜呀采苦菜，

采遍首阳山脚下。

有人专爱造谣言，

千万不要附和他。

在《诗经》里，苦菜还有一个名字：荼。《尔雅》："荼，苦菜。"《诗经·谷风》有"谁谓荼苦，其甘如荠"，是一名弃妇的自言自语："谁说苦菜苦啊？我吃着和荠菜一样甜呢。苦菜苦在舌尖上，我是苦在心尖上啊。"苦菜太苦，人们一般不吃。清吴其濬曾说过："和以蔗糖，其苦犹强于甘，徒以其性能抑热强啗之，非佳馐也。"

一到灾年，苦菜和曲曲菜、黄蓿菜、扫帚苗等就成了填饱肚皮的主食。娘曾把苦菜焯水，攥掉苦水，再拌上高粱面蒸窝头。它成了困难日子里的"救命菜"。剜到筐子里便是菜，吃到肚子里就是食儿。

我和南珊都喜欢剜菜，常常弄得苦菜乳汁沾一手，一会儿就变黑了。洗好几遍，手还是苦的。

我想起了我的河子西。要说野菜繁多，还得是河子西沟坡上啊！一片片、一墩墩的苦菜，被我和南珊一把把剜到篮子里。我曾撷一片嫩嫩的叶子，送到唇边，伸出舌头卷进嘴里，嚼了嚼，苦，真苦！那种纯纯的苦、浓浓的苦，让我一下子就知道了什么是"苦不堪言"。儿时有一个小伙伴叫小鹿，家是潍坊昌邑的，听大人们说离我们村很远。他来走亲戚，和我们交上了朋友，而且一待就是一个暑假。我们整天在一起玩。他老把曲曲菜叫成曲曲娘子，分不清啥是曲曲菜啥是苦菜。我说："你看看，曲曲菜的叶子多宽，苦菜的叶子多窄呀。曲曲菜多好吃，苦菜是喂猪的。"小鹿说："我怎么咋看都是一个样子呢，像一个娘的孩子。"说着扯了苦菜叶子塞嘴里，苦得连吐了几口，舌头伸得老长，好大一会儿都缩不回去。

苦菜是药中上品。《神农本草经》上说它"主五藏邪气……久服安心益气，聪察少卧，轻身耐老"。《本草衍义》说苦菜能治瘊子："折之白乳汁出，常常点瘊子，自落。"《易统通卦验玄图》记载："苦菜生于寒秋，经冬历春，得夏乃成。"它因此又名游冬。原来它是秋天出生，去冬天游了一圈啊，怪不得王庄闸的苦菜于寒秋时节还葳蕤生姿呢。

战争年代，苦菜也曾是咱们红色队伍的"革命菜"。长征途中，战士们常以苦菜充饥，因此苦菜还有个"长征菜"的名字。民间有"宁吃甘肃一苦菜，不恋百年思红尘"的说法。更加著名的，还有著名作家冯德英反映胶东革命的长篇小说《苦菜花》，拍成电影后，那首歌曲更是广为传唱：

  苦菜花开满地黄，
  乌云当头遮太阳。
  鬼子汉奸似虎狼，
  受苦人何时得解放？

苦菜花开香又香，

朵朵鲜花迎太阳。

受苦人拿枪闹革命，

永远跟着共产党。

  在河子西的岁月，我们几乎每天都和苦菜打交道。老乡们叫苦菜子，南珊固执地叫它苦苦菜。爷爷喜欢吃苦菜，也让我们吃苦菜。我们当然更愿意吃糖。爷爷说："吃得苦中苦，方得甜上甜。小时不吃点苦，苦日子在后头呢。"

  现在生活好了，人们更注重养生保健，吃苦菜的人越来越多了。炒肉片、炒鸡丝、熘肝尖、苦菜粥，海米苦菜包子也不错。用香菇、豆腐、粉条、土豆制成的苦菜素什锦更是经典菜品。现在的南珊专挑苦菜挖。苦菜蘸酱，她就好这一口。她说苦菜的苦，是种苦香。

  这么多年过去，我也饱尝了人间的各种滋味，已不好意思矫情地说日子多么累多么苦。尤其是面对这种苦到家的野菜，我怕我一说苦，苦菜花就开始苦笑。

荠菜：一地新诗出土来

学名：Capsella bursa-pastoris
中文名：荠
科属：十字花科荠属

"雪向梅边尽,春从柳上来。"春霞霭霭的时节,你要是来到黄河口踏青,最好和我一样,不一定非要到河子西,随便找一处草地席地而卧,你就能闻到春草的初香,看到婆婆丁、青青菜、节节草、曲曲菜一下子都拱了出来,争着和你打招呼。这株草问:"来了?"那朵花说:"开了?"

望着如扣的小朵儿,嗅着春天的草香,你会喜不自胜——黄河口的春天啊,连个通知都不下,就这么来了吗?

这些初春的野菜里,数荠菜性子急,出得早。别的野菜还在残冬中攒劲呢,荠菜已迫不及待地钻出地面,青芽绿叶,如新土里长出的一首首小诗,散着别样的清香。

野菜,是地母的恩赐;荠菜,是早春的信使。

阳光明媚的日子,荠菜喜欢找一片开阔的草地躺平,铺下身子长叶。叶片镶着波浪形的边纹,高雅而美丽。

河子西的沟沿上,是三三两两蒙着方巾挖野菜的女人。小懒倌袖着手,半截鞭子从领口里伸出来,斜斜地指向草洼子村的方向。他瞟一眼那群剜菜的女人,悠悠地唱起来——

　　天蓝蓝,水蓝蓝,
　　河子西荠菜一片片。
　　弯下腰,眼要尖,
　　一把一把装满篮。
　　过路君子看一看,
　　剜菜娘们腚朝天。

女人们直起腰，用钩刀子指着他说："再胡咧咧，把你的头塞进裤裆里。"吓得小懒佾一缩脖子溜了。

或许是水土的原因，黄河口的荠菜格外甜美水灵。《学圃杂疏》说荠菜乃"草中之美味"。荠菜又名地米菜、香善菜、清明菜、香芹娘、枕头草，因其能荡涤肠胃，又叫净肠草。李时珍说："荠生济泽，故谓之荠。释家取其茎作挑灯杖，可辟蚊、蛾，谓之护生草，云能护众生也。"因荠生如莲座，味甘中和，人们认为它是一种修行的善草，闪着佛性的光辉。屈原把荠菜比作君子，他说"荼荠不同亩"，荠菜都不愿和苦菜生在同一块地里，君子怎么能和小人同流合污呢？

"肥正月，瘦二月，半死不活三四月。"困难的日子，青黄不接的时候，好吃的荠菜更是派上了用场。《野菜谱》说："荠菜儿，年年有，采之一二遗八九。今年才出土眼中，挑菜人来不停手。"

荠菜味正，不偏不倚，一不腥，二不怪，约略的清，淡淡的甜；生吃熟烹，都出味。正像郑板桥画中所题："三春荠菜饶有味，九熟樱桃最有名。"南北之人都喜荠菜，浙江诸暨有歌谣唱道："金鸡山，苎萝村，挑荠菜马兰头，西施姐家在后门头。"杭州有三月三日男女皆戴荠菜花的习俗。

传说荠菜能预兆年景的丰歉。春秋时期音乐家师旷说："岁欲丰，甘草先生。甘草，荠也。"是说年景好，春天荠菜就会先发芽。自《诗经》时代，荠就被视为"甘草"。《诗经·谷风》有

"谁谓荼苦，其甘如荠"之句，是写一位弃妇在控诉："你另娶新欢，甜甜蜜蜜，让我独自品尝痛苦。谁说苦菜苦啊，和被弃的我相比，就像荠菜一样甜呢。"

荠菜经常隐藏在草间，叶子又长得和辣辣菜、婆婆丁很像，所以虽然它挪不动脚跟，却并不好找。其实荠菜就是荠菜，我一眼就能认出来，和其他菜相比，形色味都不一样。翻过的好地里，麦子地边，沟渠坡上，荠菜又多又大。只要发现一棵，附近肯定还有，你找就行。

好吃莫过饺子，而荠菜饺子又是饺子中的极品。青嫩的荠菜洗净切碎，用肉末或鸡蛋、虾皮调馅，饺子还在包着呢，荠菜的鲜香就氤氲在周遭了。美食之美，不只在吃，更在烹制的过程中，有一种艺术创作的快感。白胖胖的饺子跳进锅里，在沸腾的水花中上下翻滚。饺子尚在锅里，口水已到舌尖。出锅装盘，一只饺子就是一只元宝，绿莹莹的荠菜从薄薄的饺子皮中隐隐透出，整个屋子热气腾腾。急不可耐地夹起一个，轻轻咬开一个小口，一股荠香拱了出来，抚慰着我的味蕾。尽管烫得直吸溜，但这样的人间美味，一盘是打不住的。

荠菜做汤也是一绝。洗净的荠菜微焯，切三刀备用；锅也不用炝，清水青菜，蛋花淋之，点几滴香油、些微精盐。蛋黄荠绿，清气袅袅，一股春天的味道。

荠菜的神奇之处还在于，你即使一点肉也不放，也能咂摸出鸡肉的香味，因为它富含氨基酸。荠菜烧肉、加花生碎凉拌、摊鸡蛋饼，都是开胃又开怀的吃法。

苏轼也是食荠高手,"烂蒸香荠白鱼肥,碎点青蒿凉饼滑"是他的畅想,"时绕麦田求野荠,强为僧舍煮山羹"是他的独创——流传至今的"东坡羹"其实就是荠菜粥。

说到荠菜的药效,有"阳春三月三,荠菜赛灵丹"之说。开花的荠菜消肿降脂,止痛祛风,明目益胃,是上等的药材。"荠菜煮鸡蛋"相传为华佗推荐给百姓的食疗秘方。三月三这天,老人煮三个鸡蛋吃了,据说可治头晕头痛症。小懒倌说,这天把荠菜放在锅台上,蚂蚁一年都上不来。

荠菜和很多十字花科植物一样,花朵很小,可小巧可人,总是沐浴着晨光,不急不慢地打开。荠菜开花早,结子也早。当白色的小花爬满枝头,人们就不会采它了,因为它已经老了,柴了。六月,它的种子成熟了,短角果呈倒三角形,因此人们又称它为三角草、菱角菜。

荠菜的种子熟透后,会被摇曳的枝条甩出去,在连绵的秋雨中迅速发芽。冬天过后,荠菜就会在春天争先恐后地生长,并尽快抽薹开花。这几年,挖野菜的人太多了,人们连开花结果的机会都不给荠菜,大有挖绝之势。荠菜那么细小就被挖走了,再也长不出来了。

现在,啥都有人工栽培的,集上还有卖荠菜种子的。院子里的荠菜和菠菜、韭菜一个待遇,水肥充足,肥头大耳,但吃起来总不如野生的地道、清香。

荠菜,是俗世的美人,草中的君子。人们喜欢它,大概不仅仅因为它济世救荒、治病救人,还因为它有一种打动人心的温柔和恬静吧。它是黄河口大地上关于爱的标识,正像它的花语——愿意为你付出一切。

"天蓝蓝,水蓝蓝,河子西荠菜一片片。"如果你想找寻真正的春天的味道,那就生吃一把黄河口的荠菜吧。

别蘸酱,空口吃。

灰灰菜:杖藜扶我过桥东

学名:Chenopodium album
中文名:藜
科属:苋科藜属

> 头顶一头的种子，
> 我是那株秋天的灰灰菜。
> 凉风一阵阵提醒我，
> 面向未来，传宗接代。
>
> ——清泉《灰灰菜》

灰灰菜浓密的叶子是我童年的凉篷，秋后长得高过我的头顶。它们喜欢丛生在河子西，在小毛家的老屋台子上长得也很欢实。又高又厚的枝条下，栖息着各种各样的生灵。一般情况下，是那只大肚子蝈蝈先清清嗓子，脆脆地起个头，紧接着另外的蝈蝈争先恐后地跟上，然后其他虫鸣汇合进来，叫声便会连成一片。蝈蝈的叫声也引来过午不成溜儿的小风，密匝匝的细叶欢快地翻飞着，宽阔一些的叶子背面印着大地一层层的灰痕，藏着我童年的密语。

绿色，是它的本色；灰色，是它的胎记。这正如故乡人们的日子，生机盎然、一生葱绿固然好，偶遇困顿有点灰色也得这么过。

灰灰菜的正名叫藜，苋科藜属一年生草本，别名灰条菜、野灰菜、落藜、灰蓼头草等，李时珍言"皆因形色名也"。它的叶子叶面深绿色，叶背则被白粉粒，呈灰白色，所以得名灰灰菜。

灰灰菜叶质柔嫩，青苗时节，是上好的野菜，牛羊走过，嘴会不停地啃食。《救荒本草》中说："生田野中，处处有之。苗高二三尺。茎有紫红线楞。叶有灰䕨，结青子，成穗者甘，散穗香微苦……采苗叶炸熟，水浸淘净，去灰气，油盐调味。晒干炸食尤佳。穗成熟时，采子捣为米，磨面作饼蒸食皆可。"《群芳谱》中说得更诱人："嫩时采叶，滚水炸熟，香油拌为茹，颇益人，能涤肠胃。"好个"涤肠胃"啊，像我这种"猪肚子"，真需要多啃食些野草野菜，清清肚肠啊。

其实，藜曾经是我们老祖宗的主要菜蔬之一。尧舜之时，没那么多粮食，只能吃野菜，《史记》里说是"粝粮之食，藜藿之羹"。后来人们就用"藜藿之羹"指代粗劣的饭菜，与"膏粱美食"相对。其实，用焯过的灰灰菜叶子做成黏粥，是一道很好的"羹汤"。古代贤人好这一口，杜甫说"吾安藜不糁"，陆游则是"老便藜粥美，病喜粟浆酸"。

但灰灰菜是光敏性植物，吃多了，在太阳下一晒，容易诱发日光性皮炎。小时候，小毛表哥就曾吃灰灰菜引发皮肤红肿痒痛，搔个不停。他搔着痒的时候竟然唱了起来——

> 灰灰菜，包饺子，
> 拿到街上换酒吃。
> 吃醉打死俺媳妇，
> 打死媳妇可咋过？
> 有钱买个花花女，
> 没钱买个脚崴拉。
> 不会擀，不会烙，
> 簸箩盖上捏窝窝。

灰灰菜还是一味中药，清热祛湿，治发热、咳嗽、湿疹等，对流感、乙型脑炎病毒有抑制作用。

植物的生命，永远积极达观。背地性使它们无不极力向上，趋光性又使它们追求卓越、心向光明。被人畜踩倒了，它们爬起来，向上，向上，一直向上。美国加州那棵名为"谢尔曼将军"的红杉高八十三米，已活了三千五百年。澳大利亚的"植物巨人"尤加利树能长到一百五十米——五十层楼高！

灰灰菜长不了那么高，但也不矮，它的茎秆直立、粗壮，是天然的好手杖。《植物名实图考》里说："其茎秋时伐为杖，轻而有致。"苏轼用过："村舍外，古城旁，杖藜徐步转斜阳。"他的好友刘景文也用过："说与旁人浑不解，杖藜携酒看芝山。"还有南宋的志南和尚也用过，他的那首《绝句》写得是真绝啊！

> 古木阴中系短篷，
> 杖藜扶我过桥东。
> 沾衣欲湿杏花雨，
> 吹面不寒杨柳风。

真想走到杏花雨里、杨柳风中，让体己的藜杖扶一扶我疲惫的肉身呢。

《诗经》中那一篇篇关于草木的诗，记录了我们的先民和野草、野菜那种和谐的纠缠。灰灰菜在那时还不叫"藜"，而是

"莱":"南山有台,北山有莱。乐只君子,邦家之基。"可译为:

南山生莎草啊,
北山长灰菜。
君子欣欣然啊,
家国栋梁材。

在河子西,灰灰菜长得飞快,正像《淮南子》所说:"藜藿之生,蠕蠕然日加数寸。"春夏之交,万木争荣,灰灰菜是草木竞赛的佼佼者。

一阵风吹过去,又一阵风吹过去。"往高处长啊!"一片叶子喊着,许多叶子一齐喊着。灰灰菜的枝子开始分叉,枝条越来越繁密,身子也越来越高,长成了草桥沟边亭亭玉立的大姑娘。见我来了,最高处的叶子更加妩媚,粉嫩含羞,一下子红了。于是,它又多了一个好听的名字——胭脂红。我始终没有看够胭脂红那羞涩的美。在这物欲横流的年月里,人们已经忘却了还有一种美叫"羞涩"。灰灰菜脸上那恰到好处的红晕,有一种令人心动的恬静之美,特别是它含情凝露的时候。有些菜叶看上去不小,但存不住事。灰灰菜能。像今天,它兜住一叶的露珠,自在晶莹,一动不动。河子西这些看上去灰头土脸的灰灰菜,内心说不出地纯净。反而是那些光鲜亮丽的人,心头落满了各样的尘垢。

灰灰菜的花序圆锥状,成熟的种子双凸镜状,黑亮亮的。仅一簇花结的种子就千千万万,让我对它的繁殖能力崇拜不已。

去年,我和东邻之间的绿化带里长出一片密密的灰灰菜。叶子不像我们前桥村的那么大、那么嫩,应该是小藜(Chenopodium ficifolium)。但一出门就能摘到灰灰菜,已经很美了。

2020年5月,我们前桥村被拆,整个村子一间房子没剩。老乡们投亲靠友,有住陈庄的,有到河口的,有在垦利买房子的。三十多户人家,被分得七零八落。三十多栋房子被挖掘机拱倒,一夜之间变成了三十多堆建筑垃圾,就像大地上鼓起的一个个脓疮。秋后,我又到村子里看了看,土地仍没有复垦,那些"脓疮"还在,只不过周围长起了一人多高的野草。嫂子屋后那片已经无家可归的灰灰菜,已长成了"灰灰树"。

蚂蚱菜：晒不死的五行草

学名：Portulaca oleracea
中文名：马齿苋
科属：马齿苋科马齿苋属

黄黄菜，开黄花；

黄家女，嫁人家。

又要金，又要银，

又要良田和牛马。

——黄河口童谣

大地上的神奇，唯有植物才能为我呈现。

没想到黄河口随处可见的蚂蚱菜，竟是如此神奇。

教师和医生可能是我们这个国度最大的两个知识分子群体，即使在基层的农村也是如此。韩树贵是汪二河大队的赤脚医生，我父亲郭玉照是汪二河小学的民办教师。他俩本来就是好朋友，因为父亲的高血压和心脏病，韩树贵更成了我家里的常客。一天，我在外面玩累了，进屋拿起一个大包子吃。正咕嘟咕嘟煮着针管针头的韩树贵问："包子啥馅的？"我说蚂蚱菜。他说："蚂蚱菜好啊，蚂蚱菜养人啊。你知道吗？蚂蚱菜又叫'五行草'。根是白的，叶是绿的，籽是黑的，枝是红的，花是黄的。这样，五种颜色就全了，正好对应着金、木、水、火、土五行。你现在吃的是神草呢。"

父亲说："我们土名叫蚂蚱菜，《本草纲目》上叫马齿苋。"他说着就找来那本翻烂了的《本草纲目》，念起来："其叶比并如马齿，而性滑利似苋，故名。"

这种耳濡目染的教育，一是使我在不知不觉中学到了许多知识，二是教我养成了读书的习惯。

后来我喜欢上了植物，看草木的书籍，观察草木的植株，并试着写黄河口的草木，越发感觉到草木世界的神奇。单就蚂蚱菜的可食性，书上的记载就很丰富。《本草经集注》的记载简洁而有趣："俗呼为马齿苋，亦可食，小酸。"王磐《野菜谱》中说，夏日采马齿苋，以沸水煮过，晾干，冬日可食，并编写了一首歌谣："马齿苋，风俗相传食元旦。何事年来采更频，终朝赖尔供餐饭。"

蚂蚱菜的吃法当然很多，炝食、煮粥皆可。开水一焯，挤掉酸水，撒盐、味精、蒜末，滴几滴酱油、香油，调匀即可，放点海米更佳。挤掉酸水的蚂蚱菜剁碎了，放五花肉包水饺、蒸大包子都很好吃。我曾写过一篇日记："院里韭菜不出息，唯雨后蚂蚱菜甚厚，特留之。过几日竟蓬蓬勃勃，盖过了韭菜。恰客至，采之，焯熟，蒸两锅大包子，酒后吞食，朵颐大快。世事常常如此，精心种韭偏不长，随手采绿不费功。"

蚂蚱菜焯好后还可久存。冬天，从冰箱里拿出来，掺点韭菜，包大包子，再整杯酒。窗外大雪纷纷，室内热气腾腾，把酒赏雪，乐不可支。

毛泽东主席一生喜欢吃蚂蚱菜，不知道黄河口的蚂蚱菜，老人家尝过没有？

蚂蚱菜别名长寿菜、长命菜、酱瓣草、马荠菜、马齿草、瓜子菜、酸苋、太阳草、马铃儿菜。蚂蚱菜还有"天然抗生素"之称，中医认为它味甘酸、性寒，能清热解毒、止瘀消炎、利水祛湿。据《中国野菜图谱》，蚂蚱菜每百克含65毫克维生素C、0.16

毫克维生素 B_2、3.94 毫克胡萝卜素。怪不得韩树贵说蚂蚱菜包子养人呢!

蚂蚱菜喜欢匍匐生长,叶片长圆形或卵形,叶腋生腋芽两个。枝节很多,每条茎上都分出很多小枝,每根枝上都挂上叶子。起承转合,层次分明,就像一篇好的作文。

"草生"苦短,岁月流长。大多数植物抢在春季开花,才使得春天如此绚烂。夏天开花的植物一则较少,二则开得急促。有些花的花期只有一天,像丝瓜、待宵草等。蚂蚱菜也是朝开暮谢,但花朵细小,开起来不大起眼。作为一种虫媒花,只要花粉传出去,也就妥了。

蚂蚱菜花簇生,三五成群,一朵五瓣,雄蕊八,雌蕊一,熟时籽粒四散,繁殖能力极强。密密的黑种子,发芽力能保持三四年,若存于低温干燥处,可保存三四十年!

这就是蚂蚱菜,荒年果腹的粮,丰稔岁月的菜,美化庭院的花,治病疗伤的药。根茎花叶籽,全身入药;炒炝蒸煮拌,咋吃都行。

说了这么多,蚂蚱菜最令人咂舌的一点我还没说。

我站在高老三地块的田垄上,吵闹了一天的麻雀终于安静下来,乌鸦准备睡觉了,蝙蝠刚刚起床,在暮色中飞来飞去。我拄着锄,望着玉米地里的一片蚂蚱菜发呆。本家的大孩叔从地头路过。我说:"奇怪啊!这地上个星期天刚锄了,我记得很清楚,那片灰灰菜都死了,那棵卤蓬也干了,蚂蚱菜咋越长越大了呢?"

大孩叔说:"这有啥奇怪的?蚂蚱菜又叫晒不死,特别扛晒,这是老天爷给它的秉性。你这秀才，没听说过后羿射日的传说吗？天上一下子上去十个太阳，那谁受得了啊，草苗都枯了，河沟都干了，人也快晒死了。后羿为解救天下苍生，一下子射下九个太阳来。只有一个藏在一片厚厚的蚂蚱菜底下，后羿没找到，躲过一劫。为了报答蚂蚱菜的救命之恩，太阳就对蚂蚱菜网开一面，在它身上涂上一层蜡，让它在毒日头底下不仅晒不死，还绿油油的，开花结籽，家族兴旺。这就是它又叫太阳草、报恩草的原因。"大孩叔又说："锄蚂蚱菜，你不能嫌麻烦，要把那大棵的倒扣过来，根朝上，差不多就晒死了。没听说吗？——'蚂蚱菜，命似铁，翻转屁股晒六月。'不然，你即使锄断了根，一场雨，甚至一沾露水，它就又活过来了。"

大孩叔说："在河子西，蚂蚱菜是最扛晒的野菜，但比不过葱。听说过它俩打赌的故事吗？蚂蚱菜和葱都躺在地上比谁更扛晒。半天，一天，十天，半个月，没比出胜负来。最后葱说：'咱俩都脱了衣服，扒了皮，看谁更厉害吧。'蚂蚱菜听了，一下子蔫了。"

绿汪汪、肥嘟嘟的蚂蚱菜，是黄河口的传奇野菜。现在许多人喜欢养多肉植物。我看养蚂蚱菜就很好。枝繁叶茂，五行俱备，五彩缤纷，有一点水肥就很欢实。我没见过比它更天然娇俏的小多肉。

苤秆子棵：春地里的提琴菜

学名：Hemisteptia lyrata
中文名：泥胡菜
科属：菊科泥胡菜属

风吹走了风，河子西一下子沉寂下来。那些翩翩跹跹的蝴蝶、闹闹哄哄的蜜蜂，早不知道躲哪儿去了。多么安静的大地。此时的苤秆子棵，独自挺着光光的枯秆，思索着这个冬天怎么过。

苤秆子棵，是我利津老乡们的叫法。书上叫泥胡菜。它的茎秆长高时，非常像高粱秫秸上端的苤秆。我总感觉老乡们给草木起的名字比那些专家有水平，形象传神，别有韵味。那个给泥胡菜起名字的先人，一定是犯迷糊了，连"泥"带"胡"的，和它优美的身姿实不相称。你看它紫冠碧裳，花茎颀长，一派美人之姿，比起花坛中那些养尊处优的园艺植物可美多了。

泥胡菜，一年生草本，菊科泥胡菜属，别名田春、苦马菜、牛插鼻、糯米菜、猫骨头、苦郎头、猪兜菜等。《救荒本草》中记载："（泥胡菜）生田野中，苗高一二尺，茎梗繁多……叶中撺葶，分生茎叉。梢间开淡紫花，似刺蓟花。苗叶味辣。"入春后，泥胡菜的花茎会飞速生长，花骨朵比其他植物高出一头，一眼就能认出来。它的基生叶很像观音的莲座，上面的叶子则像提琴，长长的叶片分裂，边缘有锯齿，上面绿色，无毛，下面灰白色，有着厚密的丝状茸毛。春风吹来，灰白的叶子翻飞着，乡亲们因此还给它起了个石灰菜的别名。

晚春时节，苤秆子棵的花茎将近一米，有时分好几枝，有长长的梗，顶部开出一些桃紫色小花，妩媚异常。日本人称之为"狐蓟"，因它的"花蕾"（头状花序）似小蓟，但略小。苤秆子棵头顶的"绒球"比小蓟更红更紫，形貌昳丽，在河子西十分抢眼。

莛秆子棵的嫩叶可食，清苦回甘，四季可采。"植物通"际锦先生指着七村沟沿上的一株株莛秆子棵说："看，为啥它们的枝梢上爬了那么多蚜虫？这说明它富含营养，又发甜，才引来这些虫子。"莛秆子棵嫩叶可焓，可凉拌、炒豆干、炒里脊、炖排骨汤都挺好吃，但探马桥的乡邻们少有人吃。清明时节，江浙一带的人们常做"青团"，一般用三种野菜：泥胡菜、艾蒿、鼠曲草。袁枚《随园食单》记载："捣青草为汁，和粉做粉团，色如碧玉。"秀色可餐，望之欲食。

　　和黄河口其他草木一样，莛秆子棵也是一味中药，能消肿散结、清热解毒，可治痔漏、乳腺癌、风疹瘙痒等。

　　莛秆子棵的种子很像蒲公英，也有白色冠毛，比蒲公英要小一圈。不要因为它的种子轻巧，就以为是秕子。只要飞起来了，再轻盈的种子也能繁衍。你不用担心。来年春天，或近或远的地方又会长出莛秆子棵来，这里一棵，那里一棵，一层层的叶子叠成风琴的形状，在开化的大地上弹奏出春之圆舞曲。你不知道它们的老家在哪里，但它们不会忘记河子西。

吐噜酸：你是我酸涩的胎记

学名：Persicaria lapathifolia
中文名：酸模叶蓼
科属：蓼科蓼属

如果你喜欢吃天然的植物酸，那我就推荐河子西的吐噜酸了。

吐噜酸——应该这么写吧——有的地方叫酸不溜、酸溜溜，更多的地方叫兔儿酸。它是一种酸溜溜的野菜。

那个时候没有可乐，没有雪碧，没有酸酸乳，啜饮一片草叶的酸汁，便是童年的一种特权。

吐噜酸是真酸，和醋不一个酸法。它的酸有种植物的质感，有点清气，有点回甘。在河子西，我们渴了或者饿了，就揪下一片叶子塞到嘴里嚼嚼，酸水就从牙缝里渗了出来。但你得忍受住它第一拨酸溜溜的打击。嚼嚼，再嚼嚼，很快，酸味降低，甜味上升，满口生津，欲罢不能了。

吐噜酸属于"河子西六味"之一。

虽然吐噜酸很少一大片一大片的，但在河子西，你走两步就能碰到它。它的个子并不算高，样子有点像水蓬花，但要矮上大半米。叶子丰腴肥厚，上面都长着它们家族特有的胎记——月牙形紫色斑，就像包公额头上的月牙铲，陡增了正义的威严；又像一位风姿绰约的村姑，脸上恰到好处地长了一颗美人痣，平添了些说不出的韵致。

吐噜酸的茎紫红色，从根部就分枝。虽为野草，不失其节，互生的叶片长在一节节的紫茎上，不华自贵。它的身上不断地有新的小叶片钻出来，光亮鲜嫩；老的叶片则粗糙暗淡，甘心遮风挡尘，护佑新芽。

黄河口盛产吐噜酸，也盛产童谣。童谣一直是我们吃吐噜酸时的"佐餐音乐"。

一个唱：

吐噜酸，酸吐噜，
你娘生了个秃葫芦。
秃葫芦，不会哭，
抽得嗷嗷地打嘟噜。

一个唱：

吐噜酸，酸吐噜，
你娘也生个秃葫芦。
秃葫芦，不会走，
抽得嗷嗷地打抖擞。

虽然孩子们互相骂得起劲儿，但他们都很守民主公正的游戏规则：轮流上场，互相开骂。不管谁骂，其他人都不能捣乱，要听他骂完。

嬉骂完了，两边孩子都大笑起来，好像刚才对方骂的全然不是自己。

吐噜酸的正名叫酸模叶蓼，《本草纲目》中的"马蓼"可能就是它，李时珍说它"高四五尺，有大小两种，但每叶中间有黑迹，如墨点记，故方士呼之为墨记草"。它也是味中药，能"去肠中蛭虫，轻身"。

刚出苗不久的春地里，肥水足的地方，吐噜酸自由地生长，叶子长得肥嘟嘟、油亮亮的。麦田里，豆地里，庄稼们列队长在垄眼里，吐噜酸知趣地长在垄背上。尽管这样，它也常常免不了被锄刈的命运。

吐噜酸身上也有一个聊斋式的传说，是关于叶子上那块胎记的。一位书生每日在一座荒僻的寺庙中秉烛读书。恰逢夜雨，一只小狐狸悄悄钻到了书桌下躲雨。书生不小心弄翻了砚台，墨汁正好溅到了桌下的小狐狸身上。小狐狸再也洗不掉那片月牙形的墨迹，后来幻化成了书生的孩子，与书生相伴解闷。再后来，书生考中了进士，小狐狸没法跟了去，哭了一场。为了将来好认，小狐狸便以墨为记，渡劫成吐噜酸，长遍四野。那块黑褐色的墨迹，是吐噜酸无论如何也去不掉的"胎记"，更是他们父子相认的"凭证"。

家里粮食不够吃时，娘曾经用吐噜酸掺上扫帚菜，开水焯熟，放上蒜、干辣椒，拌上一大盆让我们吃。用饼将野菜一卷，酸酸辣辣，清贫的日子也有了滋味。

吐噜酸，啧啧，不能想，一想嘴里就有反应。

羊沟子菜：想我时，我在碱地边等你

学名：Takhtajaniantha mongolica
中文名：蒙古鸦葱
科属：菊科鸦葱属

> 羊沟子菜，包水饺，
> ××吃了变野雀。
> 野雀飞到南墙上，
> 恣得他娘拍咣咣。

——黄河口童谣

羊沟子菜的叶子水灵灵的，和曲曲菜叶一样，喜欢兜着露水玩。形状有点儿像韭菜叶子，又细又长。它通常贴着地长，也永远长不大，棵子也就一拃高，小花也就指甲盖大，从五月开始小心翼翼地开着，可怜兮兮地一黄就是好几个月。

初夏时节，羊沟子菜不动声色地长着，小风吹来，它就晃一下。

小时候，我和小芹剜菜，在草桥沟沿上的碱地里，经常能看到大墩大墩的羊沟子菜，西大井茅草地的边缘更多。

过了清明，一放了学就会被娘撵到西大井去剜菜。虽然大多数野菜棵子还比较小，但猪们总算是吃上春菜了。

我剜菜是把好手，手里的钩刀子很顺手。看到哪里的菜厚，蹲下来，哧啦哧啦，前后左右的大棵曲曲菜、蓇子苗、吐噜酸就被我剜得差不多了，个儿小的留下，再挪个地儿继续挖。手里攥不住了，抖抖土，转身扔到篮子里。钩刀子是种专门剜菜的工具：一根筷子粗的铁棍，最前端打制成刀片，后边弯出合适的弧度，最后端接上一个一拃长的木把儿。剜菜时，左手抓菜，右手握把儿，朝菜根一剜，往怀里一带，菜就到手了。

羊沟子菜要深点儿挖，连根整棵挖出来。浅了，一片片叶子就会散在手里。为啥叫羊沟子菜呢？因为它长在羊沟里？有的羊沟子菜也长在高处，草桥沟的高岗子上、麦子地的地头上都有，尤其是"二巴碱地"的边缘，长得反而更茂盛。更多的时候，它喜欢和茅草聚在一起长，没尾巴鹌鹑喜欢把窝建在一丛丛的羊沟子菜边上，它厚厚的枝叶正好掩住了鹌鹑窝，小鹌鹑在窝里又安全又舒适。

羊啃起羊沟子菜来不住嘴，猪也喜欢寻羊沟子菜吃，或许是它清甜的乳汁吸引着它们吧。

我们家"老海"的肚子又大了起来。娘不舍得让"老海"风里雨里去啃菜了，是怕它一不小心掉了崽吧？我被撵去剜菜的次数越来越多。临出门，娘还不忘嘱咐我，少剜苣子苗，猪吃多了闹肚子，多剜点儿曲曲菜、羊沟子菜，下奶。

小芹发现的这一片羊沟子菜又厚又嫩，她的菜篮子里早就冒尖了。我的钩刀子起起落落，沙土地上成片的羊沟子菜被我一墩墩地挖起来，断茬处的乳汁盈盈欲滴。小芹说："我突然感觉替它疼，这么青嫩的羊沟子菜，还没长足个儿，就让我斩草除根了。疼人，真疼人啊。"小芹一边帮我剜菜，一边说。我宽解着说："没事，旧的不去，新的不来。它的根深着呢，过几天就钻出新芽来了。"

菜剜回家，我把羊沟子菜从篮子里抓出来，往猪食槽子里一扔。"老海"一头拱过来，长长的猪嘴大口大口嚼着羊沟子菜，发出脆生生的响声。

"老海"吃羊沟子菜是生吃，吧唧起猪嘴来没完。我要吃，最好是炒鸡蛋，那股清气，只有羊沟子菜有。

老人们说，羊喜欢啃羊踩过的那些小沟坡上长出来的马唐草、狗尾巴草，当然还有羊沟子菜。有的老乡们也叫它羊胡子菜，因为它长得像羊胡子。现在我终于知道了，羊沟子菜的正名叫蒙古鸦葱，还有罗罗葱、兔儿奶、羊甲子菜等别名，也有叫阳沟菜的。可惜的是，近些年羊沟子菜越来越少了，我有好久没见到它了。

羊沟子菜的基生叶片都是灰绿色、长披针形。头状花序单生于茎端，一个花序含十九朵舌状小花。你要问我为什么是十九朵，我就不知道了。就像同样是春天的小黄花，为什么连翘是四瓣，而迎春花是六瓣一样，大自然的神奇，没人说得清。

羊沟子菜开过花，种子也要像婆婆丁那样远行。隐隐约约中，我听到羊沟子菜在边飞边唱——也可能是小芹在唱：

　　羊沟子菜，开黄花，
　　小风一吹开长了。
　　长啊长，长着长着就老了，
　　乘着风儿快快嫁。

随着城市化进程的加快，闲置的野地越来越少了。好多植物的踪迹越来越难寻觅。羊沟子菜也一样。它被挤到可怜兮兮的退海碱地上，好像在说："我并没有走远，只不过是远离了扩张的城市，远离了喧嚣的人群。想我时，你就向东走吧，我在新淤的碱地边等你。"

　　碱地边的羊沟子菜仿佛听到我也在唱,那童谣我不是唱给小芹听的,我是唱给悲伤的自己听的——

　　　　羊沟子菜呀,才发芽呀,
　　　　我和姐姐好喝茶呀。
　　　　茶又香啊,酒又甜哪,
　　　　我和俺姐去瓜园哪。
　　　　瓜园里头一碗水呀,
　　　　湿了俺姐花裤腿呀。
　　　　姐姐姐姐你别哭啊,
　　　　腊月十三做媳妇啊……

扫帚菜：扫起一地香气来

学名：Bassia scoparia
中文名：地肤
科属：苋科沙冰藜属

祖先的味蕾和肠胃早已对河子西的野菜进行了汰选。家里那个土台子上面的瓷盆里，盛满了从河子西沟坡上采来的美味。

这次盆里的主角是扫帚菜，掺和着的配角是黄蓿菜和灰灰菜。时间是1972年7月，黄蓿菜有点老了，而扫帚菜从阳春到初秋都在抽新枝、发新芽，都有新叶可采，绿莹莹、水嫩嫩的。扫帚菜虽没有多少特别的香气，但清新自然，在歉年救荒的野菜里，它的味道绝对是前几名的。

扫帚菜的正名叫地肤，苋科沙冰藜属，一年生草本。它有许多别名，如地葵、地森、铁扫帚、鸭云草、益明菜等。它的植株善分枝，花簇生于叶腋，呈穗状圆锥花序。花被球形，花丝丝状，花药淡黄色。割草时，常被它整得衣服上净是黄色的花药。它的茎淡绿或带紫红色，有多条棱。扫帚菜的叶子互生，特别密，有绵毛，一丛丛蓬蓬勃勃，就像大地上撑起的一个个绿色小帐篷。各种各样的小动物喜欢拱到下面乘凉。

扫帚菜喜欢长在房前屋后、沟梁坡上，婆娑的枝叶像孔雀开屏一样美丽。为了多长叶，它的叶柄干脆就省掉了。

李时珍说："地肤嫩苗，可作蔬茹，一科数十枝，攒簇团团直上。"扫帚菜清炒、炒肉丝、炒豆腐、焦炸、蜜饯都行，做馅包饺子、包子味道也很好，放点花生碎做粥别有风味。因为缺油少面，我家里最常见的吃法是"蒸巴拉子"：把扫帚菜码在箅子上，撒点面子，蒸熟，蘸点调料，就可以大口开吃了。

锅里的"巴拉子"当然是菜多面子少。在我的家乡，"面"和"面子"是有区别的。"面"专指白面，麦子做的，是"细粮"。

"面子"则指高粱面、棒子面等，是"粗粮"。"面"和"面子"，就像"吃工资的"和庄稼汉的区别，等级森严，不好越界。

热气在锅里钻来绕去，慢慢把菜蒸熟了。它在锅里转了多少圈，不知道，也看不清，谁也不敢把头伸进去看。一缕清香袅袅升腾起来，扫帚菜出锅，用醋调和一下，拌点儿蒜和盐，就是一盘美味了。若再滴几滴香油，那就是"地主家"的生活水平了。

除了扫帚菜，填到我肚子里的还有曲曲菜、黄蓿菜、蚂蚱菜、灰灰菜等。我不是食草动物，我更馋肉，但经常是"三月不知肉味"。别说肉，粮食都不够吃，我空空的胃囊经常咕咕乱叫。没有河子西这些野菜，我真不知道怎么活下去。——亏了这些野菜。

李时珍说扫帚菜"久服耳目聪明，轻身耐老"。它的果实叫地肤子，可治小便不利、荨麻疹等。细密的种子又繁殖成连片扫帚苗，严严实实遮住了地面，像是为大地罩上了一层绿色的皮肤，所以叫地肤。

扫帚菜的叶子密不透风，自然也是虫子栖身的好地方。纺织娘每年都会在扫帚菜上安家落户。夏天来了，草丛里传来"扎织扎织"的劳作声。不光纺织娘，扫帚菜这么大的球形身子能容纳千千万万热闹的虫鸣呢。秋后的扫帚菜能长到一人多高，抖落了叶片，主茎坚硬如钢，梢头又柔韧细密，刚柔相济，侠骨柔情。扫帚菜当然是村子里做扫帚的绝好材料。把干透的扫帚菜抖净叶子，捆绑在一根粗细正好的木棍上，就成了一把纯天然的扫帚。做个勤快人，黎明即起，洒扫庭除，挥帚成风，你就每天都能闻到黄河口的扫帚菜那淡淡的香味。

老鸦瓢：就喜欢缠上你的枝头

学名：Cynanchum chinense
中文名：鹅绒藤
科属：夹竹桃科鹅绒藤属

> 每一粒种子都向往远方,
> 我舒展白翅在河子西飞扬。
> 历经一个夏天的流浪,
> 我还是想缠上你的肩头。
> 让你看我,让你看我,
> 依偎着你时那幸福的模样。
>
> ——清泉《鹅绒藤》

我的童年有的是时间,因为有河子西,因为河子西有各种花草,因为河子西的花草里有小芹。

鹅绒藤成熟后,种子羽化出鹅绒状的翅膀,这大概是它得名的原因吧。黄河口当地叫老鸹瓢,它的别名还有很多:羊角瓢、旮旯蔓、祖马花、羊奶角角、白奶蔓子、趋姐姐叶等。老鸹瓢在黄河口遍地是,耐碱耐旱。我家院门外就有许多,伏在地上的,缠在草里的,爬在树上的,形态各异,葳蕤生姿。但好多我喜欢的博物学书里没有它的踪迹,倒是诗人莫非的《风吹草木动》里反复出现它乱缠一气的身影。

老鸹瓢是夹竹桃科鹅绒藤属,蓇葖果则是尖锥状,皮光滑薄嫩。长长的蓇葖果对我们有种天然的诱惑。我们尝试着吃过,苦涩难咽。大人们说那东西有毒性,别乱吃。那么好看的果实还有那菇荻(白茅嫩芽)一样的白瓢,怎么就浪费了呢?

我和小芹都喜欢它心形的叶子,宽宽的,对生,像极了天使的翅膀。叶子正面深绿,背面苍白色。它的聚伞花序腋生,着花约二十朵，花冠白色。夏天，老鸹瓢的棵子已长成了气候。它爬上我的花椒树，爬上小芹的冬枣树，爬上董升华的小桃树，把那些树缠个半死不活。老鸹瓢细碎的小花不是一点点长出来，而是爆开的，每爬一节，占领一根枝子，它就噼里啪啦爆开一串小花，就像点燃一挂二十响的小鞭炮，庆祝攻城略地的成功。

老鸹瓢入药的部分是它白色的乳汁及根，据《全国中草药汇编》，它的根能"祛风解毒，健胃止痛。治小儿食积"。老鸹瓢的茎叶和果中含有大量乳汁，如果你揪断一根，就会有羊奶样的乳汁流出来，盈盈欲滴。它能治母畜产后缺乳。小懒倌试过用它点刺瘊子，挺管用的。小懒倌说，河子西每一种草都有用。

我和小芹都幻想着老鸹瓢的果实也能吃，像老鸹枕头（地梢瓜）那样好吃。可实际上它又苦又涩，入口只嚼一下，你就会马上吐掉，还要连着吐几口唾沫。不是遇到灾年，人们不会去吃它。我家曾吃过焯水的老鸹瓢叶子腌制的咸菜，倒不难吃。

我们拾草剜菜，一般是不碰老鸹瓢的，但要是它缠上我们要割的苇子、蒿子、支棱子菜（猪毛菜），就只能把它一起扯断，常常弄得我们满手是它的乳汁。

那次我们在河子西割草，草很厚，我和小芹隔着二十多米远。突然，小芹"啊——"地叫了一声，扔了镰就跑，又让老鸹瓢蔓绊倒了。小芹抱着我的胳膊，指着草深处，惊恐地说："哥，长虫！可吓死我了。"我说："没事，早爬走了。"小芹脚也崴了，手也让草茬子扎破了。一会儿，她的脚就肿了起来。我只能把我俩割的草拢了拢堆起来，在小芹的伤口处涂了点老鸹瓢乳汁，背着小芹回家了。小芹的胳膊使劲缠着我的脖子，说："真恣啊，不用走路了。"我说："你松松手，快憋死我了。"小芹下巴搭在我头上说："你一身汗酸味，不嫌弃你就不错了。"说完趴在我背上咯咯地笑起来。

老鸹瓢的果实熟了后，会向一侧自动爆裂，露出毛茸茸、油亮亮的种子，种毛白色绢质。它的种子会像蒲公英那样弹开去，随风飘散。种子说："妈妈，我要远行。"然后了无牵挂，说走就走。结伴而飞更好，独自上路也行。到了冬天，棵子上只剩下一只只残存的葖荚果皮，在寒风里嘎啦嘎啦响。

风是我叫来的，但我控制不了风。种子在飞，时光在飞，身边的一切都在飞。我眼看着那些亮亮的小伞飞过草桥沟，飞过老鸹岭，飞到黄河对岸的城里去了。

老鸹瓢在风里使劲跑，我在风里使劲追。追着追着，就追没影了；追着追着，就把少年时光追没了。小芹的辫子越长越长，身影也离我越来越远了。

青青菜：踏遍河西寻卿卿

学名：Cirsium arvense var. integrifolium
中文名：刺儿菜
科属：菊科蓟属

青青和我一般都不去招惹青青菜，因为青青菜浑身净刺儿，一不小心就会让它攮一下。但有时也没办法。因为青青菜喜欢长在麦子地里，麦子长它也长。麦子熟了，不长了，它正长得起劲，个子都超过了麦子。而麦子又是必须要收的。"麦黄梢，累断腰。"抢收麦子时，根本没时间把混在麦垄里的青青菜挑出来，往往把它们一块割了打捆，一块运到场院里。抢收麦子时，偶尔让青青菜扎几下是免不了的事儿。再有就是青青菜喜欢和曲曲菜扎堆，渠岸上，沟坡上，有青青菜的地方，曲曲菜也长得又厚又大。春天一来，麦苗返青时，我和青青的身影就会出现在河子西，家里养的猪也就吃到了新鲜的野菜。河子西的曲曲菜和青青菜年年挖年年长，只要把根留住，只要头上结出种子，它们就一茬茬地长起来。

那天放了学，我又和青青去剜菜。河子西是曲曲菜的乐园，只不过它比青青菜出来得稍慢一点。当我听到河子西的乖子叫时，青青菜的莛子已蹿过了青青的脚腕，曲曲菜还匍匐在地上。我和青青找着找着就找到草桥沟畔这片野菜地里来。青青说："这里的曲曲菜真厚，看来很长时间没人来剜菜了。别贪玩了，先剜够了菜再逮蚂蚱吧。"

本来我剜菜不算慢的，但我这丛草上蹚一脚，那片菜上抢一镰，想多逮几只蚂蚱回家烧烧吃。等我看到青青剜的曲曲菜已大半篮子时，才想起家里那头老母猪还哼哼叫着等我的菜去填饱它的大肚子呢。我开始急慌慌地剜菜。青青说："你光想着逮蚂蚱，剜不满篮子，等着俺婶子拾掇你吧。"

我更着急了,因为就要日落西山了。刚剜了几把,我便叫了一声。"咋了?"青青跑过来。我扔了镰刀,右手攥住左手食指,血从我的手指缝里流出来。出门时,我刚把青青和我的镰刀都磨了一遍,刀刃很快,这一下子割得挺深。看到滴到青青菜叶子上的血,青青"啊"了一声,紧紧掘着我的手说:"咋办啊?哦,想起来了,青青菜!"她一弯腰欻欻扯了两把青青菜的叶子,团在手里,两手使劲地揉搓。搓烂了,捧到我手上,用力一攥,青青菜绿绿的汁水一滴滴落到伤口上,凉津津的。血很快就止住了。青青说:"哎,还真管用!"我说:"净刺儿,你不疼吗?"青青说:"顾不上疼了呀。"

接下来,我就坐在沟坡上休息,看着青青一个人剜菜。临走时,两只菜篮子里的菜都满满的了。

回家的路上,我说:"这青青菜真神啊,你咋知道它能止血?"青青说:"听俺爹说的。俺爹说,三国时的庞统在落凤坡中了毒箭,流了好多血,士兵扯来青青菜揉烂敷到伤口上才止住。"青青她爹是医生,看来知道的事儿就是多。直到现在,我一看到左手食指上隐约可见的伤痕,就想起青青和青青菜。

书上管青青菜叫刺儿菜,又叫小蓟、千针草、姜姜菜、野红花。和许多人一样,我真正认识这个"蓟"字,也是从杜甫《闻官军收河南河北》中的"剑外忽传收蓟北,初闻涕泪满衣裳"开始的。北京地区春秋早期就属蓟国,"蓟门烟树"是燕京八景之一。说得最清楚的还是北宋著名科学家沈括《梦溪笔谈》所载:"古契丹界,大蓟茇如车盖,中国无此大者。其地名蓟,恐其因此也，如扬州宜杨、荆州宜荆之类。"蓟菜分大蓟、小蓟。《本草纲目》上说，大蓟是虎蓟，小蓟是猫蓟。大蓟长得大，身子能长到一米八，一身的刺儿令人望而生畏。小蓟长得小，长到半米左右就不长个儿了。大蓟花开得早，种子也结得早，七月半头茸毛就开始炸絮，但风来时，它们并不急着飞走，而是互相缠绕着、覆盖着，好像一层细细的绢子蒙在大蓟的棵子上，使人看了备感温暖。蓟刺儿多，牛羊只在早晚吃，那时露水一泡，刺儿就软了，牛羊正好下口。蓟不仅能止血疗伤，而且是一种救荒菜，一般在五月采，焯水沥干，炒食、包馅、煮粥、腌咸菜都不错。

蓟这种植物不光中国有，世界上好多地方都有。蓟还是苏格兰的国花，被印在钱币和勋章上。西奥佛雷特知道蓟的茸毛可做气象的标志，海面上一旦出现散落的蓟的茸毛，大风就要来了。亨利·菲利普斯在《蔬菜的历史》中说，每当看蓟花无风自飘，牧羊人就要快点赶着羊群回圈了。

青青菜在河子西的原野上显得卓尔不群，它最突出的标志就是叶子刺多，还有头顶上开着一片冷艳的紫色花。小时的青青菜花一蓬蓬的，聚拢在一起，入夏繁荣，像一把把紫红色的伞张开在河子西。《本草纲目》中用一句话就说清楚了"蓟"这个名字的来历——"蓟犹髻也，其花如髻也。"它的花是紫红色的，高高挑起，就像美女的发髻。青青就喜欢采下它的花插在辫子上，看上去就像两只蝴蝶落在上面。我喜欢跟在青青的身后，看她辫子上两只紫红的蝴蝶飞呀飞。到了初秋，青青菜开始结籽，果熟花绽，蓬头皓首，籽随风飞，正像我喜欢的诗人范成大说的：

"露重蓟花紫，风来蓬背白。"我不知道一棵青青菜上能结多少种子，但我和青青在八月底就能看到蓟花纷飞，在河子西飘来飘去。这种蓟花飞扬的景象要一直持续到冬天。难怪一位作家说，一粒蓟种经过五年的繁殖，不受干扰的话，足以长满这个星球的表面——乖乖！

尽管青青菜有着超强的繁殖能力，但随着过度的工业开发，野生植物的生存空间越来越逼仄，河子西也被化工厂和一片庄稼挤占了。青青菜越来越少了，青青也早已远嫁他乡。

好在这几年，通过持续的生态治理，人们越来越认识到留住乡愁的可贵。大地上的绿色越来越繁茂，天空中的鸟鸣越来越清脆。我想在青青菜花开的时节再回到草桥沟畔。在河子西，我又见到了久违的青青菜，只是不见了和我一起剜菜的青青。踏遍河西三十里，不知何处是青青啊。

我对着河子西高高的沙岗喊了一声："青青——"数不清的青青菜转过头来，仰着青幽幽的脸，举着紫茸茸的花，笑着问："是叫我吗？"

老鸹枕头：你是我的小呀小枕头

学名： Cynanchum thesioides
中文名： 地梢瓜
科属： 夹竹桃科鹅绒藤属

老鸹枕头两头尖，

养活那孩子一大摊。

——黄河口童谣

我很多年没见花枝了，也很多年没吃到老鸹枕头了。

小懒倌在河子西的沙岗上放羊。羊的工作就是吃草。羊吃起草来非常专注，噌噌，噌噌噌，一住不住地把草卷进嘴里。扫帚菜、灰灰菜、热草、蔓蔓子草，都在羊嘴里发出嘎噌嘎噌的乐音。小懒倌的工作就是放羊，一般情况下他都会鼓励羊好好吃草，可是今天小懒倌突然挥动鞭子把羊轰到一边去，他趴到沟坡上，好像啃起草来。我和花枝说："他肯定发现好东西了，走，看看去。"我们跑了过去，看见小懒倌果然正起劲地吃着一种东西，嘴里也嘎噌嘎噌发出羊吃草的声音。"老鸹枕头！"我和花枝同时叫了起来。

童年的天空下，河子西沙滩上最大、最嫩、最好吃的野果子就是它了，对，没有之一。在河子西，不是所有的果子都能吃，比如青青菜、泥胡菜、商陆，它们结的果子不好吃；比如曼陀罗、苍耳子结的果子有毒不敢吃；比如香草、节节草、茅草，那就是草，没法吃，人的胃享受不了。能吃又让我和花枝喜欢的有菰荻、洋茄子、茼饽饽、小野瓜。但菰荻生得太早，过了初春就老得不能吃了；洋茄子又太晚，秋后才能吃；茼饽饽太涩；小野瓜不熟的时候太苦……一结出果子就能吃而且持续时间又长的就是老鸹枕头了。

现在，羊发现了这里的美食，被小懒佁的鞭子赶跑了。我和花枝也不剜菜了，全都加入抢老鸹枕头的行列里来。

这些老鸹枕头的最初发现者们咩咩地抗议着，但羊如何能和人对抗呢？

"老鸹枕头"这个名，应该是我们河子西的老乡们"独具慧眼"的创造。他们认为老鸹枕头的果实两头尖尖，中间鼓突，老鸹用它来当枕头。这是多么幸福而诗意的想象啊！

其实，老鸹枕头的正名叫地梢瓜，别名驴奶头、雀瓢、女青、沙奶草、羊不奶棵，许多地方叫瓜瓜。但所有的名字都不如黄河口人叫的老鸹枕头形象神奇，诗意独具。

老鸹枕头棵子不大，也就一捧大小。叶子细长，韭菜叶子那么宽，大半拃长，长得清秀俊逸。小花生在腋下，细细碎碎，颜色形状都像是桂花。《救荒本草》中这样描述它："生田野中，苗长尺许……茎叶间开小白花，结角长大如莲子，两头尖艄；又似鸦嘴形，名地梢瓜。味甘。"

就是这个"味甘"，让我们对这种野果特别着迷，一到河子西就寻找它。老鸹枕头又脆又嫩，一掰就断，而且会有乳汁流出来，咬一口，淡淡的清香、淡淡的甜。苦难的童年，它是野生在河子西大地上的最难忘的零嘴。

但美中不足的是，我们村所在的草桥沟东岸的土地大多为红土，草桥沟西岸草洼子村的土是沙土。而老鸹枕头不知为什么，喜欢在沙土里长。七八月份，老鸹枕头开始结果，这时也正好是伏汛，草桥沟里涨满了水，打着漩涡往北流。远方有个村子叫薄家窑,过了薄家窑,就快入海了。

花枝她们不会水,只能站在岸上张望。要吃到更多的老鸹枕头,就得一次次地凫过河沟去,在草洼子那边的沙岗上,老鸹枕头一蓬蓬的。

望着充满诱惑的沟对岸,我对花枝说:"我把篮子里的菜先倒出来,过去摘老鸹枕头给你吃。"

狗蛋提了提松松垮垮的裤衩说:"我也去,摘了也给你吃。"

"都别去,水太大了。"花枝望着满沟的水说,"要么我们从草洼子桥转过去吧。"

狗蛋说:"胆小鬼。那远了去了。"

我说:"那要往上游走很远,转到季家村的后面,太耽误时间了,用不着舍近求远。放心,我们都会凫水,一会儿就回来。你就等着吃老鸹枕头就行。"

我和狗蛋扑通扑通跳到水里,一手抓着篮子一手划水,朝对岸游去。快到对岸时,狗蛋喊了句:"哎哟,我的裤衩!"抓了两把没抓住。那么深的水里,他也跑不起来,眼看着裤衩越漂越远了。

我先爬上岸,甩着篮子上的水说:"不就是一个烂裤衩吗?谁让你娘给你穿的松紧带那么松呢。先摘老鸹枕头再说吧。"狗蛋一丝不挂,拖着篮子跟着我嘟囔:"这可咋办啊?这可咋办啊?我就这一条裤衩,回家俺娘肯定饶不了俺。"突然,狗蛋朝沙岗上一指,喊了起来:"哥,你看,那里,老鸹枕头!"

我们带着老鸹枕头凫回来后,狗蛋蹲在水里,双手捂着下面对花枝说:"你不能看!"

花枝一边大口嚼着我递过去的老鸹枕头,一边哧哧笑着说:"谁稀罕看。有本事你就在水里蹲着吧。"

我笑着说:"小心水里的长虫给你来上一口。"

吓得狗蛋往岸上蹿了一下,说:"哥,求求你,快帮我想想办法呀!"

花枝看了看我说:"咱去采两片荷叶,拿来让他挡着回家吧。"

我们挑了两片最大的荷叶给了狗蛋。狗蛋一手用荷叶挡在腰下,一手拿着老鸹枕头吃着,夹着两腿往家挪。我帮他提着篮子,花枝在前面远远走着。

在村西头碰到小懒倌。他赶着羊,远远地说:"哟嗬,狗蛋这是唱的哪出戏啊,你的家雀咋飞了?"

狗蛋骂道:"扯淡,飞你个头!"

小懒倌也不生气,一边甩着鞭子一边唱——

光腚猴呵,卖香油呵,
卖到前桥村西头呵……

当老鸹枕头老了,皮就硬得咬不动了,这个"枕头"渐渐变得瓢老皮黄。里面包着的每一颗种子,都会带上长长的茸毛,像蒲公英、鹅绒藤的种子一样,从裂开的壳中飞起,随风飞扬,去遥远的地方生根安家。

老鸹枕头清热降火，消炎生津，通乳催乳。没有猪蹄下奶的年代，妇人们经常拿晒干的老鸹枕头棵子洗净熬汤服下。它还能治瘊子，将老鸹枕头的枝子掐断，让乳汁滴到瘊子上，瘊子很快就落了。

童年的那些事儿，就像狗蛋松脱在草桥沟里的裤衩，越漂越远。我一直耿耿于怀的是，我已好多年不见老鸹枕头的影子了，它也消失了吗？如果人们功利到一片土地上只让化工厂生长，是多么薄情和无趣啊！

那天，我对花枝说，我盼望变成一只河子西的老鸹，在那棵大柳树上殷殷啼叫，夏夜就睡在草桥沟沙岗上的草窝里。身边流水潺潺，头上繁星闪烁，头下枕着老鸹枕头，乳汁充盈，馨香弥漫。

花枝说："俺也是。"

猪牙子菜：谁的腋窝开小花？

学名：Polygonum aviculare
中文名：萹蓄
科属：蓼科萹蓄属

草木们只要一来到河子西，叫啥就由不得它们了。草桥沟两岸的乡亲们对生长在这里的一草一木都有一套自己的命名方法。这种草或者菜的学名叫啥，或者在其他地方叫啥，乡亲们通通不管，只要长在河子西就得按河子西的风俗和规矩命名。比如把泥胡菜叫莛秆子棵，把鹅绒藤叫老鸹瓢，把地梢瓜叫老鸹枕头，把龙葵叫洋茄子，把马㼌瓜叫小野瓜等，当然还有把萹蓄叫猪牙子菜。

把萹蓄叫猪牙子菜，我猜是因为它的叶子像一颗颗猪牙吧。其实它的叶子还有点像竹叶，所以有的地方又叫萹竹。萹蓄还有一大堆别名，比如路柳、萹蔓、鸟蓼、斑鸠台、百节草，胶东人还叫它竹节草、萹子草。

猪牙子菜的身影，也令人惊喜地出现在《诗经》里。"瞻彼淇奥，绿竹猗猗"，竹，即萹蓄，也就是猪牙子菜。

猪牙子菜的叶子多肉，肥嘟嘟、水嫩嫩的，好吃。吃草的牲畜一见它，就把嘴伸出去，一口又一口地抻下来，嘎吱嘎吱地嚼着。特别是小芹家的小黄牛，平时见了啥都要用角顶两下，用小蹄子踢几脚，但只要一见猪牙子菜，亮亮的小牛头就不抬了，嘴里绿绿的涎汁沥沥拉拉，它也不管不顾。

猪牙子菜的绿是真的绿，是那种正绿、浓绿，绿得深沉，绿得专心，绿得牛羊驴马心旌摇动。

蓼科植物的突出特征，就是托叶鞘膜质，比如吐噜酸，比如我钟爱的水蓬花。与众不同的是，萹蓄像是扁扁的苜蓿，喜欢趴在地上，或匍匐，或斜上长，但身子没有超过半米的。叶子互生，分出很多枝子,小而密实,有白色的粉霜。

猪牙子菜的叶子讨人喜欢,表面光滑,用手摸上去质感非常好。我喜欢光着脚踩在上面。夏天,猪牙子菜是我孤寂阡陌上的守望者。从河子西割上一捆,铺在院子里,躺在上面好像睡在绸缎上,丝丝滑滑,清清凉凉。怪不得老乡们又叫它清凉草呢。

猪牙子菜也开花,而且开起来很是让人心动。只不过它的朵儿小点,单生或簇生于叶腋里,一至五朵,每朵花五个小瓣,浅白色或淡红色。每当四月份,大片的春花谢尽,这些小花才美丽而安然地绽放,在田边,在沟坡,在水渠上,袅袅娜娜地开着。它一开,一丝妩媚便生了出来,让你惊讶地叫一声。

猪牙子菜的瘦果在六月份就能见到,卵形,褐色,无光泽,但繁育能力极强。七至九月份的沟岸上、河滩里,猪牙子菜一大片一大片,妻妾成群,儿孙满坡。

猪牙子菜可以吃,二至七月间,采它的嫩叶,蒸巴拉子,蒸包子,凉拌、炒肉都行。色泽黄绿,质地绵软,挺可口的。蔿蓄馇黏粥,口味也不错。

《本草纲目》上记载,猪牙子菜能"治霍乱、黄疸,利小便"。陶弘景说:"煮汁与小儿饮,疗蛔虫有验。"人们传唱的《海上歌》也说到了蔿蓄治病的功效:

　　心头急痛不能当,
　　我有仙人海上方。
　　蔿蓄醋煎通口咽,

管教片刻便安康。

我一直艳羡家乡河子西那些随心所欲的植物,把花羞涩而自信地开在腋窝里,那是一件多美的事情啊。在众芳摇落之时款款打开自己,你能吗?反正我是不能,急得把头发拔光了也不能。

小野瓜：滴里当啷的乡愁

学名：Cucumis melo var. agrestis
中文名：马㼌瓜
科属：葫芦科黄瓜属

我和小芹有好多好多童年的惊喜遗落在了遥远的河子西。比如在草桥沟沿上发现一丛老鸹枕头，比如在郭秉义地头剜菜时碰到一棵挂满紫果的洋茄子（龙葵），再比如我不经意间蹚起一只没尾巴鹌鹑，然后在它起飞的草窝里发现了四只鸟蛋。当然还有一种难以言说的快乐令我至今难忘——在草桥沟的东坡上惊喜地发现了一片野蘑菇，到了晚上我和小芹家同时飘出香喷喷的蘑菇汤味道；或者在高老五的豆子地里割豆子时，提溜起一串黄澄澄的小野瓜，那金黄的野果子在爽爽的秋风中滴里当啷地炫耀。

小野瓜喜欢长在草桥沟的东坡上，沙质土壤是它的最爱。只要不是太碱，它就能生根、发芽、爬蔓。庄稼地里也有，特别是高粱地。但高粱地要锄三遍，不等它的棵子长起来，就被老乡们一锄搞掉了。

倒是豆子地更适合它生长。它和另一种爬蔓植物菟丝子一起偷偷在茂密的豆棵底下爬行，一时半会你发现不了它。最后发现它的时候，可能已经是准备开镰收割了。它的叶子几乎落光了，只剩下坚韧的藤蔓。你一镰一镰地割着豆子，时不时就会带起一串小野瓜。你惊喜地叫一声，扔下镰刀，体验一下顺藤摸瓜的快乐。一串串金黄的"瓜铃铛"在秋天里晃荡，你轻轻一抖，那些熟透的小野瓜就噼里啪啦掉到豆地里。捡起来，闻一闻，一股小野瓜特有的甜香就拱到你的鼻子眼了。虽然果子不大，也就大拇指肚大小，但一口一个，刚刚好。割豆子的疲累，已让这口舌生津的快乐替代了。

这是躬耕于河子西的一个巨大惊喜。秋风拂过你汗涔涔的身子,你的周围仿佛弥漫着一地的小野瓜的香气。

小野瓜,正名叫马䏶瓜,葫芦科黄瓜属,一年生草本,又叫马泡瓜、一串铃、铃铛瓜、小马泡;还有个名字叫马宝,它的大小、形状也确实像马宝。

在河子西的旷野上,它绝对是对我诱惑最大的野果子之一。宣东说,它就是"酥瓜蛋子"(一种甜瓜,俗称"一窝猴")的种子野生野长的。但酥瓜和它完全不像一种东西,结的瓜一个大如鹅蛋,一个小如鹌鹑蛋。

小野瓜的叶子比苘饽饽(苘麻)要小。但作为一种野生植物,叶子长成这么大已经很不容易了。我喜欢它柔软的叶掌,举在人迹罕至的旷野上,柔毛和纹脉清晰可见。

夏日清晨,它早早就伸出叶子,承接朝霞、露珠。玉一样的露珠在青嫩的叶片上滚来滚去,一缕小风拂过,露珠激动地颤动着。

瓜叶下面,小野瓜在偷偷地坐果。

那叶子,是葱绿的故乡之旗。

五月没到,我们就催着小野瓜开花。小芹说:"开花,开花呀。"可它就是不开。进入五月,它才拖拖拉拉,今天开一小朵,明天开一小朵,一直开到八月份。

它的花冠是艳艳的那种黄,形状像一口口小钟。有的小野瓜花期很长,到了九月份,还有零星的小花袅娜地开着,让人想起那些生命力很强的人。

小野瓜的叶片正反面、花梗上、小瓜蛋上,都长着又细又短的白色的柔毛。我们特别喜欢摸着玩儿。

小野瓜的瓜皮颜色一开始大都是青绿的,也有青白的,带着白绿相间的条纹。它爬蔓,每节都有卷须,爬爬停停,就像电影《奇袭白虎团》里的严伟才,在河子西的河坡上秘密接敌,匍匐前进。

可惜的是,小野瓜并不喜欢兵团作战,它喜欢自己玩儿,单打独斗。很少看到成片的小野瓜。

我们在河子西的沟沿上剜菜,小芹突然扔下篮子跑到一个沙岗上。她摘下几个熟了的小野瓜吃着,顺手给了我两个。宣东摘了一个半青不黄的扔进嘴里,苦得咧着嘴,噗噗噗地吐着。气得他又抻下一个,用力一捏,瓜啪地一下炸开来,瓜汁、种子溅了我们一身。

成熟小野瓜的香气很有辨识度,但它青涩时的那种苦是真苦。

国福叔去利津北岭出夫,回来时来我家串门,说到他们租住的房东家偏房门框上贴的对联是:"瓜甜苦中过,梅香寒里来。"那时的我没见过梅花,但小野瓜的苦,我是领教过的。

据说小野瓜是一个入侵物种,老家在非洲。它是如何来到这黄河入海口的呢?风刮来的?水冲来的?鸟衔来的?还是好事者船载来的?

不管咋来的,它进入的时间应该不算太长。我手头的六十多种植物学书里没有,《神农本草经》里没有,《本草纲目》和《救荒本草》里也没发现。

其实，咋来的并不重要，重要的是它的果实能吃，它的枝枝蔓蔓承载着我那么多温馨甜美的童年回忆。

锄地时，碰到小野瓜棵，我是不会把它锄掉的。我要悄悄把它留下来，它藏身的地方，谁也不告诉。这是只有我一个人知道的小秘密，顶多告诉小芹。我要等它熟。

其实，小野瓜的藏身地点，我自己也时常忘得一干二净。秋收的时候，那片豆子，往往是姐姐或妹妹去割的。我埋头于繁忙的高中学业。小野瓜或许被小芹她们发现并"起获"了。我已离那些原野的快乐越来越远了。

那年，我和小芹、宣东等从四场洼地拾庄稼回来，每个人都带回了些小野瓜。我偷偷放在一个铁饭盒里，然后又踩着杌子放到了门后的秫秸搁盘上。小野瓜好闻的气息，整天充盈在土屋里。我去姑姑家待了一段日子。姑姑家吃得好，夏天还有腌制的"消息牛"（蝉幼虫）吃，我就把小野瓜给忘了。回来打开铁盒一看，小野瓜都已长毛了。可以想象，我是多么惋惜。

大人们说，挑个有月光的晚上，找几个半青不黄的小野瓜，小心地揉捏，再把瓜放在别人找不到的地方，过几天拿出来吃，会特别香。

其实，河子西的原野上，带给我美好回忆的不只是小野瓜。那块童年的芳草地上，有着数不清的青涩的诱惑。

我留下几颗小野瓜种，种在纸上，我要让它给我结瓜。那青黄的铃铛滴里当啷，是不老的乡愁，在我心里晃来晃去。

委陵菜:小花开得刚刚好

学名:Potentilla supina
中文名:朝天委陵菜
科属:蔷薇科委陵菜属

栖身薄地喜朝阳，
总被高枝占尽光。
且待成群连片日，
飞尘入土万花香。

——题诗

5月1日那天，七村水湾边上的委陵菜开花了。这应该是它的初花。因为昨天我来看它时，它全身还绿汪汪的，兴奋地举着细长的枝条，枝条上长着和芫荽一样密密的叶子，叶脉间藏着的小花苞还羞涩地抿着嘴儿呢。

而现在，我满眼里都是它星星点点的小花了。

尚未开花的委陵菜非常低调，主茎喜欢平铺着长，枝子叉开，羽状复叶细细密密，喜欢把潮湿的地面遮盖起来。跟蔷薇科的其他植物一样，它不事张扬，芳美自赏。

委陵菜有许多别名，如翻白菜、老鹳筋、白头翁、虎爪菜、老鸦爪等。它还有一个有故事的名字叫蛤蟆草。从前，有个孤儿刘久云，靠打猎为生。一天，他沿着山涧打猎，听到一阵清脆的叫声，见一漂亮的小花蛤蟆坐在石头上叫着，它并没有发现草丛中的危险——一条大蟒蛇正虎视眈眈，盯着叫得起劲的小花蛤蟆。就在蟒蛇扑向小蛤蟆的一瞬间，刘久云张弓搭箭射中蟒蛇，蟒蛇仓皇逃跑。得救的小蛤蟆慌忙扑通一声跳进水里不见了。蟒蛇本是得道的蟒精，到了晚上开始施法报复，刘久云疥疮发作，疼得辗转难眠。半夜里，一只老蛤蟆带着那只小花蛤蟆来了。它们化作人形,进门跪倒在地。老蛤蟆说:"我是专程谢恩来的。感谢你今天搭救了小女。快将这些草药敷上。你是个好后生,勤劳、勇敢。用上药后再调理几天,就让小女在这里服侍,好生照看些日子。若不嫌弃,我愿将小女许配于你,以报答你的救命之恩。"

老蛤蟆说完就不见了。小花蛤蟆将带来的草药捣碎,慢慢敷到刘久云伤处。不一会儿,刘久云便神清气爽,不疼了,几天后就全好了。从此,刘久云和小花蛤蟆你采药来我打猎,你织布来我耕田,过上了幸福生活。后来乡亲们每有疥疮发作,小花蛤蟆便采草药施治。乡亲们问这是啥灵丹妙药啊,花蛤蟆随口说道:"蛤蟆草。"

关于委陵菜,记载得最早又最为详准的是《救荒本草》:"一名翻白菜,生田野中。苗初搨地生,后分茎叉,茎节稠密,上有白毛。叶仿佛类柏叶,而极阔大,边如锯齿形,面青背白……茎叶梢间开五瓣黄花。其叶味苦、微辣。救饥:采苗叶炸熟,水浸,淘净,油盐调食。"

委陵菜起初喜欢贴着地长,长到中段以后开始爬升,枝叶慢慢散开,朝天长,花也朝天开,这或许就是它正名叫朝天委陵菜的原因吧。它的小黄花太小了,像宝宝服上的小扣儿那么大,许多人对此视而不见。其实,好花未必要朵儿大,关键看它是不是流光溢彩。英雄也未必个儿高,关键看他能不能兴利除害、匡世济民。

你要真想领略委陵菜的风韵,可以到河子西,也可以到草洼子村后面来。你要是嫌远,也可以到黄河边上的七村、苍州村、盐窝村来,那里的委陵菜成方连片,苫住了沟坡,苫住了野地,苫住了初春的豆子地。沉下心来,循着香气,俯下腰身,贴着大地,这时你就会看到委陵菜的叶子细密有致,花开得不大不小,刚刚好。

洋茄子：咂摸咂摸你的味儿

学名：Solanum nigrum
中文名：龙葵
科属：茄科茄属

我们在河子西寻找野果的时候，花枝时不时地说："要是它们都能长洋茄子就好了。"她之所以这么说，是因为河子西真正能结出漂亮浆果的植物并不是很多，洋茄子是其中之一。

洋茄子是我们的野生点心，星星点点隐藏在繁茂的大地上，城里孩子一般吃不到，因为哪里也没有卖的。夏天，它开白白的小花。秋天，它结紫黑的果子，大小正好，比豆粒大点，比花生仁小点，像花枝黑亮亮的眼睛，十分诱人。

花枝她爹是赤脚医生，学问很大。他说洋茄子是前桥村的叫法，其实它的正名叫龙葵，过了黄河南就叫牵其溜儿，天津叫奶狗儿，内蒙古叫焉柚儿，沧州叫野茄子，周口叫黑甜甜，东北叫黑星星，广东叫苦葵、野伞子、天茄子，还有叫七粒扣、野葡萄的，名字千奇百怪，指的都是这一物。它是一年生草本植物，茄科，全身可入药，可服可敷。清代张山雷在《本草正义》中说它"尤为外科退热、消肿之良品也"。高的能长到一米多，小花五瓣，白色，花蕊浅黄，花丝很短，花果期为五至十月。它的花和叶子都与辣椒的相似而略大，所以人们又叫它野辣椒。洋茄子虽为野草，但天生就优雅高贵，成熟的浆果一串串的，野性而神秘。初夏，洋茄子结出圆溜溜的浆果，很讨人喜。但此时还太苦，不能吃。要想吃得等到立秋以后，小球果慢慢变软，颜色由绿色变为深紫。摘它时要少用点劲，不然一不小心捏破了，会弄得满手紫浆。

洋茄子耐碱，喜欢独处，这里一棵那里一棵，连成片的不多。我曾遇见它摇曳在溢洪河的北岸边，也曾看见它静默在燕园的草木丛中。洋茄子成熟的种子飞不起来，也弹射不远，看上去繁殖能力并不是很突出。但令人欣喜的是，我总能在思念它到一定程度的时候，见到它健硕的身形。就像三浦友和幸运的影迷，在夏日的清晨偶遇偶像，还与他浓眉下那双含情脉脉的大眼睛对视了一下。

尽管洋茄子躲躲闪闪，但总能被我们发现，隐在叶片下的果子也总能被我们找到。这天，我们又到河子西剜菜，我正逮蚂蚱，听到花枝叫我："哥，快来，洋茄子！"我跑过去，花枝激动地说："看，这么一大片！"花枝的眼睛黑亮亮的，像极了洋茄子。秋日的阳光打在她汗津津的脸上，红扑扑的。我咽了一下口水，说别让狗蛋知道，然后挑那些黑熟的摘了，连看也不看，嘴一张，啪一下扔进嘴里；这颗还没咽下，又扔了一颗进来，直吃得嘴唇一圈黑紫。

花枝吃得文静，一颗一颗咂摸着吃。她说："你这叫狼吞虎咽，这么好的东西叫你吃，瞎了。这样，轻轻咬开一点皮，嘟起嘴唇嗫那包甜汁，连种子一块儿嗫出来；用舌尖抵住上唇撮开也行，用舌头顶住上牙膛挤开也行，甜汁就流满口了。不管哪种吃法，都别吃不出味来，要一点点地吃，咂摸咂摸它的味儿，不然吃个啥意思呢？"

洋茄子的浆果，即使同一串上的，也有先熟后熟。花枝发现的这一大棵，在草桥沟的东坡上。我说："谁也别说，过两天咱还来摘。"

我耳朵下边长了一个小白点，不疼不痒的，但娘怕我长大了找不到媳妇，让爹带我去胜利油田中心医院看看。那几天，我一直惦记着那棵洋茄子。回来时，花枝递给我一个纸包，打开一看，全是洋茄子。花枝说："快吃吧，我等不到你来了，先摘了。狗蛋也老在那块地方转悠，我再不摘，就都让他偷着摘去了。再说有些不摘就熟过了，掉地上了。"

这次我是一颗一颗咂摸着吃的。花枝问："啥味儿？"我说："好吃。"花枝问："咋个好吃法？"我说："酸酸甜甜的，还有点涩。哎呀，说不出啥味儿来。"花枝说："你真是个呆头鹅呀。"

多少年过去了，我再没吃到那带着乡愁的野果，大地上的洋茄子棵也越来越少了。这个夏天，我时常在北京大学肿瘤医院南边的定慧公园散步。一天，我不期然碰到一棵龙葵，已开满了白色的小花，在那等候着我。我往前再走两步，又碰到一棵龙葵。在这遥远的北京，他乡遇故知，喜不自胜。它们是怎么知道我的身体遇到了一点小状况的？又是如何跟到这里来的呢？是让永定河引水渠的水冲来的吗？

小野豆：一心缠上芦苇的细腰吧

学名：Glycine soja
中文名：野大豆
科属：豆科大豆属

> 我们是相亲相爱的一家人，
> 在爱的缠绕中，
> 一起看彩虹，共享好风光，
> 盎然生长，打粮晒场。
>
> ——清泉《黄河口的N种诗意物象》

我遇到小野豆时，它的叶子已变得金黄，豆荚里籽粒饱满，细柔的藤蔓看似纤弱，但挂满了沉甸甸的豆荚。它的柔情主要体现在缠绕上，这种缠绕已经存在了千万年，直到大豆成了一种很重要的作物。

小野豆是个"野名"，其实就是野大豆。它的叶子比大豆的小，豆荚比大豆的小，豆花比大豆的小，豆粒儿也比大豆的小，小野豆就成了它在黄河口的土名。尽管"土"，但我感觉没有比"小野豆"更贴切的称呼了。因为它是"豆"，又是野生的，更因为它"小"，叫它"小野豆"就对了。

小野豆又叫野黄豆、小落豆、乌豆等，一年生草本植物，主根又细又长，能到大半米长。它的茎蔓能长到四米长，却只有铁丝那么细，喜欢爬来爬去，尤其喜欢缠着绿秆植物，缠上青蒿的绿臂，缠上芦草的细腰，一圈圈地缠绕，从春天缠到秋天。然后开花，结荚，秋后爆出一地的"娃娃"，在黄河口的草地上滚来爬去。

小野豆的总状花序长约十厘米，蝶形小花，淡紫、浅红、嫩白，可爱的旗瓣近圆形，翼瓣斜倒卵形，花期7—8月。到了9月，就能见到它长圆形的荚果了,密生着黄褐色的柔毛。整个豆荚里包着2—4粒小豆粒,褐色、浅黑色的都有。到了秋后,你不用操心,它的荚子干了,一下子就裂开,那些小豆粒就弹了出去。不出意外,来年春天,这里就会长出一大片小野豆来。

豆子与人们生活的联系已是千丝万缕,豆浆、豆腐、豆油在人们的食品中已占据了相当大的比重,没有豆类的生活是不可想象的。中国是大豆的故乡,最早的典籍之一《尔雅》中就有了"戎菽"的记载,《管子》中记载山戎出戎菽,"布之天下"。作为大豆祖先的小野豆在全国许多地方都有分布。明代《救荒本草》中记载它"生平野中,北土处处有之,茎蔓延附草木上"。

小野豆的蛋白质含量极高,是一味平肝敛气的滋补中药。遇到饥荒年份,它可就成了宝贝。记得那年跟着父亲去拾庄稼,光小野豆就打了半布袋。磨成面拌到高粱面里蒸饼子,除了苦点,没别的毛病。

作为大豆的亲缘植物,它的另一个突出特征是耐碱、抗病,就像小懒偣说的,特别皮实,没见过它生过什么病虫害。

野大豆是国家公布的第一批重点保护野生植物之一,又是极好的牧草。因为过度开荒、工业开发和城市扩张,野大豆的栖息地日渐萎缩。自2022年开始,地处黄河口的垦利实施"野生大豆种质资源原位保护区"建设,在黄河口自然保护区设立了四十三平方千米的野生大豆保护区,有效保护了野大豆种群,黄河三角洲也成了我国野生大豆保护面积最大的地方。

习近平总书记2021年10月到黄河口自然保护区时,对生态保护的细节问题非常关注，详细听了关于野大豆的保育后强调，要加强对原生物种的保护。这无疑是野大豆等原生物种的福音。

野大豆本身优秀的基因使它成为大豆育种的重要种质资源。20世纪60年代末，美国的大豆遇到了严重的花叶病，产量大减。当时攻克这种病的唯一办法就是通过杂交育种引入抗病基因，而这种基因须从野大豆身上获得。中国是唯一有野大豆的国家。据说1974年9月，美国一位植物育种专家在参观时"顺"走了野大豆种，美国的大豆产业才免遭灭顶之灾。这种说法从侧面说明了黄河口野生大豆的珍贵。

当国际大豆市场波诡云谲之时，一片片小野豆在黄河口大地上兀自美丽着，静静地摇动着蝶形花。世界是喧嚣的，它们只想在这里自在爬行、传宗接代。

黄河口是共和国最年轻的土地，每年都有大片新淤积的土地成陆。这片新土层未必多么厚，但这里的风好，水也好。小野豆在和那些芦苇、茅草爱的缠绕中，一年年地充实、拓展。它们共迎风雨，共享霓虹，书写着一个物种古老而常新的诗意传奇。

铜丝：不缠着你，我可怎么活？

学名：Cuscuta chinensis
中文名：菟丝子
科属：旋花科菟丝子属

花开半夏，风在河子西乱窜。满沟的草木开始奔跑。生命只有一季，荣，因了它们的拼争；枯，是它们的宿命。在这个花季里，它们要活得丰润而精彩，哪怕只是一株依附在大豆身上的菟丝子。

旋花科的菟丝子还有一些奇怪的名字。因为它无根，又叫无娘藤；因为它最喜欢缠在大豆身上，所以又叫豆须子、豆寄生子；还叫黄丝藤、黄蔓子、野狐丝、吐丝子、龙须子、缠龙子等。

菟丝子的名声不怎么好，因为它是不折不扣的寄生植物。它只能缠绕在别的植物身上，没有一点独立能力。它的茎的长短要看周围的环境，有没有适合它攀爬的植物。当然，它也不是见了植物就爬，也要挑挑拣拣。有好"寄主"，比如茂盛的大豆，或者连片的青蒿，它就撒欢地爬，能爬到四五米。这么长的茎，却是个细身子，一般也就一毫米左右粗，比铜丝还细。淡黄的颜色也像铜丝。或许"菟丝"的发音和"铜丝"相近，叫讹了，也或许因为从形色上看它很像铜丝，草桥沟两岸的人就叫它"铜丝"。

没有选择时，菟丝子也寄生在菊科和苋科植物身上。但凡能找到大豆，别的植物就不用担心了，它会死心塌地缠上豆棵。那些细细嫩嫩的黄丝绒线，会经纬勾连，越织越密，很快织成一片浅黄的云彩，将大豆团团罩了起来。

菟丝子有着一流的攀附本事，是因为它有一样无人能敌的武器——吸器。这吸器具有非常厉害的"吮吸"功能，能伸入寄主的茎秆内部，源源不断地索取营养，而寄主则被它吸榨得奄奄一息。它能随时随地生出寄生根，往往一缠一大片，步步为营，攻城略地。因为大豆一旦被它缠上就基本绝产，即使结几个豆荚也是干瘪的，所以这时如果不痛下决心，壮士断腕，把那片豆子割掉，麻烦就大了。

菟丝子是植物王国的另类。植物一般能够通过叶绿素来进行光合作用，自己制造养分。但菟丝子不含叶绿素，不能进行光合作用。那这种怪物是不是植物呢？答案是，它是一种寄生植物。它缠绕的能力达到了炉火纯青的地步。而且它也开花结果，花朵淡黄色，雄蕊五枚，雌蕊两枚；蒴果球形，绿豆粒大小。

其实，不论是寄生还是自生，都是一种生存方式，是一种自然选择。动物里有寄生蟹、寄生鸟、寄生虫，植物里也有寄生草，只不过人类强加上了一些道德的成分，让这些寄生者背负了不义的恶名。有些寄生是两相情愿的，有些寄生是无可奈何的。自然界也好，人类社会也罢，说不清道不明的东西太多了。就像有些男女吵吵闹闹、纠缠不清的婚姻，糊里糊涂地爱，糊里糊涂地过，正所谓不是冤家不聚头。

菟丝子云一般的身子早在两千多年前就攀爬到《诗经》里，而且是出现在一首情诗里。

"爰采唐矣？沬之乡矣。云谁之思？美孟姜矣。"说的是一男子在桑树林中与姜氏幽会，难舍难分，反复唱着——

> 到哪儿去采菟丝子啊？
> 要去沬邑的乡野。
> 你要问我思恋谁呀，
> 姜家美丽大小姐。

诗仙李白也有"君为女萝草,妾作菟丝花"的诗句,这里,菟丝子又成了柔曼可人的"爱之花"了。

菟丝子也是可以吃的,有一道上不得台面的菜——菟丝子狗肉汤,六两狗肉,菟丝子一小包,辅以葱、姜、料酒等,用砂锅煮烂,趁热吃,温肾壮阳之良物也。菟丝子的药用价值也很大,我曾不止一次在中药铺里见到它。据《本草纲目》,它的本事还不小:"能添精益髓,去腰痛膝冷,消渴热中。久服去面䵟,悦颜色。"

在乡邻的眼中,铜丝是种很讨人厌烦的草,把一片片豆子缠得窒息。它行踪神秘,没有人去播种,谁都不知道它的种子是怎么来的;发芽也是神鬼不觉的,反正是豆子、灰灰菜长起来的时候,它也缠在它们身上爬了上来。你可以鄙夷它除了攀附别无所长,但它有它的活法,正是因为寄生缠绕的"独门绝技",它才得以生存繁衍。

它是植物大家庭中的"异类",我对这种越来越少的植物投以特别温情的目光。其实,人类应该清醒,我们不能以人类的道德标准去苛求一种植物。万物皆有灵,生灭由天择。它没有叶绿素,正因为善于借助外力,把祖传的生存技能发挥到极致,才能代代繁衍。它长于攀爬,喜欢缠绕。它的一生都在攀附中生存。爬,爬上大豆的全身;缠,缠上青蒿的绿臂;绕,绕上芦苇的细腰。千百年来,菟丝子在人们一茬又一茬的刈割谩骂中,在牛羊一遍又一遍的啃食踩踏中,爬行在河子西,兀自吟唱着缠绵悱恻的荒野长歌。

婆婆纳：那一双蓝莹莹的杏眼哟

学名：Veronica persica
中文名：阿拉伯婆婆纳
科属：车前科婆婆纳属

本来是植物园的迎春花约的我，但民丰路上这片阿拉伯婆婆纳先截住了我。虽然它们的身子只有三十厘米左右高，小花也只有小孩子的指甲盖那么大，算不上引人注目。但它们是成片开的，就像蝴蝶，一两只地飞舞不足为奇，千万只地翩跹就成了气候。更重要的是，它们的花瓣是蓝色的，就像英格丽·褒曼蓝色的眼睛，在草丛中向我眨呀眨的，清澈而神秘。我一下子想起了王尔德的诗句：

我却深幸我曾爱你——
想想那
让一株婆婆纳变蓝的所有阳光！

自然界中，蓝色的花朵本来就稀罕，偏偏它又叫"婆婆纳"这个奇怪而又亲切的名字。这是春天里的小草带给人们的又一种小惊喜。婆婆，永远是一种慈爱温馨的存在。河子西也有这种蓝色的小花，只是不太多。那个时候，我们可不知道"阿拉伯婆婆纳"这个名字。乡亲们好像叫它"兰花草"，我们孩子们叫它"小蓝"。

村里有个姑娘叫小蓝，兄妹众多。哥哥有残疾，三十来岁了，连个媳妇也找不上。家里只好拿小蓝去和另一个情况差不多的人家"换亲"。不管是多么不情愿，为了哥哥，小蓝也只好认了命。这种换亲的家庭往往埋着很多隐患，婆家大多拿儿媳不当人。听人说，小蓝的命不好，男人家暴，婆婆对她也不好。但国家的法律对这种无情、落后的婚姻制度也无能为力。小蓝受尽屈辱，对婆婆进行着血泪控诉——"婆婆辣，婆婆辣，揪掉你的头，掰去你的权，看你对我小媳妇辣不辣。"

阿拉伯婆婆纳是车前科的，叶子小而圆，像是三叶草。三月时，小蓝花就开了，花瓣蓝幽幽的，洁白的花心恰到好处地点缀在蓝色的花瓣中，简约纯粹。因为成活率高，又有着与众不同的美，这些年人们大量用它来做园林绿化草木，即使是把它种在阳台的花盆里，它也会轻松地展现出蓝色的花给你看。

阿拉伯婆婆纳是外来植物，但它进入中国的时间应该不短了。此外，还有一种中国本土的婆婆纳，花朵更小。明朝王磐的《野菜谱》中，记载着流传于江南地区的民谣：

  婆婆纳，不堪补。
  寒且饥，聊作脯。
  饱暖时，不忘汝。

往年多彩的春天，我都会在民丰路边的绿化带里流连，领略一朵朵阿拉伯婆婆纳蓝到骨子里的美。我也一次次地问河子西的小蓝花："婆婆纳，婆婆衲，你一针一线地衲什么呢？衲褴褛的衣衫？衲小蓝困顿的青春？还是衲关于河子西渐行渐远的乡愁？"

"新冠"病毒肆虐的春天，清早吹来的风还带着寒意，溢洪河岸边和民丰路绿化带里早已铺就蓝莹莹的地毯，等我上去打几个滚儿。这些蓝眼睛的阿拉伯婆婆纳，是喜迎早春的风物诗。人们蜗居斗室，绿化带里的婆婆纳就那样蓝莹莹地闪啊闪。风还能每天吻一下它们泪汪汪的杏眼，我出不了门，只能在想象中和那深邃的蓝眼睛对望。

今天，终于能出门了，我奔下楼来，在民丰路上停下脚步，好好看一下草丛里这些被冷落多时的、闪闪烁烁的蓝眼睛。

野菠菜、蛤蟆腿：流浪地球的野菜

花语是体贴——野菠菜

我和小芹都非常肯定，早些年我们在河子西剜菜时谁都没见过野菠菜。野菠菜是近几年才进入我们视野的。我猜测它是一个草木世界的流浪者，从外地流浪到吃喝不愁的黄河口后，便生根安家，乐不思蜀了。

我们村还没拆迁的时候，有次回老家，在小爷爷家屋后面的洼地里，我见到了一大片大叶菜，把地面全都苫住了。我问小爷爷："小时候咋没见过这种菜？叫啥名字啊？"小爷爷说不知道从哪里传过来的，年年长，很厚，人们叫它野菠菜。"叶子太像菠菜了，但太酸，不中吃。"我拍了照片，回家后查了几种书，对照了几种识花软件上的图片，还真是野菠菜，正名叫皱叶酸模。

野菠菜很早就出现在了典籍里。《诗经·小雅》中有"言采其蓫"，有人说采的就是野菠菜。郭璞在《尔雅注》中称它为蓨芜："蓨芜似羊蹄而叶细，味酢可食。"胶东地区除了生吃其茎叶外，还会用白糖浸渍出它的汁水，酸酸甜甜的，很好喝。

野菠菜是蓼科多年生草本植物。叶子铺地而生，柄长长的，能到两拃，叶的边缘皱巴巴的，所以名皱叶酸模。《本草纲目》

学名：Rumex crispus
中文名：皱叶酸模
科属：蓼科酸模属

中称野菠菜为羊蹄、酸母。还有叫它当药、酸溜溜、酸不溜、东方宿、山大黄、黄根根、牛耳大黄的。野菠菜花果期在5—7月。它的一个突出特点是花和种子颜色区别不大，和谐共生。你要不盯着看，就搞不清它啥时候开花，啥时候结种。花穗从顶端抽出，似一串小榆钱。李时珍认为它的种子里能炼出丹砂、水银。

野菠菜有"留学海外"的背景，繁殖能力极强，世界各大洲都发现了它的踪迹。它的名里带着个"野"字，现在看来，这株野菜"野"得没边。西方人认为，它是1月23日的生日花，选它来祭祀7世纪大主教圣尤哈内。

黄河口的野菠菜似乎比别处的高一点，别处一般高30—100厘米，在黄河口它能长到50—120厘米。它的根可入药，有清热、凉血之效。因为它的叶片又长又密，近几年市区公园的绿化带里常能见到它。洼地、路旁也有，一丛丛、一片片的，是从公园里偷偷跑出来的吧？

野菠菜的叶子像极了菠菜，饱含水分。古时候，人们旅途中时常吮吸它的叶片解渴，所以它的花语是"体贴"。据说受到它祝福的女子，养育孩子时奶水会特别多，母爱充盈而且善解人意。

什么菜会蹦跶——蛤蟆腿

在河子西春天的野菜里，蛤蟆腿发芽不算晚的，它和荠菜、婆婆丁、大曲曲一样，属于最先向春天报到的那一拨儿。

学名：Oxybasis glauca
中文名：灰绿藜
科属：苋科红叶藜属

蛤蟆腿喜欢湿洼的地块，碱点不要紧，只要光、水充足，它就能长得枝叶肥嫩。

这种菜的枝枝叶叶看上去还真是像蛤蟆腿，其实它的正名是灰绿藜，一年生草本，高20—40厘米，茎常平铺在地上，有时也上扬一下，有条棱及紫红色色条。蛤蟆腿的花一般5月就开了，黄绿色，聚成团伞花序，一簇簇的，生于枝条之上。叶片呈卵形或者披针形，肥嘟嘟的。叶子上面绿色，下面和灰菜一样沾满了灰白色的粉，这也许是叫它灰绿藜的原因吧。如果你看它长在庄稼地里不顺眼，用锄锄它还好点儿，要是用镰割它，往往会沾上满手满身的粉。

和其他苋科植物一样，蛤蟆腿的繁殖能力惊人，很耐碱，一棵植株一结种子就是成千上万，小苗苗斩不尽、杀不绝。你要是把它锄掉，或是用手拔掉，往地上一扔，它非但没啥意见，还要在田埂上翻个跟头，像蛤蟆蹦跶一下。它好像在说："没事，我的种子多着呢，来年给你生一地的'小蛤蟆'。"

酢浆草：酸溜溜的叶叶水灵灵地长

学名：Oxalis corniculata
中文名：酢浆草
科属：酢浆草科酢浆草属

淡出小城江湖之后，我的幸福指数，一半来自阁楼东墙上那一排书橱，一半来自庭院里那几畦菜地。因为疫情，我在阁楼上待了半个月，当又能摆弄那点菜地的时候，马齿苋已经占据了那方韭菜地，几棵龙葵也大模大样地盖过了芫荽。家养的东西，如果没了人们特别的扶持，根本不是野生植物的对手。

除了那些疯长的大棵植株，柱子下面还冒出了两窝酢浆草，矮墩墩的。我从来没种过这种草，也不知道它们是咋混进来的？它们虽然身子小，楚楚可怜，但小黄碎花却开得有模有样。

酢浆草跟向日葵一个脾性，是太阳的忠实粉丝。太阳出来了，它就给个好脸，眉开眼笑的，小黄花开得娇艳迷人。阴天或者晚上，它的花朵就会闭合，耍起小脾气。

酢浆草是酢浆草科多年生草本，通常高10—35厘米，全株被柔毛，茎叶都像豌豆苗，细弱得让人心疼。小叶三片，呈倒心形，像极了初生的浮萍小叶。花瓣五片，黄艳艳的，花丝则是白色的，半透明，很讨人喜欢。酢浆草的花果期从2月开始，一直持续到9月。这半年多的时光，它会从容不迫地不间断地开花。你喜欢或者不喜欢，它都开在那里，不急不缓。

它的神奇之处在于，用它的茎叶擦拭铜质器皿后，会光泽闪耀，明亮如初。古人早就发现了这一点，苏颂、李时珍等都曾记录过。科学的解释是酢浆草含大量草酸，擦铜器时草酸会与其氧化的外表发生化学反应，清除掉那层氧化膜，使铜器恢复当初的样子。

其实，酢浆草的"酢"本就同"醋"，李时珍说它"其味如醋",苏颂说它"初生嫩时,小儿喜食之"。它的别名有醋味草、酸醋草、酸酸草、钩钩草、满天星等,北方人也有叫它酸咪咪的,从这些名字中就能感受到它有多酸。

成熟后的酢浆草,蒴果会在尖端处裂开,翻卷着。有谁不小心碰它一下,种子们就会嗖嗖弹射出去。

可能许多人和我一样,没吃过酢浆草,但它是能吃的,凉拌、馇粥、清炒、炒肉丝皆可。当然它还可以入药,能清热利尿、消肿散瘀,可治疗口疮、牙疼、烧伤、烫伤等。

还有种紫叶酢浆草,叶基生,叶子比一般的酢浆草要宽大许多,开粉红色的五瓣花,也是匍匐茎,但主根像胡萝卜一样粗,吃起来别有一番滋味。

黄花的酢浆草大多长在北方,紫叶的大多生在南方。

那两窝酢浆草静静地铺在廊柱下,低眉顺眼的样子,开起花来却是那么灿烂。它小小的身子上缀满小小的叶子,藏在失控的野草丛里,像欲飞的直升机翅膀。

但除了我这隐逸之人,没人注意它。人们已习惯了往高处看,而且只盯着那些艳丽的花、诱人的果,不会低下头来,或者蹲下身子,去感知小得可怜的酢浆草的美。

酢浆草,这个熙攘的世界只有我留意你吗?

——纤弱的细枝托着你纤弱的叶子,卑微的小花守护着我卑微的灵魂。

珠珠棵：枕着你的花香入梦

学名：Tournefortia sibirica
中文名：砂引草
科属：紫草科紫丹属

你是我飞升的翅膀,

你是我疲极小寐的床。

——题记

  河子西的野草野花能吃的很多,而且都有着不一样的香气。比如老鸹枕头的奶香,苘馃馃的清香,芝麻花的甜香,菰荻的嫩香,曲曲菜的苦香。这些花草的香气,是它们自带的"胎记"。好像是雨果说的吧,所有的植物都是一盏灯,而香味就是它们的光。有的植物虽然花、叶、果实都不能吃,却散发着一种如梦如幻的香气,让你想睡在它绿茵茵的床上。

  我说的是珠珠棵。

  我一直叫它珠珠棵,珠珠棵是它的"乳名"。这么多年,我始终没有把它的正名和乳名对上号。茫茫草海,它到底叫啥?我在手机上描述了半天,又发到"万能的朋友圈"里。终于有位女老师说:"应该就是砂引草吧?"我查了网上的图片,又翻阅了几本植物书,还真是它!可它为什么叫砂引草呢?砂、引、草,这三个字又是怎样组合到一块的呢?

  这种草在不同的地方有着不同的名字,如狗奶子草、烟袋锅花、紫丹草等。它属于紫草科,多年生草本,一般高10—30厘米。茎丛生,枝叶肥厚,密生着白色长柔毛。它的根状茎能长出新苗,使其家族"势力范围"持续扩大,密密麻麻,铺天盖地,形成一张天然的褥子,让人一看就想在上面躺一躺。

  珠珠棵喜欢把所有的花都顶在头上。说来也是,好粉搽在脸上，好花顶在头上，不然开花干啥呢？它的花冠呈钟状，子房无毛，花蕊是楚楚动人的米黄色，由内向外有一种自然的颜色过渡，到了花边，又镶上了一道紫红的曲线，这道曲线让它更显娇柔素净。

珠珠棵的花期是五月。春天百花争发的时候，它不着急，憋着，就是不开。一直到五月的某一天，好像有谁再也禁不住了，说了一声："咱开？"众花应和着："开！"噼里啪啦，一下子炸开了一地的爆米花。花的香气也散了开来，丝丝缕缕，浓浓淡淡，拱得人鼻子痒痒的。那种味儿我说不出来，但就是好闻，有点像桂花香，让人醺然如醉。

珠珠棵上结珠珠。

它的珠子果一串串的，花生米大小，每一颗都绿莹莹的。熟了的"珠子"会分裂为两瓣，每瓣里含有两粒种子。到了合适的时候，珠珠棵就会繁衍成一片。

它耐碱，耐旱，看似娇弱，实则坚强，只是它的美丽并未被大多数人发现。

珠珠棵是昆虫理想的栖身之所。珠珠棵花开的时候，野蜜蜂喜欢钻进钻出。它的花心里面好像有个秘密通道，可以让野蜜蜂在里面捉迷藏。它身上那股梦幻般的气息，让野蜜蜂不愿离开。蜂儿挥了挥触角，对同伴说："嘿，亲爱的，多么好的花房啊！今晚就不回巢穴了，干脆就住花儿里吧。"春深时节，珠珠棵开始长起来，虫鸣也长了起来。纺织娘、乖子最愿意在这里谈情说爱。夏天到了，珠珠棵长足了个儿，地面都被它茂密的叶子苫了起来。花香四溢，蜂飞蝶舞，这是一个令人销魂的季节，空气中弥漫着荷尔蒙的气息，珠珠棵叶子下面吱吱唧唧的鸣叫声难得消停。

晚饭后，我在院子里凉快了一阵子，娘说："你该去学屋里睡觉了，你小爷爷别等急了。"小爷爷是我的小学班主任，也是我的本家，才二十多岁。晚上我一直在学校里和他做伴。不知为什么，那段时间我老喜欢待在爹身边，不太喜欢到学校里住，但又不能不听大人的话，就迷迷糊糊地往学校里走。过了汪二河桥，穿过密集的人家，还有一百来米就到学校了，正好来到了那片长满珠珠棵的洼地。珠珠棵幽幽的香气一阵阵袭过来，熏得我上来了困意。那些虫子咋不叫了呢？是不是也睡觉了呢？皓月当空，清凉如水。我想起班主任老师那个闷热的小屋，心想还是在这里先睡一觉吧，就倒在了厚厚的珠珠棵里。不知过了多长时间，我被一个人叫醒了。迷迷瞪瞪中，我认出来那是我的另一位小学老师李月泽。他正巧路过，发现月光下的珠珠棵里躺着一个人，吓了一跳，走近了才看清是个穿白衬衣的小孩子，就摇醒了我，把我领到了班主任的小屋里。小爷爷以为我不来了，已经睡下了。要不是李老师，我要在珠珠棵里睡一个晚上了。

上了高中后，每到秋收时节，我都要在草桥沟边上扎个窝棚看坡。我一个人巡视了一圈玉米地后，拱到窝棚里，点亮马灯，拿出路遥的《在困难的日子里》，读得热泪潸潸。觉是睡不着了，窝棚里又太热，我就走了出去，坐在沟坡上，听水里的鱼跃声，和满天的星斗对视，后来干脆躺在了厚厚的珠珠棵上。小花的香气一阵阵袭来，我的眼皮又抬不起来了。这一觉竟睡到了天亮。醒来的我发现忠勇的小黄狗在我身旁，正和一条花蛇"斗法"。我坐起来，小黄狗激动地摇着尾巴邀功。太阳从东沟沿上探出半张脸，照着珠珠棵茸毛上细密的露珠，也照着我从黎明启程的青春之梦。

以后的好多年，我没见到过珠珠棵，以为再也不会见到它了。薄家窑的文友韩啸知道哪里有，说："你来陈庄，韩家垣子的杂烩汤很好吃，我先请你撮一顿，然后再陪你去找珠珠棵。"我以为要到很远的地方，谁想饭后韩啸把我和张建光领到韩家垣子的公路上，指了指路旁说："那不是吗？"我就看到了路边灰头土脸的珠珠棵。那蒙尘的小花，是那么让人疼、让人怜，好像在说："你咋才来？让我等了这么多年。"

我往前走，又看到了大片大片的珠珠棵，又目睹了珠珠棵白里透红的娇颜，闻到了它身上如梦如幻的香气。我又想躺下迷糊一阵子了。我知道，一见珠珠棵就想睡觉，这已成了我的一种病。但是，这张床又是这么亲切迷人。

其实，一张好床真的不需要多么昂贵，只要睡上去舒服就行，最好能带点珠珠棵的香气，笼着淡淡的乡愁。

拉拉秧：就和你拉拉扯扯

学名：Humulus scandens
中文名：葎草
科属：大麻科葎草属

在河子西，有一种植物非常霸道，拖着一身浓稠的叶子横爬竖爬，一副武侠小说里"任我行"的样子。晴和的日子里，我们喜欢在河子西嬉闹。有时把苍耳子摘下来往女生的头发上扔，有时把拉拉秧扯起来，抡着互相追打，嘴里喊着：

一步拉拉秧，
两步喝面汤。
三步吃韭菜，
四步㧟起来。

打闹的结果，不是衣服被扯烂了，就是手磕破了，或者胳膊上、脸上划得一道道的，回家免不了一顿责打。

拉拉秧正名为葎草，别名很多，比如葛葎蔓、拉拉蔓、长虫棵、锯锯藤、过沟龙、拉狗蛋等，黄河口地区就叫它拉拉秧。它是大麻科多年生缠绕草本植物，长达数米。只要有可爬的东西，比如芦苇、墙头、草垛、电线杆，它都要往人家身上爬爬试试；要没别的东西可爬，它就在平地上卧倒，匍匐前进。它的缠绕本领一流，只要被它缠上，两米以下的植物几乎活不过两年。它生命力极强，枝叶繁茂，不管啥地方，都想闯荡一番。它浑身长满了倒钩刺，边爬边唱："拉着你的手，不愿让你走。"

《救荒本草》这样说："今田野道傍处处有之。其苗延蔓而生，藤长丈余，茎多细涩刺。叶似草麻叶而小，亦薄。茎叶极涩，能抓挽人。茎叶间开黄白花，结子类山丝子。其叶味甘、苦，性寒，无毒。"还说到了拉拉秧能不能吃的问题："救饥：采嫩苗叶炸熟，换水浸去苦味，淘净，油盐调食。"虽然我吃过好多种野菜，但从来没有吃过河子西"处处有之"的拉拉秧。我的表哥小毛凡是坡里长的东西都敢吃，也没吃过。

作为一种中药，它的作用是如此之多——"润三焦，消五谷，益五脏，除九虫，辟瘟疫，敷蛇蝎伤。"（《本草纲目》）我们当地常用拉拉秧煮水洗脚，治拉肚子，大人小孩都管用。李时珍还说治久痢成痔，取"葛勒蔓末，以管吹入肛门中，不过数次，如神"。好一个"如神"啊！

拉拉秧雌雄异株，但整个春夏，你分不出雌雄来，雌雄的植株长得一个模样。它们的蔓子越爬越长，茎叶越来越密，遍身的刺越来越硬。到了秋天，雌雄株都会蹿出花穗。雄花梗开始分枝，水平生长，顶端主动下垂。一不注意，它就悄悄绽出很多黄绿色的小花，浅浅淡淡，像柳枝上挑着的小纸灯笼，姗姗可爱。而这时的雌花像芳心初动的女子，欲迎还拒，拿一层层的鳞状苞片裹住自己，不掰开，你是看不见的。

其实，看见看不见又有啥关系呢？悄无声息中，好戏已经演完，种子已经结下了。来年春天，又会有一片拉拉秧霸道地爬上来，和这个世界拉拉扯扯。

玉谷银子菜：春来咱们草里见

学名：Amaranthus retroflexus
中文名：反枝苋
科属：苋科苋属

这几年，玉谷银子菜不大好见了，偶尔见一株，好像谁家走丢的孩子，衣衫不整，无精打采的。童年时漫坡遍野的玉谷银子菜哪儿去了呢？

小时候，可没少吃玉谷银子菜。不是当菜吃，而是当粮充饥。粮食断顿了，曲曲菜、黄蓿菜、扫帚菜、玉谷银子菜便派上了用场。

玉谷银子菜是乡亲们的叫法，其实就是反枝苋，别名野苋、苋菜、西风谷等。

反枝苋，苋科苋属，一年生草本。叶子嫩时有一股别致的味道，蒸了蘸蒜泥吃，我能扒拉上两大碗。一般的吃法是"蒸巴拉子"，还有种令人唇齿留香的吃法，就是锅底点几滴菜油，葱花炝锅，馇玉谷银子菜黏粥喝——不喝个肚子圆，我是没完的。

还有种吃法——"小公鸡，上门楼。三嫂家里包齐溜。"齐溜，外形像包子，但没褶，浑圆如球，就是用高粱面或玉米面把焯水剁碎的玉谷银子菜或其他野菜包起来蒸熟。因为皮太薄，野菜太多，必须用双手捧着吃，不然一不小心就掉地上了。

小时候吃玉谷银子菜，那是为了活命。要是说它多么好吃，比山珍海味还可口，人家难免笑话。但大地的仁厚神奇就在于，每当青黄不接、粮食不够吃的时候，春天的河子西总会有黄蓿菜、曲曲菜、扫帚菜排着队钻出地面，填饱人们的胃囊。而且这些菜滋味不同，搭配互补。

玉谷银子菜啥味？你不亲口尝一尝，我是很难说清那种味道的。民间有"六月苋，当鸡蛋；七月苋，金不换"之说。但老这一样，也就吃够了。那阵子，娘天天"蒸巴拉子"，野菜在嘴里嚼了半天，就是咽不下去。娘哄我们说，只要过了喉咙眼，就尝出香来了。我们知道，吃到肚子里也香不到哪里去，哄着肚子不乱叫倒是真的。

玉谷银子菜叶丰肥滑，味道清和。明朝滑浩的《野菜谱》中有诗："野苋菜，生何少！尽日采之充一饱。城中赤苋美且肥，一钱一束贱如草。"

据考，玉谷银子菜富含蛋白质、脂肪及多种维生素，铁、钙含量高，而且不含草酸，有利于血液合成，适合骨折、贫血病人食用。现在看来，当初为果腹吃了那么多，还真吃对了。

玉谷银子菜的叶子，每一片都翠生生、水灵灵的。娘说玉谷银子菜是穷人菜，它还有一个特点——和韭菜越割越长、蓬子菜越掐越多一样，玉谷银子菜的叶子也是越摘越旺。但也不能摘起来没完，采到九月就得住手了。

"立秋十八天，寸草结籽。"秀了穗的玉谷银子菜逐渐显露出稠密的小黑种子，比小米粒还小。秋风一过，种子散落，有许多"家翅儿"争相啄食。它们已等了一个夏天。

有时，形状大相径庭的两种植物，会长出很相似的叶片来，比如荠菜和辣根菜，比如韭菜和麦子，再比如玉谷银子菜和桑。它们就长那样，没办法。还有种叫铁苋菜的，叶子和玉谷银子菜的也很相似，还有一个诗意的名字叫海蚌含珠，是大戟科铁苋菜属的。它们只是名字相似，不是一种植物。

甲骨文里就有"苋"字，那时它就和人们的生活多有勾连。

从造字法上看，字形里的"见"可能表示这种野菜漫山遍野、随处可见。

现在，玉谷银子菜的吃法越来越多了，有凉拌、炒肉丝、炒猪肝、包水饺等。我们小时候的那些吃法，现在也添加了很多花样，如海鲜蒸野苋、绕肥肠齐溜、肉沫野苋疙瘩汤等。三十年前，这些花样我们想都想不出来。饥饿限制了人们的想象力。

玉谷银子菜的花喜欢抱成一团，这是一个花的军团。从六月到九月，"花军团"里会有千万场喜事发生，千千万万的种子随时散播出去。

尽管玉谷银子菜一株就有繁衍万千株的能力，但现在已很少能见到它了。这年头，谁都活得不容易。军婶子说："打药打得草都绝了！"我一直深深地担忧，如果大地上真的只剩下那几种经济作物，其他千草万木都被除草剂赶尽杀绝，生活真的会越来越好？人类真的能独善其身吗？

马虎铃铛:灯笼草里的烟愁

学名: Hibiscus trionum
中文名: 野西瓜苗
科属: 锦葵科木槿属

有一种草，不是一般地浪漫。每到秋天，它总要在河子西挑起一盏盏的灯笼。大部分人叫它灯笼草，它还有些别名：香铃草、灯笼花、小秋葵等。我们孩子们叫它马虎铃铛，小芹则叫它灯笼。

这些灯笼是大地上的灯盏，照亮我漫漫的归乡路。

马虎铃铛是怎样长起来的，没几个人注意。它的正名叫野西瓜苗，锦葵科木槿属，一年生草本。它的叶子很像西瓜叶，滨州那边好像叫它野西瓜棵。西瓜是好东西，所以我们一看叶子就喜欢上了。但它结的果实跟西瓜完全不搭界，别指望它能结出西瓜来。

小芹喜欢看马虎铃铛的花。看到一株马虎铃铛，她就唱起黄河口童谣：

小马虎，戴铃铛，

哈楞哈楞到集上……

马虎铃铛的花朵天生娇美，花萼钟形，有五枚粉白或淡黄的娇嫩花瓣，花心则是迷人的紫红色。结籽的时候，它们先悄悄笼成一个圆圆的小帐子，把种子包起来，然后一点点鼓起来，最初像小姑娘的灯笼裙，最后就鼓成了一顶漂亮的小帐篷了。

它的灯笼上有五条明显的纵棱，就像宫灯的骨线。黄色的花药和红色的柱头包在一个"洞房"里，没几个人能爱得像一株植物这么浪漫——它们的婚房是半透明的！它们的喜事不怕别人看，好像在大胆宣示："快来看啊，我们要结婚了，我们有一个透明的灯笼婚房。"

这透明帐篷里的蜜月不是一个月，而是好几个月！

现在，小芹发现了一株马虎铃铛，激动得脸红扑扑的，盯着它看个不停。我说："你看啥呢？"她说："这马虎铃铛可真好看啊！"然后又凑到灯笼边上，说："还能看到里面呢，我看到了里面粉粉的柱头，肯定是甜的，里面好像还有烟呢！"我说："我咋没看到？""你使劲看，淡淡的，咱要是能藏在里面就好了……"说着说着，她的脸更红了。

九月了，灯笼里的喜事还在继续。看着鼓鼓囊囊的小灯笼，我忍不住想捏它一下。

过了几天，那顶爱的帐篷不再那么鼓胀了。再后来，秋风吹来了，它慢慢变黄，成了一个小小的、稍微有点瘪的灯笼。风越来越硬，风摇铃铛，灯笼里的种子开始哗啦哗啦响。

风轻轻一拨，爱的纱帐被挑开了一道缝，我窥见了它浅黑色的种子。秋阳晒着，秋风吹着，一粒粒的种子被甩了出来，马虎铃铛一个爱的轮回又开始了。

也有几盏不破的灯笼一直挑到冬至，几朵雪花趴在灯笼上，灯映白雪，格外妩媚。

多少年过去了，我总忘不了河子西，忘不了河子西的马虎铃铛。现在已是农历六月，应该正是马虎铃铛最好看的时候，该开的花开了，艳艳的，粉粉的；该张的灯笼也张了，状若初桃，莹白如玉，绿绿的枝子，在风里向我招手。

但其实我什么也没看见，只看见灰蒙蒙的天底下，拆完的村庄里尚未运走的几堆垃圾像大地上鼓起的脓包。我在河子西的高岗上一坐就是几个钟头，回想着百草丰茂、庄稼满坡、红灯笼照亮大地的年代。一株株丰润的马虎铃铛仿佛又摇曳着来到我眼前，摇得小芹又露出了欣喜的笑容。

我想回家，想让那一盏盏灯笼照亮我蛮荒的回家路。

可是，我到哪里去找灯笼草？我的故乡哪儿去了？小芹哪儿去了？现在，我已无家可归，即使偶尔回来给先人上坟，我也找不到一个落脚的地方。

泪眼蒙眬中，弥漫起灯笼草里的烟愁，河子西隐约传来小芹幽幽的歌声——

　　灯笼草啊灯笼草，
　　打着灯笼没处找……

灯笼草是河子西的灯笼，灯笼草给草桥沟里的鱼照水，给天上的鸟照虫，替蚂蚱看家，替兔子守窝，帮蝴蝶照亮花朵，帮蚂蚁照着巢穴，也帮枯黄的秋天找条出路。灯笼草照天照地，照着我和小芹埋藏在河子西青涩而浪漫的故事。

甜酒棵：到河子西挖一棵小媳妇喝酒

学名：Rehmannia glutinosa
中文名：地黄
科属：列当科地黄属

关于河子西鲜活丰富的记忆里，有一份甜酒棵带来的美丽温润。因为是种宝贵的药材，所以尽管它没那么多，我们还是很喜欢找寻它。能挖到一棵，就像挖到了人参，惊喜不已。世上人多君子少，地上草多人参少。

甜酒棵是多年生草本植物，正名为地黄，列当科的。它在不同的地方有不同的名字：酒壶花、酒酒棵、小公鸡喝酒、小媳妇喝酒、老头喝酒、黄酒棵、猫耳棵、婆婆奶、老婆脚后跟、牛奶子等。河子西自然生长的东西，大多数都有药用功能，甜酒棵也不例外，但"生地""熟地"差别可大了。

这么多名字里都带个"酒"字，这与它的花有关。甜酒棵初生的叶片铺在地面上，叶子并不宽大，但也不像白茅那么细长，不宽不窄的。叶面上皱巴巴的，有些小突起。整个植株没开花时低调内敛，一旦开花，就不同了。哗啦一下子开出星星点点的钟状花，外紫内黄，像紫色的酒杯。花的深处影影绰绰有一抹殷紫，诱惑着年少的心。最诱惑我和小芹的是，这只紫色酒杯盛着甜甜的蜜汁，所以它还有一个名字叫蜜罐棵。

尽管它那甜甜的酒汁很少，但对于一年吃不了几块糖的我们来说，也是一种大自然的恩典。发现一棵甜酒棵，我和小芹就会围着它，揪着大朵的花，吮吸着，咂摸着。

其实，甜酒棵最宝贵的是地下的根，很肥，肉乎乎的。古人以它的根染布，色黄而不褪，因而名之曰地黄。如果用地黄泡酒，酒就会变得微黄而香醇，比用那些假人参可强多了。人参在深山老林里才有，而地黄，河子西就有。

在黄河口的药草里，地黄和车前、艾草、益母草一样，是药中良品。吸天地之精华，采日月之能量，是所有良品草木的共性，所以地黄才会自信地说："你想延年益寿吗？用我。有病医病，无病强身。"春天的地黄暗淡无光；夏天，它芳心初生，蜜汁乍沁，正是让我们嘬着玩的季节；秋天，就到了挖地黄的时候了。

药用的地黄是滋阴补肾的佳品、补阴方药的鼻祖。《神农本草经》说它"久服轻身不老"，《本草纲目》说地黄填骨髓，长肌肉，生精血，补五脏，利耳目，黑须发，等等。

根据炮制方法的不同，地黄可分为生地和熟地。生地经过蒸晒，就成了熟地。《易简方》中认为男子多阴虚，宜用熟地；女子多血热，宜用生地。《红楼梦》第五十一回《薛小妹新编怀古诗　胡庸医乱用虎狼药》里写到贾宝玉这天下第一"暖男"也是一位医才，撵走了胡乱开方的胡庸医，另请王太医改了方子，晴雯的病才治好了。

关于地黄治病的神奇功效，历史上有许多传说。宋代医史著作《医说》中记载，许元公过桥坠马，右臂臼脱，昏迷，以地黄、木香为药封肿处，中夜方苏。《抱朴子》记载，韩子治用地黄、甘草喂养五十岁老马，老马生三驹，一百三十岁乃死。这也够神奇的。现在有人常服的六味地黄丸，主药材便是地黄。

古时，富贵人家用地黄喂马。白居易的诗《采地黄者》描写了底层人民采挖地黄换取马之"残粟"充饥的悲苦。苏轼也有《地黄》诗，开篇即说："地黄饷老马，可使光鉴人。"

地黄还是药膳的主料之一，参地炖猪肝、参花地黄粥、地黄蒸乌鸡,主打的可都是它。

但在河子西玩闹的时光里,我和小芹都不知道甜酒棵的药食神功,只知道它美丽的花蕾深处有着迷人的蜜酒。你只需要采撷它杯形的花朵,举到嘴边,痛快地嘬饮就是了。那种快乐,此生再也难得了。

——我有一杯紫花酒,小啜足可慰风尘。

野豌豆:天生丽质难自弃

学名:Vicia sepium
中文名:野豌豆
科属:豆科野豌豆属

河子西那些好看的草的长相是天生的，比如野豌豆，就和有些人一样，天生丽质。而且围绕这些美丽的花草常会发生一些感人至深的故事。

野豌豆不是家豌豆，当然没有园艺栽培植物那些待遇和尊荣。名字里带着个"野"字，它自然是野生的，从头到脚都充盈着野性之美。它虽然生在河子西的原野上，清纯却不粗野，柔顺而不随俗，活得有操守，美得有个性。在追名逐利的世风中，它拒绝被熏染，坚守着清洁之身。

野豌豆最漂亮的地方当然是它的花，紫红色的，哪怕只有指甲盖大小，却也要美出个样子，俏丽撩人，像一只只紫色的蝴蝶，隔着老远就牵惹着你的目光。小女孩儿喜欢用它来涂指甲，或者把花冠摘下，穿成一串"紫宝石"的项链。但紫宝石没有香气，它有，那是河子西一种天然的香气。

野豌豆是地地道道的本土植物，两千多年前就出现在我们祖先的典籍里，只不过那时它的名字美雅而简单——薇。它的风姿最初招展在《诗经》里，而且一出场就是名篇，题目叫《采薇》。诗经时代的人喜欢用"采"这个动词，"采采卷耳""采采苯苢""采绿采绿"，一个"采"字，灵动而纯美。

"采薇采薇，薇亦作止。曰归曰归，岁亦莫止。"说的是戍卒征战的思乡之苦："采薇采薇一把把，薇菜新芽已长大。说回家呀道回家，眼看一年又完啦。"

《草虫》里也写到了采薇——"陟彼南山，言采其薇。未见君子，我心伤悲。"我大胆揣测，或许可以把它和《采薇》互相对照着去读,《采薇》写的是戍卒思家乡,《草虫》写的则是思妇盼郎归。翻译出来应该是:"登上高高南山坡啊,采下薇菜一筐箩。只是不见心上人啊,心中悲伤和谁说。"这是多么痛苦的内心独白。两首诗都巧妙地用了"采薇"作为比兴的意象,美丽可食的野豌豆成了远隔千里的夫妇寄托相思的信物。

野豌豆是多年生草本植物,豆科,身高30—100厘米,植株秀美,茎叶纤细柔婉,长着短短的茸毛,偶数羽状复叶,枝子上顶着2—3枚卷须,卷在空中,微微举着,轻轻摇着。其实这些卷须的主要目的不是攀缘,而是寻欢,有了抓手就抓一把,没有抓手就在风里摇着玩儿。这一摇就摇出了风情,摇出了韵致,摇出了一个诗意的名字——翘摇。野豌豆的花,如新娘绯红的脸,羞涩、潮润,闪着迷人的光芒。野豌豆开花的时候,确实也是它一生最娇美的时刻,让人不禁想起席慕蓉的那首《一棵开花的树》:"如何让你遇见我/在我最美丽的时刻/为这/我已在佛前求了五百年。"《本草纲目》记载:"薇生麦田中……即今野豌豆,蜀人谓之巢菜。"王安石的《字说》认为,野豌豆是微贱之人充饥的野菜,所以叫"薇"。

春天的野花是最多的,即使在我居住的院子里,也能见到美丽的野豌豆,与紫花地丁相映成趣——好像也只有紫花地丁才担得起"春之花"的名号,无怪乎日本万叶时代的诗集就有歌曰:"大地沐春风,摘采紫地丁。唯缘爱碧影,枕草到黎明。"

关于采薇的故事,最早也是最著名的是与伯夷相关的传说。《史记》中把《伯夷列传》列为列传的首篇,可见司马迁对伯夷、叔齐两兄弟的钦敬。商朝属国孤竹国国君临终让第三子叔齐继位。叔齐认为王位应该是嫡长子继承，便让位于他的大哥伯夷。伯夷则认为父命难违，坚辞不就，便逃走了。叔齐见哥哥逃走，自己也逃走追哥哥去了，孤竹国只能立中子（二儿子）为君。《伯夷列传》中记载，"武王已平殷乱，天下宗周，而伯夷叔齐耻之，义不食周粟。隐于首阳山，采薇而食之"。周人就对兄弟俩说："普天之下，莫非王土。你们不吃周朝的粮食，可这野菜长在周土上，自然也是周朝的呀。"伯夷叔齐愤然叹息，作《采薇歌》而唱："登彼西山兮，采其薇矣。以暴易暴兮，不知其非矣。神农、虞、夏忽焉没兮。吾适安归矣。吁嗟徂兮，命之衰矣。"是在说："登上西山呀去采薇，以暴易暴呀真不对。神农舜禹都在哪儿啊？为何一下子踪影全无？我们最终去哪儿啊？罢了罢了还是死吧，天命亡我不可违！"唱罢，兄弟二人绝食而死。

我每每读到这段，便唏嘘感佩，为他们的兄仁弟让，为古人的高风亮节，同时对薇菜也生发出一种难以言说的喜爱。

"采薇"后来成为隐士的代名词，伯夷、叔齐也受到一代代人的敬仰。阮籍的《咏怀》中有"下有采薇士，上有嘉树林"，王绩曾曰："相顾无相识，长歌怀采薇。"后来的人们则越来越多地将其作为一种抱节守志的追求，把隐逸当成了清名享受。白居易的"朝咏游仙诗，暮歌采薇曲"，就让人很明显地感受到了这一点。

野菜常常治大病。野豌豆讨人喜欢，原因之一是它可药用。医书上说它性味甘、辛、温，全草可入药，《本草拾遗》说它"久食不饥,调中,利大小肠"。人们对它有别样的感情,还因为好吃。野豌豆是救荒野菜,荒年可救人命。即使是丰年,人们也喜欢采食野豌豆,嫩尖做汤或生食。"野豌豆尖"是上了食府菜单的,油锅爆炒,出锅时加点蒜蓉,有股诱人的清香。野豌豆的豆粒儿当然也香,只是太小,李时珍说它"粒小不堪"。但野豌豆花、果皆有毒性,吃多了容易中毒,人会昏昏欲睡,体衰乏力。所以说,伯夷、叔齐即使不绝食而死,常年吃野豌豆,也是受不了的。

河子西的野豌豆并不是太多,我们剜菜时发现一棵,会围着它看好长时间。细密而翠绿的叶子排列得整齐有序,就像一个利索齐整的少妇;紫色花瓣纯净艳丽,有一种恬淡清雅的高贵气质。

一种植物,长得这么野性美丽,又有着这么高洁的操守,真是让人爱不够啊!真想回到故乡河子西的原野,和野豌豆一起,在霞光里曼舞,在芳草上轻歌。

皮菜根：旷野有红粉

学名：Limonium bicolor
中文名：二色补血草
科属：白花丹科补血草属

2023年5月26日，我来到了大汶流自然保护区的旷野，来看看疫情三年来没被人打扰的草木和小动物们。荒滩上，我一下车就差点踩到那一大蓬绿莹莹的皮菜根！我应该有十多年没见到它了吧？

　　在这片土地上，它本来就长得不算多。虽然它也是盐碱地的指示植物，但在黄河口这退海之地上，它的繁衍能力并不出众。

　　我望着这一大蓬皮菜根，有一种莫名的惊喜。我把皮菜根给忘了吗？我怎么可以忘掉油亮娇美的皮菜根呢？

　　皮菜根，可是我童年时光里从野地里钻出来的甜蜜的小伙伴啊。

　　皮菜根的根是甜的，能吃。我至今也没有搞明白，在这咸涩得令人咂舌的盐碱地上，它的根咋会是甜的？不光甜，而且能长到我们的大拇指粗，粉红色的主根面嘟嘟的，诱惑着我们的小嘴。在这众多植物望而却步的地方，皮菜根却长得水水灵灵，一株株，一丛丛，带给我们甜甜的惊喜。对一年吃不了几块糖的我们来说，谁会不喜欢这深埋在盐碱地里的甜头呢？

　　皮菜根是黄河口人的叫法，它的正名叫二色补血草，白花丹科，叶基生，莲座状。它的花莛自叶丛中抽出，一朵一朵的小花就像是一个个小漏斗。

　　皮菜根的花萼初为粉红色，后变为白色，花冠却是黄色的。花开得密密实实，每一朵都那么热烈、那么奔放。远远望去，很像是炸开在枝头的密密匝匝的爆米花呢。

　　皮菜根开花时一簇簇的，如同梅花小瓣，迎着咸咸的海风，在一望无际的沙滩上妩媚地招展，让人怦然心动。这或许是它又叫河梅花的原因。胶东人叫它酱棵子。它的别名还有盐云参、燎眉蒿、血见愁、二色匙叶草等。

这种植物是一种诱蝇草，能释放一种特殊的气味，引诱得苍蝇频频光顾，一旦落上去就在劫难逃，所以它又叫落蝇子花。

皮菜根植株高20—50厘米，《救荒本草》中称它为蝎子花菜："苗初搨地生，叶似初生菠菜叶而瘦细。叶间撺生茎叉，高一尺余，茎有线楞。梢间开小白花。其叶味苦。"

《山东经济植物》中说皮菜根全草可入药，"治月经不调，功能性子宫出血，补血益气，收敛止血"。皮菜根的蒴果寄存萼内，它的花萼大而美丽，会长期留存枝头。天冷了，它依然挺立在荒原上，热烈奔放。即使植株已枯，寒风吹来，它也很有梅花风骨，迎风傲雪，长期不凋，所以它还是用来制作干花香囊的上品。

皮菜根不与百花争春，当众芳摇落，它的叶子才慢慢变宽、变长，苫住地面，中间的叶心部分则是迷人的玫瑰红。到了五六月份，皮菜根才一下子炸开，给狂野的河子西点缀上一片惊艳的粉红。皮菜根开花的日子，我喜欢围着它转。风动，我的心就动。在这光秃秃的退海之地，我是它招来的蜂儿之一。

皮菜根正名为二色补血草，这"二色"大概是因为它的花萼为粉红，花冠为黄色吧？至于为何叫"补血草"，我就不知道了。或许是我们这长期羸弱的大地，太需要补血了吧！

支棱子菜：枝生

学名：Salsola collina
中文名：猪毛菜
科属：苋科猪毛菜属

"枝生"是黄河口地区一个很特别的词,形容词,指植物非常茂盛水嫩的样子。说哪株草木长得"枝生",那一定是说它水肥充足、蓬勃向上。"枝生"也可以用在人身上,一般是形容妙龄少女有青春的气息。

支棱子菜就是河子西一种"很枝生"的菜。

支棱子菜就是猪毛菜,别名蓬子菜、扎蓬菜、猪毛缨、乍蓬棵子、轱辘娃子、盐蒿子等。菜如其名,它那"很枝生"的叶子长得像猪毛。

支棱子菜属苋科,一年生草本。它的茎直立,有着美丽的紫红色条纹。叶片似松针,肉乎乎的,从根部就开始生出来,枝上生枝,枝又生叶,层层叠叠,向外伸展开来。每一根枝子都很"枝生",每一个叶片都很水灵,整株支棱子菜就是葳蕤生姿的。

支棱子菜长得很像黄蓿菜,但其实不是一种。支棱子菜就是支棱子菜,它的味道又清新又鲜美,略有回甘,比黄蓿菜好吃得多。

我和小芹她们在草桥沟两岸放猪时,手里通常挎着个菜篮子。碰到成片的支棱子菜,我们就掐了它的嫩梢,一把把摁进篮子里。回家后,娘把它们洗净,焯一焯,放点调料,就是一餐美食了。

支棱子菜有个特点,越掐越旺,越掐越"枝生"。它耐旱耐碱,在黄河口贫瘠的土地上,一团一簇,蓊蓊郁郁地生长着,为众多生物提供着脆生生的枝枝叶叶。

你要吃它,最好赶在初夏时节,那是它生命最美的时段。支棱子菜的枝子上有许多乳头状的小突起，充盈着生命需要的氨基酸。等过了九月份，花季已过，它的果实开始成熟，枝叶就"柴"了。再过一两个月，它的植株就失去了水分，慢慢干枯。此时的它在等一场风，凛冽的寒风。今天东北风，明天西北风。支棱子菜在风里晃来晃去，它的根部很脆，终于撑不住，从根部折断，随风打滚。——它是风滚草的一种。

和所有的风滚草一样，打滚就是它传宗接代的方式。秋风劲吹，你看到一个个萎黄的草球从河子西顺风滚来。它随风流浪，草球一路滚动，一路摔打，一路撒播着自己的种子。

它和风的组合，是天作之合。枯干的支棱子菜知道，风是一定要来的。在一阵阵的风中，它拧断了自己的腰身，一路向南翻滚，摔打着细密的种子，摔打着凄惶的虫鸣。它把种子和虫鸣撒在原野上、沟坡上、雪地里，直到它滚到一个沟里，那些枯黄的芦苇和香蒿拦下了它："行了，差不多就行了，咱做个邻居挺不错的。明年春天，来检阅一下你一地的子孙吧，肯定比你还'枝生'。"

有时，这些风滚草能把沟填平，到了冬天，我们会来将它们打捆，运到家里当柴烧。那些支棱子菜枯槁的身子，会在灶膛里发出毕毕剥剥的脆响。

大概是因为蓬蓬松松的形态，支棱子菜又叫蓬子菜。成熟后，它极其容易从根处整株断裂，然后随风翻滚，所以白居易有"吊影分为千里雁，辞根散作九秋蓬"的诗句。但所有关于飞蓬的诗词里，人们印象最深的可能还是《诗经》里的"自伯之东，首如飞蓬。岂无膏沐？谁适为容"。是在说："自从哥哥你东征，我头发凌乱如飞蓬，不是没有胭脂粉，为谁打扮为谁容？"相思是如此深重，女为悦己者容，你总不回家，我打扮好了给谁看啊？这就是令人神往的《诗经》时代纯净的爱情。

  支棱子菜性凉、味甘，全草可以入药，能降血压、清热毒、治便秘。

  草桥沟两岸的人喜欢它，主要是因为它好吃。要吃它，最好赶在它开花之前。此时的支棱子菜水嫩水嫩的，"枝枝生生"的，采了它的嫩梢，用开水一焯，再把焯好的支棱子菜攥一攥，把水挤一挤，用盐、蒜泥、酱油、醋拌一下，就可以大快朵颐了。如果点上几滴料酒、香油，会更出味。当然它还有一些其他的吃法，比如猪毛菜烧肉、姜末炝猪毛菜、猪毛菜豆腐汤、猪肝炒猪毛菜等，主打的还是支棱子菜特有的清味儿。

  我喜欢支棱子菜，倒不是因为它好吃，主要是因为它"枝生"。在河子西的野菜里，它的青枝、它的绿叶，都让我感受到一股生命与生俱来的向上的力量。

野菊花：蕊寒

学名：Chrysanthemum indicum
中文名：野菊
科属：菊科菊属

爹，您说过，这世界上最具有美德的是土里长出来的东西。秋风吹过，花香遍野。爹，我是黄河口那株伞房花序的野菊花，对每一个方向的风，都点头致意。不知不觉中，一朵朵，一丛丛，满坡遍野的野菊花已开了。它开在故乡的沙岗上，开在黄河口的原野上，在野草丛中，在草桥沟边，星星般闪烁，云霞般烂漫。

花丛中，清瘦的你，一位乡村民办教师，领着一群孩子在校园边的秋野上朗读课文。一天又一天，一年又一年，野菊花谢了又开，开了又谢，你在清贫的讲台上种植着富裕的情感，用苦涩的教鞭收获着甜美的回忆。

从我记事起，你就在黄河最下游的这所乡村小学教书。学生多，老师少，你要同时教几个年级，而且不同年级的学生都挤在一间破旧的教室里。这种班叫复式班。你脾气好，从不责打学生。村子里几乎每家都有你的学生，有的父子两代都是你的学生。乡亲们说你学问高，吹拉弹唱样样都会，学生的课程门门能教。你写得一手好毛笔字，每年年底你都忙着给街坊邻居写春联。每到腊月二十七八，你都早早备好毛笔、墨水、对子纸，从《农村大众》等报刊上摘抄合适的对联。更多的时候还要蹙着眉头，根据不同人家这一年的大事，亲自去编拟对联。我们就在这潜移默化中学到了祖国传统的对联知识。水瓮上的"口饮清泉"，牛棚上的"六畜兴旺"，衣箱上的"衣服满箱"，院子里枣树上的"出门见喜"，全都应时应景，吉祥和美。每次我都有个很荣耀的任务，就是站在桌旁给你揪着那些对联纸，写完一副，我就小心翼翼地托到一边晾着，免得墨汁淌了。每当年初一拜年时，就能看到整个村子里家家户户的对联几乎都是出自我爹的手笔,"春回大地""爆竹一声除旧岁,梅花万朵迎新春""祖国有天皆丽日,神州无处不春风"。此时的我们感到真的是"万象更新",从天到地都是新的。

1976年,唐山大地震波及我们这里,余震不断,人们晚上只能睡在院子里的蚊帐里。每到晚上,你就给生活在地震恐惧中的人们说书,有时也拉二胡、吹笛子。现在我还清晰地记得你拉二胡的情景,你调弦的过程中,四邻八舍的人们就围拢了过来。伴着你的二胡声,娘甜美的歌声也在夏夜中弥散开来——"红岩上红梅开,千里冰霜脚下踩。三九严寒何所惧,一片丹心向阳开。"纳凉的人们静静地听着,大人小孩挤满了那个大通院儿,享受着小小乡村的夫妻演唱会,那是我童年记忆里一道多么温馨的风景。

当时的民办教师是一个非常特殊的群体。因为是民办,工资要比公办教师少很多。我清楚地记得,你当时一个月的工资是八元钱,还经常拖欠。就是这点钱,还要拿出一部分来买生产队的工分儿,不然就分不到队里的口粮。分不到口粮,全家人就要挨饿。在那苦难的日子里,你常年操心劳力,为的是养家糊口,你必须确保不使五个孩子饿死。当生产队里要出工程时,你还要和其他的男劳力一样"上伕"。有一年冬天,你到老鸹岭去上工程,走时家里已断顿。有一天深夜,风雪交加,你突然从工地上回来了。娘问这么晚你咋回来了,你说怕孩子们饿着,冒雪赶了回来。雪太大迷了路,好歹摸索了回来。你从棉袄里掏出自己从工地上省出来的干粮,在锅里热了热,把孩子们挨个叫醒,掰开给我们几个一人一口。看着孩子们吃完干粮,怕误了明天上工,你又连夜冒雪赶回了工地。

常年的劳作拖垮了你的身体,你患上了高血压和心脏病。四十来岁时你就已经谢顶。我读高二时,你病重起来,起初还能拖着病身子上学校,后来渐渐撑不住,在家躺倒了。那天,我向老师请了假,在家里照料你。听到门外叽叽喳喳,门开了,呼啦拥进了一屋的孩子,争着围到你的身边。一个孩子开始抽泣,其他孩子也跟着哭。"老师,你不是说野菊花开时,就领着我们到海边去玩儿吗?野菊花开了。"你不住地点着头,挣扎着坐了起来,抚摸着孩子们的头,泪流满面。后来的日子,你变得絮叨起来,经常问起学校里的事。你身子不能动,却执意要到外边去,我只能吃力地背你出去,扶你坐在地排车上,望着东方。你的单位在那里,"黑屋子,土台子,屋里一群泥孩子"。就是在那里,你工作了三十年的农村小学里,你送走了一批又一批的乡村孩子。你就这样靠在车上,几乎整日整日地望着,望着,一动不动。乡亲们说,那里有你的魂。

1985年,野菊花盛开的时候,你走了,在一个黄昏,一个布满皱纹的黄昏,走进晚霞里去的。你走了,满怀着对这个世界的眷恋,对一所乡村小学的眷恋,悄无声息地走了。你仅仅活了四十八岁。当了一辈子小学民办教师,最终也没有转正。乡亲们把你安葬在村西头高高的沙岗上。教师节时,我到你的坟头去,既是看我的父亲,也是看我的老师。几年过去了,我已从师范毕业，也踏上了你曾经耕耘过的那片土地，教孩子们书写告别贫困的公式。远远望去，你的坟头摆满了孩子们采来的野菊花，黄灿灿的，在秋风中轻轻摇曳。哦，野菊花，纤巧的花叶，清瘦的身骨，生于旷野，死于旷野，无声地开放，无声地枯萎。但黄河口作证，清风明月作证——你有过挚爱的一生，有过金色的年华。那些大地上年年招展不止的野菊花，就是黄河口奖赏给一位民办教师最美丽的桂冠。

野菊花植株不大，巴掌大的棵子，叶子小得让人心疼。前桥村拆除了，村里的人四散奔走，投亲靠友。村里的老坟拆不走，野菊花拔不动脚，只能待在原地。人都散了，野菊花没散，它们一直站着，站在秋的深处。在秋日的暖阳里，我像喝醉了酒，迷迷糊糊。旷野上，野菊花的花梗就像早已就绪的琴键，秋风过处，琴键们你碰我一下，我碰你一下，叮叮当当，乐音四起；花朵是金色的小酒杯，随着秋汛暴涨，整个河子西一片欢饮之声。

草部

芦苇：你说要年年美丽给我看

学名：Phragmites australis
中文名：芦苇
科属：禾本科芦苇属

> 芦苇你高昂的头,
> 让我对你的才情崇拜得没法说。
> 你说只要有水,
> 你便年年美丽给我看;
> 你说只要有风,
> 你便能舞醉了我。
> 为了黑嘴鸥如期的约会,
> 你站成湿地上最动人的情节。
>
> ——郭立泉《黄河口的N种诗意物象》

一

优雅摇曳的芦苇曾以一个美丽的名字出现在一篇美丽的情歌里——《蒹葭》:

> 蒹葭苍苍,白露为霜。
> 所谓伊人,在水一方。
> 溯洄从之,道阻且长。
> 溯游从之,宛在水中央。

男人真是一种奇怪的动物,明知相思苦,偏要苦相思。而芦苇丛中的"伊人"好像在和这位男子捉迷藏,像雨像雾又像风,一会儿凌波在水里,一会儿临风在岸上,一会儿又曼立在水中的沙洲上。女人是水做的，总之是离不开水。不管我顺流而下，或是逆流而上，你总是让我可望而不可即。你就是我童年的天边，当我真的走到了天边，你又成了新的天边。难道此生，我只能远远地望向你？或许这正是人生的幸福与无奈——爱人在，永远在远方。

我们的老祖宗在两千多年前就把男子执着相思、苦苦追求的惆怅写得这么到位，真是令人惊叹。这或许是世上最早的一首朦胧诗。每次吟诵起《蒹葭》，我都能感受到一种真正的诗意之美。尤其是诗中的意象，当把芦苇叫成"蒹葭"时，从发音到字形都让人感到美、雅。蒹葭让人一下子想到的是"在水一方"的美人，风姿绰约，亭亭玉立。帕斯卡尔说："人是一株会思想的芦苇。"这样说来，人和芦苇似乎还有点沾亲带故的。但有一点，人却无论如何都做不到：芦苇雌雄同株，从根本上省却了痴男怨女的思恋之苦。

芦苇是黄河口植物部落里的细高个，秆高1—3米，以根生为主，具有旺盛的繁殖能力。《辞海》里对芦苇的解释是这样的："禾本科。多年生草本。根状茎粗壮匍匐。……叶片宽披针形，两列。夏秋开花，圆锥花序长10—40厘米；小穗含小花4—7朵。生长于池沼、河岸或道旁。分布几乎遍及全世界温带地区。为保土固堤的植物。秆可作纸、人造棉、人造丝的原料，也供编席、帘等用；花序可作扫帚；根茎入药，称'芦根'、性寒、味甘、功能清热生津……"《本草纲目》谓芦苇的茎、叶治"霍乱呕逆，肺痈烦热、痈疽"，芦叶可治"发背溃烂"。芦花止血解毒，治血崩、上吐下泻。芦根主治肺热咳嗽、热淋、小便不利等症。几十年前,我们村大队书记的胖媳妇得了一种怪病,就发动社员们给她刨芦根煮水喝,最后还真喝好了。

很少有植物像黄河口的芦苇名字这么多。"芦""苇"是它惯用的名字,"蒹""葭"是活在古诗里的名字。"葭",指初生的芦苇;"蒹""芦",是没有秀穗的芦苇;"苇",才是秀穗之后的芦苇。在黄河口,乡亲们把长在旱地里较矮的芦苇叫"芦草",把长在水里的细高的芦苇叫"苇子",把经霜之后叶子完全变黄的芦苇叫"苫",把割芦苇叫"割苫"。

二

我和芦苇的"初恋"从初中就开始了,那是一次苦难的"割苫"经历。

1981年秋,我刚上初一。中秋节刚过,哥哥用半块月饼把我哄到了离家一百多里外的黄河入海口附近。记得那里有个挂着牌子的单位——垦利县荒洼管理站。因这里已是绵延万里的黄河大堤的尽头,老百姓干脆叫这里为"坝头"。来干什么呢?割苇子。割苇子干什么呢?给我哥盖屋娶媳妇。苇子在盖土坯房时有两种用途:一是压在砖根脚和土坯之间,厚约二十厘米,用以隔碱;二是编成苇箔盖在檩子上面,苫屋顶用。当时的黄河口盖土坯房,都离不了芦苇。

站在黄河大坝尽头上向下望,是一眼望不到边的芦苇,都已秀齐了穗，头顶的花序开成了一片白褐色的海洋。我们兄弟俩本来是投奔荒洼管理站的一位亲戚去住的，可能是嫌弃我们一身的穷样子吧，到了那里，人家没搭理我们，也不让在站上住。没办法，兄弟俩在河滩里割下一片芦苇，搭了一个窝棚居住，在高地上挖了一个灶台做饭，喝水就喝洼地里的雨水，就这样一干就是半个月。

在这片芦苇的海洋里，聚集了利津、垦利、惠民、阳信等几个县割苇的穷苦人。有的人割苇是为了盖屋，有的是专为了卖钱，这些人要一直割到年底，碰到大雪封冻，甚至有冻死在冰面上的。"庄稼人三大累，抱孩子看戏、割苇子、脱坯。"这半个月的窝棚生活，使我真正体会到了割苇子的苦、累。

来时，家里蚊子已不是太多，而这里苇丛中的蚊子却又大又密。小小的窝棚里挂着一张小小的蚊帐，人一翻身靠近蚊帐，疲惫的身躯就只能任蚊子享用了。那年我十四岁，因从小挨饿，个子比同龄人矮一大截，人们都叫我"枣木疙瘩"。为尽快割够盖屋所需的苇子，我们每天天不亮就钻进苇子地里，天黑后才回到窝棚生火做饭，顿顿吃的都是从家里带来的咸菜窝头。连累带饿，我几乎成了一个非洲小黑孩。我偷着哭了好几次。哥哥则老是破鼻子，他总是采把能止血的青青菜叶子揉搓揉搓，往鼻子里一塞，继续割。有天夜里，哥哥突然肚子疼得打滚，把我急出了一身汗，幸好天快亮时不疼了，不然在这荒野之地，叫天天不应、呼地地不灵的，我真不知道该怎么办了。我明白了穷苦之家的小子要娶上媳妇，就必须受这种炼狱之苦。一片片苇子被我割倒，打捆。

我把苇个子的粗头搭在肩膀上，苇梢拖在地上，低着头往苇子垛那里拖。我幼小的身躯拖着长长的一捆苇子，几乎看不到人。我把割来的苇子攒成一座座山，十天后，我们的窝棚周围便出现了一圈"苇子山"。

一天晚上，我在窝棚里的马灯下读《水浒传》，做饭的哥哥突然说："干粮没了，就剩一点小米了，你明天回家让咱爹往这里送干粮吧。"当晚，我们只喝了一点小米粥。第二天早上，我还在做着梦，梦里到处找吃的，硬被叫醒了。哥哥把水倒在昨晚没刷的锅子里，搅了搅粘在锅底的一点小米糊糊，热了热，给我倒了一碗，说："吃吧，吃了回家。"我望了望那一碗泔水说："你呢，你吃啥？"哥哥说："你就别管了。"

我喝了那点泔水，骑上自行车就往家里赶。中午时，刚刚走到军马场，饿得实在受不了，在路边小摊上花五分钱买了一个小苹果吃。因为这条路就从家里出来时走过一趟，走着走着找不到回家的路了。骑着骑着，到了一个叫七连的地方，看到路边有位大娘，就赶紧打听："大娘，我是付窝前桥村的，到坝头割苇子，想回家，找不到路了。"大娘说："哎呀，可怜的孩子，你迷路了，应该往西走，你拐到北边来了。"我嘴一撇就哭了。大娘说："孩子，别哭，没走错多远。你先来家喝点水，我让你哥哥送你到大路上。苦命的孩子，真不容易啊。"

多亏这位好心的大娘让他的儿子送了我一程。到渤海农场四场的时候，我就熟悉路了。天渐渐黑了，周围一个人都没有，我穿的衣服又少，冷得直打哆嗦。从昨天晚上到那时，填到我胃囊里能充饥的东西就是那个小苹果，又骑了整整一天，饥饿、劳累、寒冷、恐惧一起袭来。黑暗像无边的苦难笼罩着我，我害怕得连哭都不敢了。我提醒自己，今晚必须回家，不然孤身一人在这荒郊野外，不是冻死就是饿死。我拼命地骑，漆黑的旷野上，只有一个少年的破自行车在嘎啦嘎啦地响。

当终于看到前桥村，听到村里的狗叫时，我的眼泪唰地流了下来。进了家门，我顶着一头芦花就爬到了炕上，哭着说："娘，快蒸干粮啊。俺哥哥快饿死了……"

三

也就是那段黄河口割苇子的经历，使我对芦苇有了刻骨的记忆。那段时间，我还读完了《水浒传》，至今仍记得"吴用智赚玉麒麟"一回的那首藏头诗："芦花丛里一扁舟，俊杰俄从此地游。义士若能知此理，反躬逃难可无忧。"谁能想到，在水浒故事里，还曾有芦苇的贡献呢。

黄河口的芦苇是善性的，它不仅可以用来盖屋砌墙、入药治病，还能防风固沙，更是许多生灵的爱物。牛、马、羊等都喜食嫩绿的芦苇。我家曾养过一头驴，多少个日夜，驴与我为伴，拉车、耕地、碾场。但再听话的驴也要人喂。上高中时，放驴是我的一大任务。我常常找一个芦草多的地方，用一根长绳拴住驴，驴啃草，我读书。驴啃草的范围以拴驴的橛子为圆心，以驴绳为半径。驴啃草就是在"画圆"。半个小时后，一个圆画完了，我就挪挪圆心，让它再画一个圆。一丛丛水灵灵的芦草被驴唇卷进嘴里，发出清脆诱人的咯吱声。驴吃圆了肚，会睨视着我，好像在笑话我躺在芦草上读书的样子。我想，驴啊驴，咱俩要是能换换该多好，我啃草，你读书。能像你一样趴下啃草，让芦苇无边的秀色填充我空空的胃囊，我从小就不会挨这么多饿了。

四

作为地球上分布最广的植物之一，芦苇在人类文明的进化史上是一个不折不扣的歌者和宠儿。早先生活在西亚两河流域的苏美尔人，用芦管在泥板上刻下了世界上最早的文字之一——楔形文字。同时，泥板上还保留下《吉尔伽美什》《阿特拉·哈西斯》等史诗和神话。苏美尔人受到神示，用芦苇造了一条方舟——"黑芦苇船"，在大洪水来临之前，爬上芦苇船得以逃生。这与《圣经》中《创世纪》里的"诺亚方舟"极其相似。我国《诗经》里写的"谁谓河广？一苇杭之"让人感受到了我们祖先特有的浪漫；少林禅宗的初祖达摩为了北上弘扬佛法，把一根芦苇放在江面上，双脚轻踏，飘然渡过长江的"一苇渡江"的传说，则更令人慨叹世事之神奇、佛法之无边。

中国神话中的芦苇被赋予了不可思议的用途。《淮南子》中有这样的记载："往古之时，四极废，九州裂，天不兼覆，地不周载；火爁炎而不灭，水浩洋而不息……于是女娲炼五色石以补苍天，断鳌足以立四极，杀黑龙以济冀州，积芦灰以止淫水。苍天补,四极正;淫水涸,冀州平。"芦苇在我们的母性始祖手中变成了神奇的息壤,救黎民于水火,扶社稷于将倾。

五

没有一种植物像故乡群居的芦苇那样阵容整齐。它们喜欢扎堆,只要有一点风,就开始耳鬓厮磨,左搂右抱,亲密得不成样子。芦苇是天生的舞者,风起的时候,它们会在水鸟的欢歌中扭动窈窕的身姿,荡起人们青嫩的诗思与其共舞。王勃的佳句"落霞与孤鹜齐飞,秋水共长天一色"就在这时从芦苇丛中飞了出来。许多艺术家的名作都受到过芦苇的激发。

我不懂绘画,但每当看到芦苇出现在中国画里,我都能感受到一种疏朗俊逸,不管是工笔还是写意,芦苇的线条之美都会令人怦然心动。

也没有一种植物像芦苇那样深深扎根在故乡的沟沟汊汊,普通而又顽强,隐忍而又高傲。它挺直的腰身,高昂的穗头,时刻都在宣示着生命应有的气节。故乡有这样的歌谣:

    芦苇高,芦苇长,
    芦苇荡里捉迷藏。
    多少高堂名利客,
    都是当年放牛郎。
    芦苇高,芦苇长,

> 芦苇笛声多悠扬。
> 牧童相和在远方，
> 儿郎牵挂爹和娘。

芦苇荡是我和小伙伴们童年的乐园。我们在水里抠螃蟹、捉鱼虾，挖出清香甜嫩的芦根解馋，有时会被突然游来的水蛇吓得尖叫，有时也会望着停在苇梢上交尾的红蜻蜓发呆。我想起了一位知青教师写的诗——

> 谁能像我生产队里的蜻蜓，
> 空中交配，水中产卵，
> 啊，多么沉静，多么浪漫！

我喜欢芦苇，喜欢芦苇深处那些青葱的往事。1996年，我曾经在一个叫西麻王的村子里驻村。每次来回都要路过一个沉沙池，池塘里水鸟悦耳的鸣叫划过我耳畔，让我驻足聆听。青翠的苇丛，天生的歌者，自在地筑巢，欢快地求偶，独语的、对歌的、多声部的，从天上传下来的乐音涤滤着我的烦忧。当时的我正在名利场上挣扎，生的困惑、爱的焦灼，使我特别喜欢找时间去黄河口自然保护区谛听天籁。在这里，我有了一次"艳遇"，与一位正在做鸟类学课题的女博士有了一次难忘的长谈。她讲到这片上天赐给黄河口的湿地，讲到在这里发现的濒临灭绝的黑嘴鸥和东方白鹳，讲到丹顶鹤那令人类汗颜的对于爱情的忠贞。那个欲望的季节，我的"佳人"站在水边，听着大苇莺的吟唱。芦苇清瘦的身姿摇亮悸动的天空，宽而密的苇叶小心地托着晶亮的露珠在风里飞，苇梢上笼着一片诗意的雾霞，悠悠的芦花氤氲着生命的芳香，一种醍醐灌顶的感觉从芦苇深处漫了过来……

啊，那片美丽的芦苇丛，芦苇丛中那些美丽的秘密。

六

如果有人问我，黄河口什么季节的芦苇最美？我会说：初夏时节。芳草萋萋，野花点点。苇荻竞绿，群鸟欢歌。春天来时的芦苇还花冠不整，夏日里芦苇的方阵已让人目不暇接。时常会有曼妙的歌声从苇梢上飞过。黄河滩头高士卧，芳草深处美人来。作为一株会思想的芦苇，我感觉芦苇也具有人的秉性，不信你看，当芦苇侧身让美人从它身边走过时，会忍不住发出窸窸窣窣的低语。

当然，秋天黄河口的芦苇有另一种斑斓之美。水蓬花玉立水中，黄蓿菜红向天边，群鸟翔集，万类霜天竞自由。因了风的捧场，芦苇的种子开始了生命的畅游，构成了黄河口的独特风景——"芦花飞雪"。秋风吹苇荡，苇絮漫天扬，大片大片的芦花被黄昏的霞光镀成金色，在天地间任意飘荡。

黄河口自然保护区，我百去不厌；保护区里的芦苇，我百看不厌。

让盘桓的大雁拽着我的目光，
在天空画圆顺便治好我的颈椎病，
我做得到。
让我像申请专利的风，
托着满天的芦花飘呀飘，我做得到。
让我像旷野上那只脱兔，
终生都向着幸福奔跑，我做得到。
让我像湿地上风情无边的蒹葭，
一年四季暗恋着那个水妖，
我更做得到。

山东垦利的黄河口国家公园、新疆博斯腾湖和内蒙古乌梁素海是中国三大芦苇荡，我最为钟情的是黄河口的芦苇荡。十五万公顷的湿地，是芦苇用生命献给黄河口的一片葱茏的梦。

芦苇，你说的，只要有水，你便年年美丽给我看。

荻子：你修长的睫毛

学名：Miscanthus sacchariflorus
中文名：荻
科属：禾本科芒属

> 作为芦苇一见倾心的弟子，
> 你注定和她有些盘根错节的联系。
> 你绰约的媚姿令人心旌摇动，
> 你长在哪里，哪里就长出无边的风月。
> 你修长的睫毛是爱琴之弦，
> 轻轻一弹就感动得芦苇迎风摇曳。
> 你苦心经营那片去处，
> 不为别的，
> 就为给狐狸提供一个偷情的巢穴。
>
> ——郭立泉《黄河口的 N 种诗意物象》

如果说红向天边的黄蓿菜是黄河口迎宾的红地毯，那么一进自然保护区，路两旁迤逦而来的荻子就是迎宾的仪仗队。

我喜欢荻子，说白了是因为它长得俊。细嫩的叶子，高挑的身材，花冠像极了少女长长的睫毛。风起时，站在水边的荻子翩翩起舞，是不折不扣的美人坯子。我见到的植物里边，很少有像黄河口的荻子这样媚姿撩人的。

荻子有一个别名：野苇子。由此可以看出荻子与芦苇的亲缘：它们或许是表兄妹。有些人甚至直接把二者搞混了。其实它们从生物属性到植株外观都有区别：芦苇更喜水，荻子多陆生。芦苇叶片宽，荻子叶片窄。芦苇花序似高粱穗，密集的褐色花像少妇新烫的头发；荻子花序纷披，像美女刚洗过的披肩发。苇子是空心的，韧性比荻子大，可以编箔，或破成苇眉子编席，铺在炕上，承载着农人冬夜的温暖；荻子是实心的，茎秆发亮，结实耐磨，常被编成漂亮的帘子，挂在门口，守候着乡村夏日的清凉。小时候，村子里许多人家都挂着荻子门帘，既驱蚊挡蝇，又通风散热。隔着帘子，外面看不到里面的幽密，里面却能看到外面的精彩。

很小的时候，母亲还给我讲过与荻子有关的勤学励志的传说。一个是成语"画荻教子"，后来我也找到了它的出处。《宋史·欧阳修传》载："欧阳公四岁而孤，家贫无资。太夫人以荻画地，教以书字。……自幼所作诗赋文字，下笔已如成人。"另一个则是"然（燃）荻读书"，《颜氏家训》上说的，彭城刘绮早早成了孤儿，家里穷，买不起灯烛，常常割来些芦荻折成尺把长，点起来照明读书。两个成语，把荻子和我们民族崇文尚义、耕读传家的美德联系了起来。

相比之下，《辞海》里对荻子的解释是权威而平易的："禾本科。多年生草本。根状茎外有鳞片。叶片线状披针形。秋季抽生草黄色扇形圆锥花序，小穗多数，成对生于各节，一柄长，一柄短，含小花2朵，仅第二小花结实。分布于中国北部、中部，南至广东等地；朝鲜、日本和俄罗斯亦有分布。秆可作造纸和人造丝原料，也可编织席箔等。"荻子还有广泛的药用价值。中医认为，荻子性甘味凉，清热活血，可用于妇女干血痨、潮热等症，是一种难得的益草。

春深似海，荻芽竞秀。"杨家有女初长成，养在深闺人未识。"此时荻子已显出了它的天生丽质。它长得很像茅草，但茅草暮春即秀穗，秀穗后个头便不长了。而这时的荻子却长得正欢，茅草便只有仰视的份了。

初夏时节，大河之湄，在黄河口植物王国的三千佳丽中，荻子回眸一笑，已是百媚丛生。

秋风乍起，荻穗初抽。初开的荻花挺直秀美，宛如花枝招展的姑娘。黄河两岸绵延浩荡，汇成几十里荻子的银河。荻叶似剑，直指苍穹。深秋时节，荻花灿然，沐浴在秋日的阳光下，荻子花枝披拂，飘逸多姿。在黄河口湿地上，荻子尽管不如芦苇军团阵容强大，但因其风韵独具，生发出一种令人心仪的静美。

秋日的原野上，这荻花曾让一个情窦初开的少年一次次心旌摇动。

我就是在荻花盛开的季节遇上她的。那年我上初二。放秋假了，爹把我送到离家五十多里远的一个种地屋子，扔下一张镰、一根绳子，便骑上车子走了。种地屋子在黄河故道边上，乡亲们叫老河堐，远处是济南军区军马场的几个连队。尽管有河爷爷给我做着饭，但对于一个十三四岁的孩子来说，整日一个人割草的劳累和寂寞可想而知。但没办法，家里来年开春要盖新屋为我哥哥娶媳妇，我的任务是拾够盖屋脱坯需要的草，还要拾够冬天家里的烧柴。她就是这时来到我身边的。

一个下午，我把刈割的一捆捆荻子背到屋子附近，喝干了壶里的水，正要再去背最后一趟草。突然，一匹高头大马一阵风似的来到我身旁，马上骑着一位英俊的姑娘，姑娘身上还挎着一支钢枪。河爷爷从屋子里跑出来说："哎呀呀，牧马姑娘，可有日子没来了。真的到北京相亲去了？""你咋知道的？"她脸霎时红了，吃惊地问。"爷爷会算。闺女，渴了吧？开水刚让你这兄弟喝完，我这就烧水。你骑马去刨点新花生来吃吧。"她说："爷爷，我就是来喝口水……""那些东西种来就是吃的，刨点来，也让你这兄弟吃点。就在荻子滩那边，五六里路，骑马一会儿就到，回来水就开了。荻花，爷爷腿脚不方便，你权当帮我个忙。马群我给你看着，跑不了。"爷爷边说边一瘸一拐地去抱草烧水。河爷爷姓李名河，前些年在生产队出工程时被砸断了一条腿，落下了残疾，队里便让他在我们村的洼地里看屋子，算是对他的一种照顾。爷爷又转身对我说："新，你也上马，姐姐不知道咱家的地块。"

我边使劲点头边向外走，她先扶我上马，然后一个翻身坐在我的后面。我刚坐稳，马便飞跑起来，吓得我大叫。荻花咯咯笑起来："没事，有我在后面护着你。"风在我身边呼呼地响。跑着跑着，荻子滩到了。马突然一个趔趄，我惊呼着就要跌下马去。因为惯性，她一下子倾靠在我的身上，紧紧抱住了我，两团柔软的东西贴上了我的后背。我的头轰的一声，浑身变得燥热。"好险！摔着你我就没法跟河爷爷交代了。"马头前面就是河汊子，我俩差点掉下去。回头一看，我俩的脸离得如此近。她的睫毛那么长，眼睛那么亮，或许是因为惊魂未定，或许是因为羞涩，她的脸像红透的苹果，漂亮的鼻翼上沁出几颗细细的汗珠，反射着傍晚的湖光。荻子滩的中间就是荻子湖，大片的荻子带着青春的欲望起起伏伏。丰水时节，这个湖与黄河故道连成一片。春秋两季是枯水季节，湖水并不深，水中的苇荻刚刚被漫过一两个节，下午的阳光斜斜地染遍了黄绿色的芦荻荡。她的鼻翼翕动了两下，吸了一口水草的清气，又吸了一口水草的清气——"真香呵！""你叫荻花？"我问。她探出身子去，采摘下几枝紫褐色的荻花，轻轻拂过我的脸，说："对，这就是我的名字。"荻穗柔柔的，痒痒的，一种莫名的舒服爬了上来……

那几天，我的草垛迅速增大。荻花几乎天天来，军马静静地在黄河故道边上吃草，她便帮我拾草，有时也让我摸摸她的钢枪。"姐姐真要嫁到北京去吗？""俺不愿意。""那就别嫁嘛！""爸爸病了，需要钱。那家是我爸在新疆当兵时的首长，他们没别的要求，只要两家结亲。唉，有啥法呀？"说着，大滴的眼泪涌了出来。

秋假就要结束，我要开学了。临走那几天，我却等不到她来了。河爷爷说："看来她爸爸又逼婚了，荻花怕是拗不过去。男方是她爸爸战友的儿子，一个公子哥……"爷爷看我恨恨地将一片芦荻砍倒，叹口气说："唉，有啥法呀？"爹来接我了。我把一大包荻花交给河爷爷，请他转交给荻花姐。那些荻花，足够做一对荻花枕的。爹这次是赶着大车来接的我。河爷爷把车踩得像山一样高。我晃晃悠悠坐在拉草的大车上，怅然地离开了荻子滩。

后来爹又去拉了两趟草。我割的那些苇荻和槐树枝子，我们家烧了整整一年。当我把荻子塞进灶膛时，眼前就映出荻花姐那张绯红的脸……

上高二时，爹病重，家里缺少劳力，我请假去老河堰的洼地收庄稼。又是荻花开放的季节，刚刚学了白居易的《琵琶行》，开头两句就是"浔阳江头夜送客，枫叶荻花秋瑟瑟"。一千多年了，荻花仍然在我的心里瑟瑟作响。听河爷爷说，荻花的爸爸没救过来，妈妈又病倒了。荻花还是嫁给了那位北京的公子哥。婚后不久，公公也去世了。男人老是打她。她喝过两次药，留下了后遗症，男人一家也不管不问。

入夜，我来到荻子湖边。荻风拂过我的身子，只有湖水静静等着我，承接了我的忧伤。飘逝的荻花，你揉碎了谁的相思梦？泪眼问花，花不语。

啊，荻子湖，我的泪。

多年后，我随一个作家采风团又一次来到荻子滩，来看望柔情似水、坚韧如竹的荻子。荻子滩小了，湖水也少了。滩地一角已被开垦成了棉花地。湖边的水草依然茂盛。问在一旁种地的军马场的人，他们都知道河爷爷。老人已于前些年过世了。那位叫荻花的姑娘离了婚，改嫁到了新疆，丈夫也是她爸爸战友的儿子，这些年也没回来过，谁知道是死是活。

我怅立湖边，久久没有说话。我看到有位骑马挎枪的姑娘，我喊荻花，荻花！她飞奔而来，又飞奔而去。她明明是荻花，却为何不理我。

荻花，荻花，是谁舞动水妖似的长发，单等风来把自己嫁？为了这次远嫁，荻花给自己准备了一件美丽的嫁妆——一个白色的降落伞。风起的日子，荻花轻张无牵无挂的伞衣，开始了平生第一次飞翔。她飞得那么高那么远，像鹅毛，像雪花，却比鹅毛纤巧，比雪花轻盈。也不管前面是泥淖还是险滩，她舒展身姿，飘然而去，在黄河口清丽的天空中，追寻着在地面上不曾有过的快乐。

到宣传部门工作后，我爱上了摄影。在黄河故道的自然保护区，我和来自北京、天津的游客扛着长枪短炮，在太阳落山前的那段时光起劲地抢拍着。我噼里啪啦疯狂拢进镜头的，是一种叫荻子的植物。我镜头中的荻花，有一种别样的凄美。尤其是逆光下的荻花，一如夕阳中的新娘，艳影婆娑，妙不可言。

茅草：乘一朵茅花回童年

学名：Imperata cylindrica
中文名：白茅
科属：禾本科白茅属

> 菰荻菰荻，老牛抬蹄。
> 菰当菰当，老牛喝汤。
>
> ——黄河口童谣

每当大地在河流的欢唱中睁开惺忪的睡眼，我都要享受一下拔菰荻、采茅花的快乐。菰荻只属于春天，菰荻的清香，深彻地流连在童年的舌尖上；茅花的美丽，款款地游走在情窦初开的田野里。

菰荻是利津土话，有的地方叫茅芽、茅烟，它就是茅草的嫩芽。菰荻生长在茅草身上，散养在初醒的大地上，也芳香在童真的记忆中。茅草就是白茅，多年生禾本科植物，别名茅、茅针、兰根、茹根、地筋等，前桥村的大爷、二叔们叫它茅子。李时珍《本草纲目》记载："茅叶如矛，故谓之茅。其根牵连，故谓之茹。"其根状茎可达两三米，断节的再生能力很强。茅草曼立在前桥村西的旷野上，是凝土固沙的勇士，装点大地的美人。

长在《诗经》里的白茅是和美人拉拉扯扯的："静女其姝，俟我于城隅。爱而不见，搔首踟蹰。……自牧归荑，洵美且异。匪女之为美，美人之贻。"诗中的"荑"即是菰荻——白茅初生时小心翼翼包藏的嫩芽。"柔荑"是古时美人玉手的别称，又白又嫩自不必说，还有一种不盈一握的温婉在。《诗经》中还有"手如柔荑，肤如凝脂"的句子。

春天，萌情的季节，示爱的佳期，还有比菰荻更好的东西赠送给自己心仪的姑娘吗？

《诗经》里的白茅好像是专为爱情而生的,不信你看:"野有死麕,白茅包之;有女怀春,吉士诱之。林有朴樕,野有死鹿;白茅纯束,有女如玉。"这故事的情节简洁而唯美,有着令人艳羡的画面:镜头推至两千多年前,黄河岸边,芳草如茵,草地上随处可见麋鹿。如玉的少女、打猎的小伙,一个闪着迷离的眸子,一个说着诱人的情话。茅花为媒,身心相悦,于是,一个美好的故事发生了。蝶飞蜂也唱,为了这至情至性的春之恋。男子充满感激地望了望那片茅草地,有点为刚才的孟浪后悔。被压倒的茅草直起身子,在风中自豪地手舞足蹈——是我们承载了这流传千年的动人故事。

这就是我神往的《诗经》时代的爱情,那片想一想就让人耳热心跳的青春茅草地,真有一种让今人说不出的"羡慕嫉妒恨"啊。

还是《诗经》:"白华菅兮,白茅束兮。"《本草图经》曰:"处处有之。春生芽,布地如针,俗谓之茅针……夏生白花茸茸然,至秋而枯。其根至洁白,六月采之。"多么富有诗意!

白茅最初让我和小伙伴们惦记的是那甜甜的茅根。甜是人类最早辨别出的一种美好的味道。为了那点甜,我们吃力地刨出它盘根错节的根,洗净,择掉细细的须根。白嫩嫩、甜津津的茅根被捋成一把填到嘴里,嘎吱嘎吱大嚼一气,清凉甘美。这是大自然对乡村孩童的赏赐。大多数时候,我们用手撸净上面的泥,直接就塞进嘴里。嚼一嚼,咂着那种黄河口特有的甜味。

当大地酥软,草色遥看,冬天疏懒的坡地里,不知什么时候拱出了一点一点的小茅芽。要不了几天,田埂上、野地里满眼都是孩子们喜欢的一种嫩黄色,菰荻的穗苞从腹部慢慢鼓起,鼓出绵密的诱惑。我们争相跑向田野,边跑边喊——

  菰荻菰荻,老牛抬蹄。
  菰荻菰荻,抽筋扒皮。

  拔菰荻是要"抽筋扒皮"的。挑嫩嫩的菰荻的茅芯抽出来,扒开菰荻的皮,菰荻芯探出一条白白嫩嫩的小尾巴,一股诱人的清香拱到鼻子眼里。剥下嫩芯放进嘴里,用舌尖一抿,口水就出来迎接它了。吱扭吱扭拔菰荻的声音,响在初春的田野上。最嫩的菰荻是连皮也可以吃的。放在手心,俩小手一拍,就成了菰荻饼。入口一嚼,温香满口,没有孩子不喜欢它独特的清气。这种童年的"小清新",是每年酥软的大地奉献给我们的第一份礼物。

  七岁八岁狗也嫌,每当我们被大人撵到野地里玩,常常一待就是一天,在坡地里找食吃。我们吃饱了,就在茅草地上滚作一团疯狂打闹。疯够了,就在向阳的沟坡上躺下来晒太阳,看云彩在天上慢慢走。那时的我们,虽然经常尘土满身,心里却是纤尘不染;现在的人们虽然穿得光鲜靓丽,心里却常常落满了尘埃。

  太阳落山了,晚风隐约送来母亲呼唤乳名的声音,我们才带着滚了一身的土回家。村路上又响起一连串喊坡声——

  茅根甜，菰荻香，

  吃罢饱里走四方。

  走四方，扛起枪，

  扛起矛枪过大江。

  过大江，打老蒋，

  打得老蒋头光光。

  小时候读白居易的《赋得古原草送别》，特别喜欢"野火烧不尽，春风吹又生"这一句，心想一千多年前的这位白胡子老头也没少拔菰荻吧。儿时的冬天，我们没少在故乡的田野点火烧坡，烧得满坡焦灰，我们叫"放坡糊"。到了春天，这些被烧过的草芽又会如期拱出地面，长出菰荻。没被我们烧过的茅草长出的菰荻可能更正宗，但拔时就费事多了。

  不出几天，菰荻就老了。老得不能吃了，吃起来和棉花套子一样难以下咽。这时我们还有的喊——

  吃菰荻，生套子，

  给老爷爷编帽子……

  童年，是一个永不散场的游戏。

  那些逃过我和小伙伴们馋嘴的，便在天底下使劲抽穗，开出漫天漫地的茅花，如云似锦。我的乡邻们叫它茅谷英（或写作茅菰英）。它们的力量在于集团冲锋，远看就像一片铺向天边的银缎。在春天的原野上,你不要轻易去招惹它们,那一望无际的美丽会灼痛你的眼睛。当你实在禁不住诱惑,走过去想和它们亲近一下,它们会感动得左摇右晃。每一株头顶上,都像是插上了一支白绒绒的雁翎,比芦花细小纤柔,是芦花的迷你版,在风中把一春的温柔举过头顶。

在原野上,没有人比茅谷英更彬彬有礼。它们向来自任何一个方向的风点头致意,远远望去,起起伏伏的茅花就像成千上万的歌迷见到了他们崇拜有加的歌星,拼命摇动手中银色的旗帜,掀起一层层白色的波浪。它们站在春天的大地上,翘着一条条银狐的尾巴,迎来水、青草、复苏的青蛙、欢唱的黄鹂,还有撒欢的孩童、花容的姑娘。

前桥村的庄稼地在村西头,茅草地也在村西头。西望茅草地,明净的天空下,茅草散发着黄河口清新的气息。几场春雨之后,会有公"鸭兰儿"在茅花丛中打架,为争一只母"鸭兰儿"。过不久,这只母"鸭兰儿"会生下四只白中透蓝的花蛋。母"鸭兰儿"专心致志地卧在这些蛋上,体会着生儿育女的幸福。

茅谷英的花期很长,达好几个月。一朵朵茅絮赖在母亲身上,直到南来北往的风把花序慢慢吹尽,茅草那个柔软的梦才算做完。

白茅不光长在黄河口,中国广大的东北、西北地区,以及欧亚大陆的其他地方都有分布。读肖洛霍夫《静静的顿河》时,大片大片的茅荻在顿河平原上下翻飞,摇得人眼花缭乱。

白茅也是长在田野上的良药,用茅根熬的水既能止渴解乏,又能治好小孩子流鼻血。花序还能治疗烧烫伤，先抹上獾油，再将茅谷英的灰敷在伤处，疗效极佳。奶奶在世时，小屋的西墙上常年挂着一把茅谷英。

成熟的茅草结实而柔韧，是廉价实用的建筑材料。《诗经》："昼尔于茅，宵尔索绹。亟其乘屋，其始播百谷。"后世诗证，有"鸡声茅店月""茅檐低小，溪上青青草""卷我屋上三重茅"等。前些年老家盖屋脱坯用的草也是它。除用作烧草之外，爷爷还用它编过蓑衣。麦收之前，村里安排每家都要割茅草，先晒干，再在水里浸湿，搓成"要子"，捆麦子用。茅草用一缕清香捆住成熟的麦香，也把我关于菰获温馨的记忆捆成一捆。

还有一种青葱的记忆与茅草有关——拾"茅窝窝"。夏秋时节，一阵阴雨过后，孩子们会倾村出动，涌向一片片茅草地。这时的茅草根处，会长出一簇簇小蘑菇，我们叫茅窝窝。这种茅窝窝被我们捡拾到篮子里，到了晚上，前桥村的每一户人家都会飘出炒茅窝窝的香气——唉，我已经三十年没吃到这种人间美味了。

其实不光是茅窝窝，就是茅草也越来越少了。长茅草的地方就是好地茬，种啥长啥，大都被开垦成了庄稼地，或者被开发成了工厂。茅草地是我童年的游乐场，我和小伙伴们在厚厚的草上打滚、摔跤。摔着摔着，春天就去了；摔着摔着，童年就没了。

离离原上草，一岁一枯荣。我的遍布故乡大地的、令人心旌摇动的、越来越少的原上草啊！

假如你闻到我身上的青草味，那是我想我的菰荻了。那次往渤海农场送母亲，回来时天色已晚。行进中，大地上突然冒出一片玉簪似的茅针，嫩绿盈盈，似梦似幻。金色的霞光里，菰荻披着一身清辉在等我。我把车拐向茅草的旁边，在河坡上拔了一些菰荻，装了满满一纸袋。几个学生在等我吃晚饭，我把纸袋往桌上一放，说："我给你们装来了一袋春天。"话音未落，轰的一声，一袋子春天就被学生们一抢而光了。

谷莠子：从狗尾草的第六节开始暗恋

学名：Setaria viridis
中文名：狗尾草
科属：禾本科狗尾草属

谷莠子草在童年的天边摇曳。我跟着谷莠子的绿穗奔跑。我追到天边,谷莠子的绿穗又跑到了新的天边。河子西那么大,我总也追不上那个最大最绿的穗头。它充满灵性的绿穗挑在河子西的天空中,轻轻摇晃,逗引着我这只小猫玩儿。

我羡慕死了谷莠子,在这人迹罕见的草桥沟边上,在老河淤出的这片新土上,它是如此张扬,奔跑的速度又是如此之快。边跑边高挑着那杆绿绿的旗,在风中响。

所有的枝子都蓬蓬勃勃,所有的叶子都柔柔嫩嫩。和它并肩生长在河子西,对这片充满柔性的土地,我无限感恩。

我去河子西,小路两旁茂盛的谷莠子伸出长长的花穗,故意扫着我的裤腿。其实它不惹我,我也会踅它一脚,看有没有蚂蚱蹦跶出来。蹦出来的蚂蚱会被我捉住,塞到一个瓶子里。但我的目光也不会待在一片谷莠子上不走,河子西的谷莠子更多更厚,蚂蚱也更多。再说小芹早到了,在那儿等着我呢。

草桥沟东沟沿斜坡上的谷莠子最厚,都厚成了一张地毯。我到那里时,小芹的大瓶子已被蚂蚱塞满了。她问:"你咋才来呀?"我说:"碰到了一只兔子,撵了一会儿,没撵上。"她说:"能的你吧,你以为你属狗的啊,你这速度能撵上只刺猬就不赖了。快把瓶子拿来,我帮你逮吧。多逮油蚂蚱。俺娘说了,鸡吃了油蚂蚱下蛋多。俺娘还说逮一瓶子油蚂蚱,就奖俺一只鸡蛋吃。"我说:"俺娘也说了,逮了蚂蚱也给俺煮鸡蛋吃,煮俩。"她又说:"俺娘说了,要让俺喝一碗小米饭,吃一个鸡蛋。"我就不好继续接茬了。其实,只有我自己知道,我已经半年没捞着喝小米饭了，更别说尝尝鸡蛋的滋味了。

两只瓶子里的蚂蚱都满了，我们就躺在草地上玩儿。太阳已经接近地平线，霞光满天，小芹拿一根谷莠子开始数节数："一、二、三、四、五、六……"

我问："咋不往下数了？"她说："不告诉你。"然后就有一根谷莠子扫着我的脸，扫得我麻麻的、痒痒的。

晚风吹来，谷莠子的穗子在夕阳中晃来晃去。我越看夕阳越觉得它像一个鸡蛋黄。

我想，要是鸡蛋黄都像太阳那么大就好了。

约八千年前，黄河流域的先民栽培出了粟，也就是谷子。而谷莠子，正是谷子的前身。人们就是用谷莠子栽培出了谷子。我的利津老乡们叫它谷莠子，或写作谷友子，谷子的好朋友嘛。我时时惊叹乡亲们对于好多植物的叫法能够和诗经相通。因为诗经里的"莠"，就是谷莠子。《诗经》里的"无田甫田，维莠骄骄。无思远人，劳心忉忉"，译成白话应该就是：

耕田莫去大田上，野草又高又太旺。
别再苦思远方人，劳心费神太凄惶。

《诗经》里还有"既坚既好，不稂不莠"，是说田里的庄稼苗子长得真好啊，没有稂子和狗尾草。《本草纲目》上的解释是："莠，草秀而不实，故字从秀。穗形像狗尾，故俗名狗尾。"谷莠子，也就是狗尾草。那时的大地上到处是狗尾草，它们的果实除了供先民食用，饱满的就被挑出来留作来年的谷种子。如果这个世界上没有狗尾草，那么穷人连小米饭也喝不上了。

现今的"作秀"一词，指花拳绣腿、华而不实的样子。因此，古人不把"莠"当成什么好草，"莠者，害稼之草。""莠言"也被当成坏话。

谷莠子春天发芽并不早，长得也不快，但一到夏天，它就开始在河子西撒欢地长，叶子上长出纤毛，穗子上的刚毛更长，绿色居多，有的呈紫色，虽然被人们叫作秕谷子，它却不太谦虚，一有点风，就摇头晃脑。

猫很喜欢谷莠子，谷莠子的穗子一晃悠，猫就兴奋得不得了，所以谷莠子别名猫戏草，宠物店里的猫玩具，就有仿狗尾草做的。本名狗尾巴草，别名又拽上个猫，有意思吧。

其实完全没有必要为谷莠子打不出饱满的小米粒儿而鄙视它，它本来就是一种草嘛。世上的庄稼也就几十来种，而杂草却有千千万万。作为一种物竞天择的存在，它大大丰富了我们的草木世界，更何况歉年的时候，它就真正成为好东西，能度饥荒，救人命。它还能当瓶刷、做玩具，小芹还能用它编出可爱的小兔子呢。

狗尾草的天堂是河子西，它在红土里能长，在沙土里也长。有时它也爬上小芹家的屋顶，在参差的瓦缝里摇曳。

也不能太随便地玩儿狗尾草。如果把三支狗尾草编成戒指，戴在手指上，就代表私订终身了。

狗尾草的花语是暗恋。要问我的暗恋是谁，我谁也不说。

暗恋嘛。

蒲子：半人半草的水烛

学名： Typha orientalis
中文名： 香蒲
科属： 香蒲科香蒲属

> 眼看着你的美丽被追得一路仓皇
> 那些水中的秘密　半人半草
> 一如香蒲的心事至今没人声张
> 许多年许多年以后　河子西的那个女孩
> 已不知不觉地老了
> 香蒲啊
> 你仍然以一种楚楚动人的姿势
> 生长在我的心上
>
> ——郭立泉《香蒲》

花枝跟着我去河子西，我们在草径上行走，蹚飞一路的虫鸣。密密匝匝的热草和谷莠子把身子探到小路的中间，一些蚂蚱拖着肥胖的身子在草上蹦来蹦去。

我在草桥沟里发现了一片好蒲子。那段时间，蒲子挺值钱，我和花枝天天去沟里割蒲子。几天的工夫，草桥沟里的蒲草被一片片地刈倒。先是仰躺在高岗上，晒个半干，然后被捆成个，攒成垛，像是几天之间在沟底建起几个蒲子的碉堡。秋天了，沟里的水不是太多，能看到鱼围着蒲根游来游去。花枝干活利索，手中的镰刀不停地发出喳喳喳割蒲子的声音。

我割了一会儿，腰疼得有点受不了。直起腰来歇息的时候，看到花枝的脚下又一顺茬躺倒了一大片蒲子。我站在那里，腿有点痒，一看是一只红眼坠子鱼在拱我的小腿肚子。拱了几下，又去拱花枝的小腿。花枝的小腿那么白那么嫩，我静静地看着，有点发呆。

　　一周之后,从第一个蒲子垛开始,到我的脚下,已弯弯曲曲形成了一条蛇形蒲子坝。那些挑剩下的一片片芦花荡,风一吹拂,发出沙沙沙的天籁。芦花新穗,紫灰色枝丫,在阳光下闪着银光。远处的蒲苇荡里,飘过来热播电影《人生》的插曲,"哥哥你不成才,卖了良心才回来……"我入定一样望着水中花枝的倒影。"嘭!"一把蒲子扔到我身边,水澎了我一身。花枝瞪着一双杏眼说:"看啥呢,喝了湾水了吗?还不赶快往沟沿上抱。"我说:"没,没看啥。"说着抱起一抱蒲子往岸上拖。我把它们摊开晾晒在草桥沟的沟岸上,蒲子上的水哩哩啦啦把沟坡都打湿了。往上运蒲子是我的活,我不想让那些湿漉漉的蒲子弄脏了花枝的身子。再说,反正我的衣服早已湿透了。

　　中午休息时,我一屁股坐在前几天就晒干的蒲子上,说:"累死了。"花枝拿出她娘烙的糖火烧递给我说:"不好好上学,考不上学,将来受累的日子多了。"我边大口吃着,边望向远处,洼地里有两个人正在锄地,我认出了是付窝中学的张老师两口子。草桥沟的沟坡上有一口油井,提油机不知疲倦地轰鸣着。我一下子想起小懒倌说的那句话:"两头忙不如一头沉,一头沉不如大十轮。"说的是同样两口子,两个只拿死工资的双职工,收入比不上丈夫吃工资、女人种地的"一头沉","一头沉"的家庭比不上那些买了十轮大卡车跑运输的生意人。我说:"将来能当个石油工人就好了,头戴铝盔走天涯。当不上工人,有辆大卡车也行,拉上一车蒲子卖到城里去。"

见花枝不说话,我转头看了她一眼,花枝正望着满沟的蒲子出神。花枝的腿比刚出水的蒲根还白,有片苇叶还粘在她的小腿上。

"白,真白呀。"

"啥白?"

"蒲根。"

"火烧也堵不住你的嘴,累得你还轻。"花枝拿一根蒲棒敲在我的头上,蒲花噗地一下飞了起来。我也捡了根蒲棒敲在她肩上,又一团蒲花噗地一下子飞起来,没有风,蒲花绕着花枝不愿散去。我们嬉闹着,一团又一团蒲花升腾起来,漫天漫地,把我和花枝密密地罩住了……

过了几天,爷爷赶着马车来拉蒲草时说:"俩孩子可真能干,够装一'大十轮'了。水里求财,不容易啊!"

秋后得闲了,这些蒲子又躺在了花枝她们的怀里。柔媚的天光下,一捆捆蒲子被剥开、缠绕、编织,香蒲在她们胸前欢快地跳跃着,她们编蒲编,也编织少女旖旎的心绪。一摞摞的草帘、果篮、蒲团、蒲苫子堆了起来,摆在显眼的地方,引得人们啧啧称赞。还有一种令人难忘的老物件——"蒲绑"。这是一种用蒲子编的草鞋,虽然穿起来有点笨拙,不太跟脚,但在雪地上行走却没有比它更合适的了。爷爷在"蒲绑"里垫点麦穰,踩雪时又干爽又温暖。下雪了,我和花枝争着跑到雪地里。嗞嘎嗞嘎,"蒲绑"踩在厚厚的白雪上,声音好听得没法说。

草桥沟的蒲子,承载了我们少年时代那么多的欢乐,但当时我们并不知道蒲子的正名叫香蒲，又叫甘蒲、蒲草、蒲菜、水烛，多年生挺水植物。香蒲的嫩芽能吃，李白就好这口，说得也很直接："我来采菖蒲，服食可延年。"香蒲的根可炒可炸，也能晒干磨粉做成蒲饼，蒲香弥漫。香蒲气味甘平，蒲黄就是上好的中药，调经理气，去燥利尿。香蒲还被赋予了太多的文化元素，端午节就是一个浸染在艾草和蒲香中的节日，"钟馗捉鬼"用的神器就是"蒲剑"。这时的蒲子又成了驱邪避灾的护符、庇护生灵的神草。

上高中时，我给已辍学在家的花枝讲《荷花淀》，也讲《孔雀东南飞》，刘兰芝对性情柔弱但痴心不改的焦仲卿说："君当作磐石，妾当作蒲苇。蒲苇纫如丝，磐石无转移。"我说蒲子是一种象征爱情的水草，李商隐诗里的蒲子才更像河子西的蒲子——"南塘渐暖蒲堪结，两两鸳鸯护水纹。"幽会的男女蒲草暗结，鸳鸯戏水，此时的蒲子是一种善解人意的水草。此时的花枝，像极了玉立在水中的香蒲，静静听着，若有所思。

"杨家有女初长成"，蒲子刚钻出水面就露出了天生的丽质，时时摇曳在水上，天天都如出浴的美人。从翠绿到碧绿再到深绿，从鼓苞到抽穗到开花，颜色越来越深，个子越来越高，娉娉婷婷，曼立水中。偶尔有禽鸟飞来，停栖在心仪的长叶上，摇荡着青春的心事，起起落落。

初秋，出落成大姑娘的蒲子带着缕缕情思开始抽穗——一条浅褐色的蒲棒托了出来，浅褐，深褐，黄褐。茎最顶端是雄花，为下面的雌花遮风挡雨。不久，完成使命的雄花先行脱落，受孕后的雌花则要挺到初冬，等一阵冷似一阵的风来吹散。

这多情的构造，让人心动不已。因了水的滋润，香蒲才有了那么苗条的腰身。我多想是这株水草上的蒲尖，挺在水面上，和香蒲来个爱的分工——我负责在上撑开一片永远没有委屈的天空，它只管在下美丽芬芳，到秋后飞出漫天的烟絮。

突然冒出一座小庙来，矗立在草桥沟边上，在东北角的庙门上有一副对联，上联是：唉，厚地高至，堪叹古今情不尽；下联是：哦，痴男怨女，可怜风月债难还。

许多年过去了，我蛰居在一座小城，花枝早已远嫁他方。独自散步时，我最喜欢到河子西，驻足于香蒲身边，端详它绰约的风姿，感受它似水的柔情。

雨果说，每一种植物都是一盏灯。当黄河口的香蒲被叫成水烛时，一下子丰润了许多。水烛，水中的灯烛——多么风情的名字，摇曳于水面的灯烛，恪尽职守，烛照水面。此去的人生，我愿借这水烛的微芒，映照着草桥沟水面玉立的香蒲、缠绵的水藻，撑一杆长篙去打捞蒲草深处漫漶的情事。高高低低、明明灭灭的沟岸边，几乎每一枝蒲子的蒲尖上，都挑着褐色的蒲棒。我挥动手中的竹管，惊起一对野鸭，噗噜噜擦着蒲叶飞远了。

水蓬花:我的佳人长在水中

学名:Persicaria orientalis
中文名:红蓼
科属:蓼科蓼属

我的佳人本在天上，拖曳着飘逸的红裙在空中游荡，旭日东升或金乌西坠之时她才会显现。她是天上的云霞，阳光镀上她的金身，她在天上燃烧着，漫天漫地一片艳红。现在，秋风又起，她才飘下来，落在河子西的水边，挂上水蓬花的枝头，风情万种，红透水岸。

没什么可保密的，选个良辰吉日，回到河子西，向全世界宣告：我的佳人，就是水蓬花。

水蓬花本名红蓼，别名水红花、东方蓼、荭草等。我没注意水蓬花是如何钻出来的，反正是四月份的时候，它就露出地面一大截了。半个月后，它开始疯长，一天能长三四厘米，一周不见，长高一头。六月花就开了，要一直开到十月份。粉红色的穗状花序从它的头顶垂下，缀满米粒大的花苞。这些花苞早上八点起床，晚上七点多睡觉，好像每朵花苞里都藏着一个小闹钟。而且它开花由下而上，每长高一节，便开一次花，抽出新的花穗。

我的佳人随泽而生，沾水而开。它身材修美，能长到两米高，袅娜风流，玉立水边。它互生的叶子疏朗俊美，一片是一片。整个夏天它都在等，等待花期的到来，等那谷穗一般成串的花骨朵长出来，红起来。水蓬花临水一开，就像我蒙着红盖头款款而来的新娘，整个水边一下子明亮起来。

一到秋后，它的茎更加挺拔，节部膨大，骨节分明。它是标准的水蛇腰，纤腰弄巧，粉花传俏，像极了玛丽莲·梦露经典的捂裙而笑的造型。风也不正经，轻轻撩动它的粉裙。梦露双手护裙，莞尔一笑，曾令多少人魂销骨蚀。

草桥沟边一片红，动人美色不须多。河子西的水蓬花长成这般模样，就漂亮得让小懒倌不放心。他说漂亮的蘑菇多有毒，媚艳的媳妇靠不住，一种水草美成这样，就不是过日子的主儿。

小懒倌还真说错了，水蓬花是秀外慧中的典范，可药可食。它的种子叫水红子，活血止痛，消积利尿。《本草纲目》上说："古人种蓼为蔬，收子入药。"故《礼记》有载："烹鸡、豚、鱼、鳖，皆实蓼于其腹中。而和羹脍，亦须切蓼也。"它春天的嫩叶和笋一样鲜嫩可口，苏轼说："蓼茸蒿笋试春盘，人间有味是清欢。"

这是一株浪漫之草，它的花穗在风里甩来甩去，就像小芹甩着玫瑰红的长辫。它英文花名的含义竟然是"越过花园的门来吻我"。

红蓼如此美艳的身姿，首先出现在《诗经》里："山有乔松，隰有游龙，不见子充，乃见狡童。"《诗经》三百首中，所谓"卫郑之风最淫"，写爱情最热烈奔放，写哀愁当然也最浓郁。女子私会情郎，却不见情郎的到来，登上高楼只见松树高，奔到水畔唯有蓼花红，一帮熊孩子打打闹闹地笑话她，你说恼人不恼人。红蓼为何在这里被称为"游龙"呢？郑玄说，是因为它"枝叶放纵"，蔓延疯长、婉若游龙的红蓼，多像那颗激情燃烧的少女之心啊！

作为一种诗意的物象，水蓬花总是含着淡淡的离愁别恨。贾宝玉是"蓼花菱叶不胜愁，重露繁霜压纤梗"，白居易是"秋波红蓼水，夕照青芜岸"，更令人愁肠百结的是李煜《秋莺》中的"莫更留连好归去，露华凄冷蓼花愁"。

这是诗词里最美的一株草，也是最愁的一株草。

当秋霜上路，河子西的蚂蚱们溃不成军。在乱世的枯黄中，谷莠子们东倒西歪，我的红蓼依然枝枝风流，好像在说，郎君，我年轻貌美时，你绕不出世俗的樊篱，现在都到了爱的晚秋，当爱则爱吧。你的绽放，就是我莫大的幸福。蒹葭苍苍，蓼花楚楚，这草桥沟畔野生的美丽！它的红是那种热恋般的艳红，燃烧在水面上。我涉水而入，揽它入怀，它压抑已久的那一声"啊"，击碎了我修行多年的蚌壳。我的双脚深陷在软泥里，难以自拔。苇丛中一只蛤蟆突然跳起来，顺便在空中洒下一串水滴。干裂的岸边，一只大黄蚁钻进泥缝里密谋了很久，等了半天也没见出来。

那年，我到海阳去，在一大片樱桃园附近的浅洼处，蓦然看到一片水蓬花。我就像邂逅自己的初恋情人，激动得呼吸都有点困难。我喃喃地问：你是怎么跑到这么远的地方来的？在异乡海边，美丽而孤独地开着。

每年中秋节，我都回后桥老家给洼大爷送两瓶酒。到了村头，花枝家的房台上，都有一片水蓬花迎着我，瑰丽的花朵开得正艳。初中同学守美知道我喜欢水蓬花，给我拍照发了过来，我过段时间就翻出来看看。它凭啥艳成这样？又为何年年开在村口，闪动着举世无双的媚眼？

水蓬花，是红蓼枝头成串的隐喻，是青春水边的阿狄丽娜，是跳跃在村头的钢琴曲，是淹没在水中的流苏云霞。

秋深了，水蓬花也和我记忆深处的女孩一样，不知不觉地老去，美人迟暮，红消籽散。但真正的美人是不会老去的，能够跨越时空的藩篱。不是吗？两千多年了，西施的颦眉老去了吗？昭君的琵琶老去了吗？貂蝉的明月老去了吗？玉环的霓裳老去了吗？

你是我永远不老的水中美人。

我的佳人，曾在天上，现在水中。

我陪着远方的诗人来到黄河口北岸，在瞭望塔下那片快要干涸的沼泽上，远远望见了失散多年的大片水蓬花。这里一丛，那里一片，红蓼高高低低，夹生在芦苇和香蒲中间，在水里的沾水竞妍，在近岸的伏身溪边，争相美丽给那群远方的诗人看。我叫了一声，丢下客人，冲下河岸，三步两步奔到了水蓬花旁。水蓬花挺立着等候已久的枝叶，努力迎接着我的到来——

  水蓬花，我的水中美人
  你是我四月里雨一般的回忆
  盘结的根须囚禁了你也养育了你
  我愿伸出不老的臂膀
  为你撑开一片
  永远没有委屈的天空

麦蒿：麦子恋人

学名：Descurainia sophia
中文名：播娘蒿
科属：十字花科播娘蒿属

河子西的麦蒿就喜欢阳光的这个力道，不大不小，照得麦子的枝叶舒舒坦坦。活在河子西，麦蒿心满意足。它没有别的奢望，只要长在麦子身旁，只要有河子西这么大个地方就行了。

　　哪里有麦子，哪里就有麦蒿。麦蒿是麦子的发小、跟班、恋人。对麦子，麦蒿有着与生俱来的痴迷。你不知道它是咋长出来的，麦子刚露枝儿时，你没见它；来年春天麦苗返青时，你没见它；麦子旺得苫住垄时，你还是没见它。但当你有一天忽然想起还没看看小麦葱茏的长势，也没闻闻春麦通脉的清香，让那股生命的馨香拱一拱迟钝的鼻孔，你才驱车飞奔到黄河滩区，走进麦地分开麦垄。此时，你愣住了。麦蒿，可了不得，这么多麦蒿！在麦子的掩护下，麦蒿军团已经浩浩荡荡偷袭到了眼皮底下。

　　它好像亲切地拍了拍麦子的肩膀说，哥们儿，谢谢啊！然后就很实诚地挤进麦垄，伸个懒腰往上拱。

　　虽然它势必要和麦子争吃争喝，但麦子还是侧了侧身子，给麦蒿腾了个地方，让这个后起之秀有点成长空间。

　　麦蒿的生长期就像一个形象工程在赶工期。三四月份里，它噌噌地往上蹿，起垄，蹿苔，抽穗，开花。不久，身子就长到了八十厘米高，直立着，分出许多枝去，下半身变成淡紫色。下面的叶子还有叶柄，上面的叶子干脆连叶柄也不长了，直接密密麻麻地挂满枝头。

　　麦蒿的身段比麦子柔软多了。在麦地里，它的那些"狐尾旗"竖了起来，在风里招招摇摇。农人生气也白搭，你不可能将一种野草真正斩草除根。斩草除根这个词，本身就有点情绪化。

从初春时，麦蒿就和荠菜一同泛绿，一同长个儿。慢慢地，它的枝杈就比荠菜繁茂多了。雨后的麦蒿，青嫩的叶尖儿挂着雨珠，和荠菜并排站在那里，比谁更水灵。小黄花密密麻麻，阳光明媚，碎花摇曳，淡香在河子西弥散着。蝴蝶来了，翩翩跹跹围着它起舞。蝴蝶还没醉，它先醉了，还唱：

怎么也飞不出，花花的世界……

麦蒿的名字有很多，婆婆蒿、眉毛蒿、米蒿、黄蒿，都带着一股清爽气。麦蒿在《中国植物志》上的名字叫播娘蒿。但我更喜欢抱娘蒿这个名字，古人大多也是这么叫的，而且李时珍还说明了这个叫法的来由："栽抱根丛生，俗谓之抱娘蒿。"明朝王西楼的《野菜谱》里还收录了一首凄婉的民谣：

抱娘蒿，结根牢。
解不散，如漆胶。
君不见昨朝儿卖客船上，
儿抱娘哭不肯放。

美丽又伤感的民谣，满含着温情的名字，一声抱娘蒿，就能叫出良人的泪来。

真正的爱情，就像春天摁不住的麦蒿，生机勃勃，越长越旺。而麦子和麦蒿之间，就是一场情到深处的爱恋，默契、迷狂、死心塌地、不计后果——大不了麦子减点产，大不了耽误春灌嘛。

虽然生得晚，但熟得早。当麦子长足了个儿，麦蒿也和它长得一般高。当麦子打完苞秀穗时，麦蒿已经完成了传宗接代的任务。它的长角果像个细细的纸卷，熟了就爆裂开来，弹出比小米粒儿还小的籽。有的种子落到了麦地里，还有的在割麦子时趁机混进麦堆里，无论怎么挑也挑不干净。它是植物界最老到的"潜伏者"。

虽然名字里也带着个"蒿"字，但麦蒿却不像菊科蒿属植物气味那么浓烈。它是十字花科，揉搓一下，能闻到一股淡淡的草香。

麦蒿和麦子虽然性情相投，但比麦子要耐碱，稍偏碱性的地方，麦子就长不起来了，麦蒿则长得有模有样。

麦蒿也是救荒良草。《救荒本草》里写道，它"苗高二尺许，茎似黄蒿茎，其叶碎小，茸细如针，色颇黄绿"。又写："嫩则可食，老则为柴。苗叶味苦。"它的枝叶中富含维生素和胡萝卜素，味道鲜美，凉拌、炒蛋、做汤都行，包饺子味道也不错。它的种子即葶苈子，去痰定喘，强心利尿，是味功效显著的中药。籽粒还可以榨油，我没吃过，据说挺香。

这些年，工厂越来越多，庄稼地越来越少。说来也怪，麦子少了，麦蒿也少了。

瓣瓣子草：搓根要子捆麦香

学名：Cynodon dactylon
中文名：狗牙根
科属：禾本科狗牙根属

麦子一灌浆，村子里的人就开始采瓣瓣子草了。河子西的瓣瓣子草爬来爬去，在地面上婀娜出花样来。虽然长得不是很多，但足够前桥村的人搓"要子"用了。

搓要子又叫搓麦要子，搓来捆麦子用的。"阿公阿婆，割麦捆禾……"麦子在布谷鸟的叫声中渐渐变黄，七星瓢虫也不安分地在麦穗上飞来飞去。它们看到我和小芹天天来河子西采瓣瓣子草，就知道争秋夺麦的时节要来了，夏天的高潮也要来了。

搓要子，是麦收的序曲。

搓麦要子的原料通常有三种：一是麦秸，用两把麦秸挽个扣儿，麦秸捆麦子，自捆自，"原汤化原食"；二是茅草，有点短，要边搓边往里接续新的茅草；三是瓣瓣子草，长短软硬都最合适。不论用哪种材料，都要先在水里泡半天，这样搓起来软和，也不容易扎手。

一群妇女和孩子在村里的湾边上搓要子，小芹也在这里面。芒种的前几天，我最喜欢看瓣瓣子草在她的怀里跳跃，刷啦啦地响。她的身子微微前倾着，两只手不停地揉搓着，夏日的阳光打在她的脸上，绯红一片。

采瓣瓣子草用不了多大劲，但要找到它的主根有点费事。它的根节繁殖能力极强，每个茎节都能扎根，成为爬向远方的新起点，茎又生根，根又生茎，一棵主根，辐射蔓延成了一大片。当你捋着了主根，用力一扯，一条一米多长的蔓子就被扯了下来。所以采瓣瓣子草不用整劳力，我和小芹他们就办了。

没有草像瓣瓣子草那样依恋大地，它的所有茎节都紧紧贴在地面上。它并不希图太肥沃的地块,而是喜欢生长在碱地的边缘,茎蔓不停地攀爬,跑马圈地,把河子西那一小块一小块的碱场地围了起来。

它的每一茎节都有故事。根在这里扎,花在这里开,疙瘩在这里结,也在这里解,家族的故事也在这里延续。它的花朵很小,小到几乎看不到,小穗呈灰绿色或微紫色,着生于茎顶端,仅一朵小花,花药淡紫色。颖果也很小,圆柱形,花果期为五至十月。

瓣瓣子草的正名应该叫狗牙根,别名爬根草、绊根草、铁线草、巴根草、咸沙草、爬地草等,禾本科,多年生草本,根茎入药,可活血、解热等。它常被用于保持水土、草坪建植等,我曾在黄河大坝的坝坡上见到过好多。瓣瓣子草的一大用途是绑炊帚、纺笤帚。这些年,黄河口地区"非遗"开发的瓣瓣子草草编艺术品在网络上热卖,用它编织的一些小器物很讨女孩子的喜欢。

但瓣瓣子草最喜欢的还是拿它来搓麦要子,作为一种特权,伸出青青的手臂,专门去拥抱捆扎那一捆捆麦子,最先去闻闻新一季的麦香,这是天赐的艳福,它很知足。

搓好的要子二三十根一捆,也浸在水里。麦子开镰时,用其中一根把一捆要子捆在腰里,前边的劳力把割的麦子铺在地上,后边负责打捆的把麦子用镰钩拢到一起,抽出根要子一系,用膝盖顶着麦子用力一捆,挽个扣儿都是带着麦香的。这样,一个漂亮的麦个子就成了,然后从腰里再抽出一根继续捆。

这一捆捆的麦子，散发着庄稼的馨香。打捆的人，腰间滴里当啷，挂着的是一根根麦要子，打成捆的正是农人一年来最期待的麦香。

麦收已过，除去牲口偶尔啃几口，瓣瓣子草又可以静静地生长了，没人再去打扰它。虽然乡亲们说不出取之有道、用之有节等词句，但他们明白，啥好东西都不能一次用尽了。来年麦收，这些和小芹拉拉扯扯、连绵不断的瓣瓣子草，还要捆那一捆捆的麦香呢。

香丝草：种一地相思往天上长

学名：Erigeron bonariensis
中文名：香丝草
科属：菊科飞蓬属

草里面也有情种,它长在河子西,长在大汶流,长在七村的沟坡上,长在你必经的路旁。而且它的名字就叫香丝草。

相思草是年轻人的写法,少年钟情,少女怀春,道法自然。到了老专家这里,就写作香丝草了。

香丝草又名野塘蒿,还有的叫它野地黄菊,菊科,一年生草本,茎直立,中部以上分枝,据说原产南美洲,现在已经一如人间的相思,蔓延得到处都是了。

这种草喜欢相思,也喜欢唱歌。一到春天它就歌唱:

记得那年三月三,风筝飞满天……

唱一阵子,它就长一阵子。或许老直立着长,太累了,香丝草的茎就斜着长,叶子越长越密,越长越长,紧贴着枝叶,悄悄钻出些柔柔的短毛。当上面的叶子长到大半拃长的时候,隐在叶片中的小朵便开了。而此时,香丝草半截以下的叶子便枯萎了,凋谢了。它的萎谢是自动的,心甘情愿的,它的使命已完成,得给那些初绽的小花腾点空间,省点养料。这又是一株懂得真爱的草。真正的爱情,是无私地奉献,是无悔地付出,是一门心思地为对方好。

五至十月,香丝草的花儿断断续续地开。头状花序的花托上有明显的蜂窝孔,这些蜂窝孔是天然长成的,是香丝草为蜜蜂打造的小蜂巢,就是小了点。香丝草的雌花是白色的,花冠细长,两性花则为淡黄色。它们并不是一起开,而是分期分批地开。你方开罢我登场,纷纷扬扬好热闹。

到了夏天,它唱得更起劲了,而且用的是海来阿木唱《三生三幸》那种特阳刚的嗓音,声嘶力竭而又惊心动魄,就好像有人在你心上拍了一巴掌——

> 这辈子多幸运遇到你,
> 你是我此生最好的运气。
> 我希望最初是你 后来是你,
> 最终也是你。
> 我不爱你谁爱你。
> 我希望花开是你,叶落是你,
> 白首不相离。

这歌唱到了香丝草的心里,香丝草浑身战栗。唱着唱着,那些相思的花儿就开了,开得密密麻麻;那些相思的叶子就长了,长得高低错落。

到了秋天,九月九,香丝草结出了线状的瘦果,就像姐姐纳鞋底的大针。秋天蒙蒙的雾气中,香丝草还在唱——

> 九月菊花开,九月百草黄,
> 九月我想我的新娘。

这时的香丝草秋思更重了,长期睡在潮湿的花粉里,受了太久雾气的浸染，香丝草已被相思划得遍体鳞伤。

是啊，可怜的香丝草，痴情到这个地步，焉能不伤身劳神啊。

到了秋后，香丝草的朵朵小花已结出了一个个轻灵的梦，在河子西的天空中飞。那一丝丝的相思还在长。长着长着，就变成了一只鸟，一只不死的鸟，在寒风中飞。而且边飞边唱——

地上香丝草，天上不死鸟。

节节草：草亦有节

学名：Equisetum ramosissimum
中文名：节节草
科属：木贼科木贼属

河子西的草木家族里，数着节节草会收留露水，它喜欢把露珠挂在睫毛上。奶奶说，那些露珠是节节草的泪。好多个黎明，我都能看到节节草睫毛上的泪珠，无风自颤，莹莹欲滴。

奶奶不让我们随便拔节节草，也不让我们逮节节草上的蝴蝶，她说黑蝴蝶是戴黑纱的女人变的。黑纱女人的男人得病死了，一个恶霸要欺辱她。女人刚烈有节，寻了短见，变成了一只黑蝴蝶，整天抱着节节草哭。你要捉它，它就飞，可一会儿就又飞回来。它认定，节节草是它前世的丈夫。

不知为什么，牲畜们都不愿吃节节草。它细细的身子割了当柴烧也晒不出多少东西来。在大人眼里，节节草是一种可有可无的草。孩子们却喜欢得不得了。挑根粗点的节节草，把节拔开，再在眼皮上两节两节地插起来。这种组装挺有意思，草的软硬程度正好能把眼皮夹起来，节节草还掉不下来。也可以夹在睫毛上，这大概就是原生态的"美眉"吧。我们戴着它，要一直回到村里，让大人们数落一顿"疯样子"。花枝她们玩这玩得更欢。女孩子就喜欢逮着自己的脸蛋捯饬，总也美不够。

通常情况下，我们把节节草夹在眼皮上，是因为怕挨打。左眼跳财，右眼跳打，奶奶说很灵，不信可不行。财，小孩子一般不惦记；打，是不愿挨的。我和奶奶说："奶奶，我眼皮老跳呢。""哪边？""右边。""右边是跳打，想想你做了啥坏事没？""没啊。"我这样说着，脑子里却开始了"电影回放"：会因为哪件事呢？偷汪二河村的瓜？摸季家村的枣？摘张子锋家的苹果？把苍耳子弹到花枝的头发上？把羊粪蛋偷偷放到崔老师的粉笔盒里？边这么回想着，边找沙岗上的节节草，挑两节粗的拔开，再把右眼皮轻轻夹住，在忐忑不安中等待那场随时到来的皮肉之苦。

节节草是木贼科。它有着许多个性十足的名字：土木贼、通气草、锁眉草、节骨草等。它还叫问荆，因为它的头顶像毛笔头，乡亲们又叫它笔杆草、写管草。我们这里上一辈人都把写字的东西叫"写管"。小学时，我和宣东他们经常玩游戏，故意把花枝的铅笔藏起来，然后把采来的节节草放在课本上，嘴里念叨："草儿草儿我问你，花枝写管在哪里？"然后用力一转，节节草停住以后正指向宣东。我说拿出来吧，宣东这才把藏在土台子下的铅笔拿出来递给花枝，哈哈大笑起来。

有人说，问荆、木贼、节节草不是一种东西。我感觉它们长得没啥差别。再说那些过于专业细微的区分，是植物学家的事儿。

节节草高30—100厘米，表面有5—20条纵棱。这些粗糙的纵棱，能锉掉木头表面的毛刺，老木匠就给这种草又起了个"锉草"的名字。

奶奶说，我从小就比宣东调皮，从喊的童谣里就能看出来。我喊的是小懒佰教的那首：

节节草，节节高，接到天上放火烧。
哪个老头来救火，燎了胡子不怨我。

宣东喊的是老师教的,还说老师说了,节节草天天向上的样子很值得学习:

节节草,节节高,青枝嫩叶绿节操。
天天向上争先进,不与花儿比妖娆。

芝麻开花节节高,我和节节草都不开花,但也是一节一节长高。上了初中后,我在河子西草窝里玩的时间就越来越少了,节节草也渐渐淡出了我的视野。

我知道春菜里蒲公英、荠菜发芽最早。原以为节节草不会那么早发芽,那天散步时却在溢洪河岸边突然看到了它纤丽的身影。呵,连你也发芽啦!过了两天,我又惊喜地发现,胜兴花园很齐整的龙柏丛中也有节节草钻出来,挑着细长的脑袋。这是它们长得最快的季节。

几个月后,夏枯草死了的时候,节节草尖顶上不知不觉生出许多囊穗,里面藏着的孢子熟了,随风散落一地,匆匆开始它的再生之旅。

这是节节草的一种繁衍方式,另外它还能根生。一株节节草,往往能连绵不断地衍生出一片来。"青竹竿,十八节;长到老,没有叶。"花枝她爹说,节节草善于总结,长一节就总结一下,开个大会,做个决议。

但如果你认为节节草真的没有叶,那就错了。节节草的叶子长得光明正大。在哪儿呢?俯下身子仔细看,轮生在节节处的那一条条小枝就是。茎呢，分地下和地上两部分。地下的根状茎看不到，地上茎每节可以拆下来，中间是空的。节节草真的是十八节？我观察过好多次，相当一部分是，但矮到三十厘米的也就十节左右，高到一米左右的节节草，能达到二十六节。

别看节节草那么简约，没有繁枝大叶，但论辈分，它却是祖师级的。长史漫漫，这株小草历经浩劫，依然决绝地把肉身交给大地，穿蓝烟，过紫雾，在阳光下拔节、上色。节节草是味上等的药材。《本草纲目》中说它"解肌，止泪，止血，祛风湿"。可治淋病、咯血、月经过多、尿道炎等，有人还拿它煮水喝了止咳。人活一口气，佛争一炷香。节节草就是植物世界里的佛。

这些年，大片的节节草越来越少了。《寂群的春天》中有句预言："当人类向着他所宣告的征服大自然的目标前进时，他已写下了一份令人痛心的破坏大自然的记录。"在节节草走向毁灭的路途上，人类又如何能独善其身呢？

随着年龄的增长，我喜欢到野地里转，和小草们对话。看见我俯下身子，抵近端详它，节节草用一只眼睛看了看我的光头，哧哧笑了：心比天高，腹中草莽；身为下贱，一个熊样。

劫后余生的节节草是知足的，这个世界险象环生，差点就绝迹了。"草生"如梦，没法糊弄。惊魂未定的它想了又想，进化成什么样子好呢？都是一节节的，长成竹子？太高了，不保险；长成萹蓄？太矮了，不挺拔；长成水蓬花？太脆了，易折断。边长边想，边想边长，最后连片正经叶子也没长出来，连朵花儿也没开出来，就只长出了细细的一节节草棍，一拔就开，头上还秃赤赤的。虽身为草芥,但节节草有节节草的活法。不论何时何地,遇到何种劫难,节操是断然不能少的。

"人人都是节节草,一节一节过到老。"老了的节节草更加形销骨立,风吹雨打,固守节操。

通常情况下,人们并不会去多看它一眼,但这是一株有气节的草,一株让缺少骨气的人脸红的草。

蓼香豆：水边有株相思豆

学名：Sesbania cannabina
中文名：田菁
科属：豆科田菁属

一株蓼香豆约我去它家玩。

也可能是因为我太喜欢这种野草了，我感觉它终于明白了我对一株草的单相思。它约我的时候也不是多么正式，见我扛着一把老锄走过来，它就那么朝着我点了点头，有个长长的枝子还朝七村的池塘边指了指，好像说，喏，就那儿。枝子上的小黄花跟着摇了摇，问，懂了吗？

我感觉这都是一种暗示，人约黄昏后嘛。哪怕是一株蓼香豆，也喜欢古典浪漫的爱情。

蓼香豆为啥叫蓼香豆呢？我猜一是它生长在水边，长得像红蓼，二是它的种子像绿豆粒，所以我的老乡们就因形赋名，叫它蓼香豆了。这真是一个讨人喜欢的名字，不但浪漫亲切，而且这名字还真叫着了，因为它真的是豆科，一年生草本植物，正名为田菁。蓼香豆还有一些有趣的别称，比如小野蚂蚱豆、碱青等。喜欢长在水田、池塘等潮湿的洼地，因此人们又叫它涝豆。至于叫田菁，是说它就是田里的菁华吧。

豆科的植物一般比较矮，过不了人的大腿。但蓼香豆就是不一般，身子像麻秆儿，高1—3米，中间的主茎直挺挺的，幼枝上有彩色的绢毛，折断后会有白色的黏液渗出来。它的叶柄很长，能到7—12厘米，偶数羽状复叶像极了含羞草，整整齐齐地排列在小枝上。南方人形象地称之为"向天蜈蚣"，孩子们更是把它编进了儿歌："向天蜈蚣满枝爬，绿皮火车追着它。"

蓼香豆的花期在七月左右。黄色小花长在枝子的"腋窝"里，点缀着紫色的小斑点。由2—6朵小花排列成总状花序，每个无风的晴日,它都要以水为镜,梳妆打扮自己。一片蓼香豆开花,整个池塘都艳丽起来。

蓼香豆的荚果长而狭,大约有一拃长,圆柱状条形,成熟后极易开裂,抛弹出绿褐色的种子,种子表面亮光光的,像涂了一层蜡质。这些豆豆也是一味中药,有消炎止痛之效。

2月28日那天,我在七村的种地屋子里写《黄河口草语》,七村的董书记来请我到他家吃白菜炖粉条,又路过那个池塘,池塘边刚移植来了一些大树,董书记说这是他从拆迁的双河村淘来的,花了些钱。董书记说他特别喜欢树。我说大树有灵,这么好的树,花个钱值得。

听我这么说,大树后面的那些蓼香豆在寒风中哗哗啦啦地抖动着身子,好像说:是呢是呢。我看了看它的身上,所有的豆荚都已开裂,没有一个囫囵的。池塘边的大树下,该自生自落了多少蓼香豆的种子啊。

春天就要来了,那些蓼香豆的种子,不知道能不能如约发芽啊。

我暗暗祈祷,蓼香豆,明年春天,你可真得把芽发出来,长出一片蓼香弥漫的绿色帐幔呀。在那里面约个会,该是多么幸福浪漫啊。你要风的温柔,咱就来点春风拂面,你要水的滋润,咱就来点春夜喜雨。七村不是别处,在这里,和在心爱的河子西一样,咱可是要风得风,要雨有雨啊。

苍子棵：私奔的耳珰草

学名：Xanthium strumarium
中文名：苍耳
科属：菊科苍耳属

苍子棵的心思并不在小小的河子西,所以它在草桥沟两岸并不是很茂密。它要差遣更多的种子粘在人的裤脚上、趴在牛背上,离开河子西,野草有野草的诗和远方。

苍子棵全株被细毛,叶子呈三角状卵形,很像鼠耳,灰呛呛的,所以更多的人叫它苍耳。

苍耳最先让人记住的是它椭圆的小球果,长满了烦人的倒须钩,形状和大小都像妇人的耳珰,因此有人又叫它耳珰草。

苍耳为菊科苍耳属一年生草本植物,别名粘粘葵、刺儿棵、胡苍子、野落苏、痴头子、苍浪子、饿虱子等。我更喜欢它在《诗经·周南》中的名字——"卷耳"。"采采卷耳,不盈顷筐。嗟我怀人,置彼周行。"直译过来应该是:采呀采呀采卷耳,半天没采小半筐。我在想我心上人,斜筐扔在路一旁。

有人说这是最早的一首相思诗。相思是种很折磨人的东西,挥之不去,如影随形。妇人思念丈夫,站在路旁怅然望去,借景抒情,想象着丈夫远在他乡,担心他疲极而病,没人照顾。李时珍说:"诗人思夫,赋卷耳之章,故名常思菜。"从那弃在路旁的斜口筐里掉出来的,不仅是苍子棵,也有妇人繁茂的相思啊。

苍耳的钩刺,钩出了很多诗句。李白吟"不惜翠云裘,遂为苍耳欺";文天祥说"黄沙漫道路,苍耳满衣裳";成廷圭道"五月采来苍耳子,儿时分送白头人"。

苍耳的瘦果长满了1—2毫米的钩刺,是臭名昭著的"刺儿头"。这一身的刺儿可不是长着玩的,为的是方便种子粘连到动物身上以广为传播,实现真正的物竞天择。

《博物志》中载:"洛中有人驱羊入蜀。胡枲(苍耳)子多刺,粘缀羊毛,遂至中国。"因此苍耳又称"羊负来"。苍耳的外壳铁硬,锯开后,东西厢房各有一籽。它们藏在苍耳里,并不急着发芽,如果外部条件不适合,它们可以等,等个几年、几十年都行。

汪曾祺形象地称苍耳为"万把钩"。小时候我调皮捣蛋,悄悄跟在女生背后,轻轻地把藏在手中的苍耳弹射到女生的头发上。女生发现后使劲追打我,我则嬉笑着跑开。女生追不上,停下来双手扯头上的苍耳。苍耳倒刺钩连,越急越扯不下来,疼得女生龇牙咧嘴,把两条辫子整得乱蓬蓬的。女生用幽怨的目光望着我,望得我心里发毛,她的眼泪让我深感愧疚,我慢慢回到她身旁,准备着让她捶我两拳,但她没有。一个劲抽着鼻子流泪,那时我想,我咋可以这么坏呢?过了好多年,我回乡碰上她,她已经成了几个孩子的母亲。

我曾尝试着咬开过苍耳,长着攮人小刺的外皮好咬,再往里就难了。我用了锤子才砸开它的硬核,放嘴里尝尝,又苦又涩,没有芦根的微甜,也没有老鸹枕头的清香,更不像小野瓜那样又香又甜。

苍耳为自己定下的花期是七八月份,它的头状花序,雄性呈绿白色,球形;雌性为淡黄绿色,椭圆形。苍耳开花颇有些故事,一般人很少看见苍耳开花。小懒倌说苍耳喜欢在半夜偷着开花,就像美丽的昙花,只有神仙才能看见苍耳开花。其实,苍耳肯定是开花的,只是"其花暗弱,人多不辨"。"苍耳花开不见人,旱烟一袋藏机深。"只有努力付出才能得到珍品,只有认真守候才能见证奇迹。林培玠的《废铎吒》中记载一奇闻，广西桂林唐景崧家贫，其母每天辛勤劳作供三兄弟读书，一天正织着布，忽见后园祥气缭绕，苍耳花全开了，"赤云映日，鲜艳夺目"，急忙去叫邻居来观赏蹊跷景致。可是邻居们来了，只看见青青的苍子，哪有什么苍耳花。大片的苍耳花盛开，岂是谁想见就能见的。这是一种祥瑞，预示着唐家有好事将近。过了不久，唐家三个儿子全都考中了进士。

苍耳可食也可入药。《救荒本草》中记载它的吃法："采嫩苗、叶炸熟，换水浸去苦味，淘净，油盐调食。"据说，将它的种子炒至微黄，去皮磨面，可烤成烧饼或蒸熟食用。《本草纲目》说到了它的医用价值："炒香浸酒服，去风补益。"苏东坡说："药至贱而为世要用，未有如苍耳者。"研究证实，苍耳有通窍止痛、解毒杀虫、治头晕感冒、风瘟痹症的功效。但大人们一再提醒，苍耳不能吃，吃了要人命。后来读书知道，古人早就认识到苍耳有毒性。《备急千金要方》中记载："味苦辛，微寒涩，有小毒。"中国植物图谱也将它收录为有毒植物。

这就是苍耳，饥饿时的果腹之菜，疾患时的疗伤之药，童稚时的带刺玩具，也是饥荒年代的填灶之柴。

这些年，生活的丰盈让人们对苍耳这种不好吃又有微毒的植物越来越生疏。我居住的垦利附近，偶能见到苍子棵。它喜欢长在路旁、地头，我到七村种地，一棵棵的苍耳就蹲在路旁，像村民挤到路边来看热闹。

原生种苍耳每年都有减少的趋势，但外来的意大利苍耳却到处泛滥，大有反客为主之势。这种苍耳和我们小时候见过的大不一样，意大利苍耳的果实要大一倍，刺也密密麻麻的，一副狰狞之态，是一种很厉害的入侵物种。中国的水土把它养得肥头大耳，那顺眼得多的本土苍耳已被它挤得不好找了。中国历来不乏忧国忧民者，对其他类型的外敌入侵，反应非常强烈。但对于这种生物物种入侵，人们要么不了解，要么缺少应有的重视：多大点事儿啊，不就几棵苍耳吗？其实，放任外来物种入侵而不加防控，危害性极大。原生物种生存空间被大大压缩，生态系统遭到破坏，卧榻之侧到处是他人鼾睡，而且有愈演愈烈之势。就像黄河口的互花米草，已成为生态保护的心头之患。

我是如此神往生机勃发的诗经时代，大河之湄，百草丰茂；杨柳依依，露珠盈盈；我行其野，万虫献唱。少男少女们在草地上追逐，苍子棵支棱着叶耳偷听着远古的情话。

苍耳曾被叫作"伧耳"，伧人，是指卑下之人，伧耳，本为悲苦之人的食物，是普通百姓吃的菜。它还有一个名字，叫作"佛耳"。苍耳亦佛亦草，能普度众生。可是"采采卷耳，不盈顷筐"时代的那些相思草，它的后代们躲哪儿去了呢？

苍子棵上长满了耳朵，支棱在大路边，支棱在河子西。它听风，听雨，听草丛下的虫鸣，听天空高处的鸟叫，听河子西大地深处的呐喊，听探马桥黎民百姓的吟咏。

当苍子棵老了，叶子落光了，只有身子站在风中瑟瑟。它垂垂老矣，只能待在原地，对于那些趴在牛羊身上私奔的苍耳，它已无可奈何。

香草:它就叫香草

学名:Eragrostis cilianensis
中文名:大画眉草
科属:禾本科画眉草属

> 所有的植物都是一盏灯，而香味就是它的光。
>
> ——[法]雨果

草桥沟的两岸，庄稼是永远的主角。但有主角就有配角，庄稼之外，就是草木的舞台了。即使庄稼地里，也会有野草一茬茬地蹿出来。河子西上演着一台大戏，仅仅有主角，是成不了一台大戏的。

香草，就是河子西的配角之一。就是在配角里，它的戏也不像曲曲菜、蒿子苗、蔓蔓子草那么多。在河子西绿意盎然的大舞台上，香草是配角的配角，是那种只有几句台词、一闪而过的角色。它的棵子没有那么高，也就半米左右；它的根子也没有那么深，长在沙土里的根一弯腰就能拔出来；它的叶子没有那么大，细小的叶片可怜兮兮地排在长长的枝子上；它的小花也没有那么艳，绿扑扑的小花瓣透着一点白，格外内敛低调。

但就是这其貌不扬的小身子，通体却透着一种异香，整个草桥沟两岸，没有香过它的，就像有些经典剧目的配角，比主角还要令人难以忘怀。

我在河子西边放猪边剜菜，我给这头猪取名叫"老海"，"老海"刚下了一窝猪。母亲把给"老海"剜菜的任务给了我。它是一头很能下崽的老母猪，一窝能下十三四只，我很担心它那两排奶子不够用的，又担心它的小猪崽挨欺负，抢不到奶水吃。通常情况下，我会等大部分猪崽都吃饱了之后，把那个老挨欺负的"小寨儿"单独拿出来，挑个还算饱满的奶头给它"开小灶"，但这需要老海的配合。小猪崽子太多了，而"老海"又确实有点蠢，加上也实在太累，顾不过来。有时候还会有小猪崽子因争吃不到奶水而饿死或者被困乏的老母猪压死的惨剧发生，所以给"老海"搞好伙食让我平生首次体会到了一种叫"责任"的东西。

这天，我先剜了一些曲曲菜、扫帚菜，那些是它的最爱。又看到了些香草，就大把大把地剜了一满筐，我想这次肯定能把"老海"的肚子给喂圆了。可到了家之后，"老海"三口两口就把那些曲曲菜、扫帚菜给吃完了，香草这么香的东西，却被它一拱嘴拱到了一边，没吃饱的"老海"围着猪食槽子一个劲地叫唤。那群小猪也围着它一个劲地哼哼。母亲看到这情况，自然是狠狠拾掇了我一顿。我抹了抹眼泪，拿上菜篮子和钩刀子又往河子西走。妹妹说："哥哥，吃了午饭再去剜菜吧。"母亲说："别管他，一窝子猪还饿得叫天呢。"

沟坡上漫过来一片云，这片云也是一群吃货，边吃边咩咩地叫着。云朵的后面跟着小懒倌，甩着鞭子吆喝着那片云。

我嘟囔着："这么香的东西，'老海'咋不吃呢？"小懒倌说："啥？"我说："香草啊。"小懒倌说："喊，香草是吃工资的城里人，抹香脂雪花膏的，穿高跟鞋的，走起路来咔嗒咔嗒的，它太香了，猪降不了这一口儿。不光猪不吃，你看，羊也不吃。香草就像城里大小姐，咱也不敢要啊。对了，我给你说个媳妇吧，双眼皮的。"我说："狗嘴里吐不出象牙来，有媳妇先给你自己说吧。"小懒倌说："长得可俊呢。多么俊呢！"

  小皮鞋，大眼睛，耳朵像那大扇子，

  吃吧饱了好唱戏，一走一哼啦，

  ……

  不等他说完，我拔起一棵香草，带着土朝他扔过去。小懒倌小身子一躲，扑打着脖子里的土，露出一口金牙，哈哈笑着撵那片白云去了。

  河子西的香草，是禾本科画眉草属，一年生草本植物，高15－60厘米，花果期8－11月。它的正名叫大画眉草，别名有蚊子草、星星草等。它米粒儿大的花朵，真像生命夜空中的星星，闪闪烁烁。就是这小小的身子，发出了河子西最浓的香。身上那一股好闻的香味儿，是它的胎记。

  其实，在河子西，每一株草都有自己独特的香气，比如芦苇、茅针，比如蔓蔓子草、灰灰菜，这些气味或浓或淡，或刚或柔，你只要靠近它们，它们就会抱住你。香草，就更不用说了。你要把一株香草弄断了，它的香味就更浓了。

  香草叶子不多，挺着长长的枝子。种子和荠菜的有点像，但熟透的荠菜种子长得横七竖八，没有章法，香草的种子则整整齐齐的，比荠菜的种子要规矩得多。

  几十年过去了，大地上香草的倩影越来越少了。但它身上那缕香艳的味道却一直追着我，从童年的河子西一路追来，充盈着我的嗅觉世界。

蓬子草：这世界我飘过

学名：Erigeron philadelphicus
中文名：春飞蓬
科属：菊科飞蓬属

> 接近故乡就是接近万乐之源。
>
> ——［德］海德格尔

垦利黄河滩的万亩花海里长满了蓬子草，诗人鲁北的司机师傅叫它"驴尾巴草"。驴尾巴草能长到驴那么高，有的都超过了我头顶，一条主茎一通到顶，周身挂满一拃长的叶片。

我觉得它是从我老家的河子西搬家过来的。它见了我也有点小激动，在河风里轻轻抖动。它一定很困惑，当年河子西那个以蓬子草为掩护慢慢接近苹果园的小屁孩咋找到这里来了？

鲁北一伸手折断了一株驴尾巴草，我仿佛听到一河滩的驴尾巴草都在咔吧咔吧地喊疼。

我俯身闻了闻蓬子草的味道，是河子西的味道。阳光打在它的身上，明晃晃的，闻一闻，阳光也有点河子西的味道。我一闭上眼，就感到漫天的飞蓬从一条大河的彼岸飘来，一棵棵的，从我沧桑的头顶匀速飞过。

在中国古书中，"蓬"泛指蓬草类的多种植物。"蓬"本身就有草和草相逢的意思。秋后的草在风里滚来滚去，说不定谁和谁碰到一起，人生何处不相"逢"嘛。流浪，是蓬的宿命，因为没有家，反而四海为家，揣着种子，到处流浪，不择地茬，随时准备生根发芽。风不停，带着冠毛的蓬也不停，就像曹植的诗里所说："转蓬离本根，飘飘随长风。"而"蓬"一字，也往往意味着流浪、离别、愁苦，如李白的"光景不可留，生世如转蓬""飞蓬各自远，且尽手中杯"，李商隐的"嗟余听鼓应官去，走马兰台类转蓬",苏轼的"悟此长太息,我生如飞蓬"等,无不把人带入一种飘转不定、孤苦无助的境地。

蓬子草的叶子干干净净,花扣子大小,每年的五月份,细叶悄生,碎花暗结,翠绿的叶子摇着清风,看似貌不出众,照样含露凝香,活出自己的精彩。

这些年,还有两种植物也漂洋过海,加入了中国的蓬草家族。一种是小蓬草,一种是一年蓬,外形都和蓬子草有点相像,也都是到了花期基部的叶子就自然枯萎脱落,给花果腾养料。据说原产于北美洲,1860年在烟台被发现,但怎么过来的没人说得清。它们的区别就是,茎折断之后,实心的为一年蓬,空心的则为小蓬草。小蓬草的花小,只有几厘米大,娇小可人,花开时节把花举过头顶,像一把把绿色的小锤敲击着天空。一年蓬的花朵则要大得多,外围舌状花是雌的,淡蓝色;中央的花是两性花,淡黄色。它们在日本也属于归化植物,而且有一个好听的名字——姬女菀,像穿和服、拖木屐的日本女人,踱着小碎步,楚楚可怜地在岛国蔓延。这两种蓬类归化植物和蓬子草一样,呈爆发式繁殖状态,大有反客为主之势。

因为蓬子草的种子传播很快,喜欢随着铁道一路传播,因此又叫"铁道草"。它的棵子虽然并不庞大,花朵也文文静静的,但一到秋后漫天飞舞,繁殖力超强,就像有的人,看似其貌不扬,但能量大得很。

蓬子草和一年蓬一样,把垦利的万亩华滩当成了故乡,乐不思蜀了。

其实，植物或许和人一个脾性，它们没有严格意义上的故乡。大到整个部族的迁徙，逐水草而居，小到一个人的流浪，寻安身之所，都是为了生存繁衍。不只人类，飞禽走兽、花草树木，流浪远方，最终都是为了诗意栖居。流浪和定居，总是在时空中互相转换。故乡，说到底是祖先流浪的最后一站。

垂序商陆：与一株爱草言欢

学名：Phytolacca americana
中文名：垂序商陆
科属：商陆科商陆属

> 商陆,你这有主的名花
> 叫我爱也不是
> 不爱也不是
>
> ——题记

在高老三地块头上,我扶锄而立。面对一株商陆,我有点犹豫。锄还是不锄,这是个问题。在这庄稼和杂草争荣的河子西,在玉米地的垄沟里,这株商陆无疑是鹤立鸡群。它太美了,美得最终让我的锄头拐了弯,物竞天择,适者生存,谁的生命力更旺盛,谁就传宗接代,笑傲草木江湖吧。但一般情况下,没有人类的"拉偏架",庄稼是干不过野草的——何况这是一株穿越了几千年的商陆呢。

这株商陆,是草木中的绝色美人。每次看到它,我都怦然心动。它紫红色的浆果串成了串,缠绕着我,使我迷醉,在河子西的芸芸众草中,它有着一种超尘脱俗的美。

我的乡邻们常用商陆的红汁涂女孩子的额角,所以商陆还有个"胭脂红"的名字。传说日照天台山是胭脂草的故乡,有一天,太阳女神羲和救了一只受伤的玄鸟(燕子),精心调养后放了它。玄鸟嘤嘤喳喳,深表感恩,绕树三匝,翩然飞去。第二年春天,玄鸟衔来了一粒种子。羲和刚刚把它种到土里,便拱出了小芽,接着蹿枝长叶,越长越高,长成了一棵树,开出了艳丽异常的花朵,当天就结出了果实。整个部落的人们都被吸引过来,眼看着它的穗子一会儿由翡翠绿变成胭脂红,红得令人心旌摇动。羲和高兴地叫它"胭脂草"。部落里的女孩子，开始用这种草美容。"东方胭脂"就成了羲和部落美女的代称。

我这样直接叫它商陆，是不确切的，它的名字应该叫垂序商陆。有时，带着感情去写一种植物，尽管努力地去增强"科学性"，减少一点"文学性"，但写着写着，笔头的方向就出了问题。商陆是一种多年生草本植物，别名山萝卜、胭脂、夜呼、蓫薚（zhú tāng）、金七娘、章柳等。它的花在五月初绽，开得小巧玲珑、干干净净。当光洁的小花开过，果子就等小花们退场，油绿的浆果开始慢慢挂上修长的花序。那些小果子，就像一只只的绿灯笼，结在紫红色的花梗上，在夏秋之交的风里妩媚地摇晃。晃着晃着，那串绿色的小灯笼就慢慢软了、熟了，颜色也慢慢变成紫红。此时梭罗说话了："商陆果酸酸的汁可以当墨水用，买的墨水无论蓝的红的都没它好用。"但你也要当心，要是不小心把汁水弄到衣服上，就很难洗掉了。此时的商陆浆果汁水饱满，无比诱人。

其实，在中国的古籍中，远到《诗经》近到《本草纲目》，都能见到商陆摇曳的身影。《诗经·小雅》中有"我行其野，言采其蓫。婚姻之故，言就尔宿。尔不我畜，言归斯复"，有人说这里的"蓫"就是商陆。空寂的原野，被弃的妇人，边走边怨骂着喜新厌旧的丈夫，身旁遍地的商陆成了她的出气筒。

《本草纲目》中提到的商陆，是一味别具疗效的草药，可治水肿、胀满、脚气等。当看到古籍中说商陆"白根入药，红根小毒"时，我一下子就想起了大卫的几句诗，也只有这样的诗句，

才算契合我对商陆那种不可救药的爱恋:

> 从额头到指尖,暂时还没有
> 比你更美好的事物
> 三千青丝,每一根都是我的
> 和大海比荡漾,你显然更胜一筹
> 亲,我爱你腹部的十万亩玫瑰
> 也爱你舌尖上小剂量的毒

明代的苏大有和我一样,对商陆花情有独钟。"昼长睡起多情思,看遍林阴商陆花。"

在黄河口的草木中,商陆姿色出众。无际的青草丛中,我一眼就能认出它。它叶如手掌,花似杨柳,根像芋头。因为它的根粗壮,还有人将它冒充高丽参。

我当老师家访时,在垦利大河村的草地上曾经见到过它的倩影。可是后来我许多年见不到它。《可可托海的牧羊人》在大街小巷传唱时,我曾用改了的歌词寄托黄河口牧羊少年的可怜相思:"跨过黄河穿过戈壁找遍河子西/可你却不辞而别还断了所有的消息/心上人,我在河子西等你/他们说,你嫁到了垦利……"

为迎接全国文明城市验收,在康居小区清除杂草时,在茂密的杂草丛中,我倏然发现一株商陆孤苦伶仃地站在那里,虽略显清瘦,但红茎绿果,妖娆如初。我小心翼翼地挖出来,捧到办公室里奉养着它,日日看着它,我再也不想失去它。

在黄河口这片土地上,与一株商陆的不期而遇,让我喜不自胜。在这个日益工业化的时代,我依然深深地怀恋满沟碧透的河子西。我知道对一株香草心仪到这种程度已成了一种痴症。但没办法,我就是喜欢,睡梦里都摇曳着商陆嫣红如醉的长穗。在我眼里,它就是一方水土的生态标识,河子西无边的绿浪簇拥着我,我想与一株纯美的商陆握穗言欢,长相厮守。

婆婆针：陪你仗剑走天涯

学名：Bidens bipinnata
中文名：婆婆针
科属：菊科鬼针草属

通往陈庄的大道上人来人往，远处的黄河大坝若隐若现。所有的人都行色匆匆，没有人停下脚步来关心一株野草、端详一下桥沟边上的婆婆针，尽管它也有着菊科植物黄艳艳的头状花序，而且它的花从七八月份就开了，尽管它也有着宝剑似的圪针，而且随时准备粘上你的衣襟，陪你仗剑走天涯。

从庄稼收完后它就一直站在那里，现在已是深冬，整个河子西万籁俱寂。婆婆针脚下的这片土地，已成为被爱情遗忘的角落。但这株草依然没有灰心，望着从桥上穿过的人们，它摇晃着不再翠绿的枝头，默默念叨着：如何让我遇见你，陪你仗剑走天涯？

婆婆针是一年生草本，高30—120厘米。唐人陈藏器的《草本拾遗》中载："生池畔，方茎，叶有桠，子作钗脚，着人衣如针。北人谓之鬼针，南人谓之鬼钗。"婆婆针是黄河口等地的叫法，它还有很多别的名字，比如鬼棘针、小鬼针、一包针、王八叉、小狗叉、索人衣、刺儿鬼、蟹钳草、鬼菊等。能有这么多的叫法，足见它的分布范围之广，但大部分书上还是称它为鬼针草。

和水蓬花一样，婆婆针喜欢选择在临水的河滩上或低洼的平地上生发。开花晚，你要想看它的花儿开，得有足够的耐心，春天百花争艳时，它还没发育好。春花落尽，夏花绚烂绽放时，它才鼓出个小骨朵，而且开得慢慢腾腾，先是打开顶端头状花序的一个小口，然后伸出一圈柔长的舌头，轻轻舔舐着这个世界，娇小的花瓣粉白又带点微紫，像小女子伸出的小舌头，兜住娇嫩的花蕊。

这些花儿谢了之后，会结出许多细长的种子，呈放射状排列，种子的顶端会长出细细的针状突起。成熟的婆婆针一结种就是一大包,团成一个球形,有点儿像蒲公英的花序,但结的种子可不是毛茸茸的,而是一根根褐色的小针,尽管你小心翼翼地躲着它,但一不留神,它就偷偷给你来一下,让你知道这"鬼针"是喜欢攮人的。

当你看到一种植物的果实带刺儿,那就说明它想借助动物的皮毛传播种子。而且这些刺儿的位置也是大有讲究,有的浑身带刺儿,如苍耳、曼陀罗,有的只长三四枚刺儿,如这鬼针草。其实这刺儿根本不需要那么多,只要能挂上你的衣袖、裤脚或者鞋带,你义务带它到远方,就妥了。不然它怎么又会有"跟人走"的名字呢?

还有种叫金盏银盘的草,比一般的婆婆针叶子要密,个子也要高出二三十厘米,结的果实既不是金子也不是银子,而是比婆婆针还要密实的一簇簇刺儿果。

婆婆针全草含生物碱、皂苷等,是一种常用的草药,有清热解毒、散瘀活血的功效。中草药书上记载,鬼针草一两、大枣三枚,水煎温服,可治偏头疼。

每当婆婆针成熟的季节,也正是我们在河子西狼窜的时候。四野弥漫着各种各样植物的香气,除了玉米、花生、地瓜这些可以在火里烧烤的庄稼,还有苘饽饽、老鸹枕头、小野瓜等。在河子西胡转悠上大半天,回家的时候已让这些野果子填个大半饱了。剩下的,就是摘了婆婆针的小刺果,当飞镖互相扔着玩儿,穿得厚一点的玩伴,身上便粘满了婆婆针。现在的孩子们,已经很少见到这种草的飞镖,也失去了被这种飞镖击中的童年,他们大都蛰居在游戏室里,在网上迷游了。

婆婆针在河子西并不是很多,但奇妙的东西从来不在数量的多少、个子的高矮,只要身怀绝技,就能在草江湖上陪你走两步,留下一段侠义又迷人的传说。

虎尾草：长一把长毛刷刷天

学名：Chloris virgata
中文名：虎尾草
科属：禾本科虎尾草属

我扛着锄头，锄把上搭着一只柳条篮子，沿南沟往西走，小芹早在那里等着我了。她说她在河子西高老三地头上发现了好东西。我问啥好东西她也不告诉我，说："哪那么多话，愿来就来，不来拉倒。"我也就不敢再问了。高老三地块草密菜厚，经常能长出我们喜欢吃的野物来。但因为蛇多，一般孩子不敢来。小芹不怕，这也是跟着她总能吃到好东西的原因。

一只喜鹊从我一出村就跟上了我，在我头顶喳喳地叫着。路边的刷子争相探出头来，为我刷着裤管，顺便把种子粘到我身上，托我把种子带到河子西去。

那些种子被带到哪里，就在哪里生根发芽，为哪里铺一层厚厚的绿毯。刷子的生命力极强，耐碱耐旱，一长一片，根紧紧抓住地面，高10—75厘米，茎秆直立，光滑无毛。穗状花喜欢挑在杆顶上，像老虎竖起的尾巴，所以在书上它叫"虎尾草"。

记忆中，刷子到处都是，路旁、沟底、黄河岸边的石坝上、废弃的墙头上都有。甚至也长到了我家老屋的屋顶上，在那里，它离天更近了。

虎尾草不只黄河口有，长江口也有，珠江口也有，那虎尾巴扫过京津沪，扫过亚非拉，扫出了一棵草的凛凛虎威。刷子只是我乡邻们的叫法。当然它还有其他名字，棒槌草、刷子头、盘草、大屁股草等，但小芹上来那个霸道劲，就叫它刷子，还不许我叫别的，霸道得没法说。

无论从名字还是外观，虎尾草都和狗尾草有点相像，但叫啥像啥，狗尾草当然像狗尾，虎尾草当然更像虎尾，它的毛也更刚。

相同的是，这些长在河子西的"尾巴"们，都带给了我们无尽的野趣。狗尾草与谷子有亲缘关系，但更轻盈妩媚一些。草世界的迷人之处，就在于既千姿百态，又章法自在。

在众多禾本科植物中，虎尾草的辨识度主要来自那把刷子。那把刷子真的是天生的，长长的把手，密密实实的刷子头，散发着一般刷子没有的草香。这些还不是关键，关键是虎尾草厚的地方，刺蘑菇也多。至于为啥，小芹不知道，小芹那老中医的爹也不知道。那一地的刺蘑菇，也正是小芹赖以诱惑我的好东西。不一会儿的工夫，柳条篮子里便上了尖。吃晚饭的时候，我一边大口扒拉着母亲炒出的新鲜蘑菇，一边大口承接着全家人的夸赞之词。

小芹她爹说：刷子不起眼，但也是一味中药，根可药用，活血调经，消肿利尿。当然它还是一种天然的牧草。凡人不懂草的香，牛却吃得很欢。

小芹有事没事喜欢拿刷子拂过我的脸，她的力度和刷子的那种软硬度配合得正好，我刚舒服地眯上眼，她的手却停了。我也想拿它刷刷小芹的脸，到底没敢。我怕她一翻脸就不和我玩了。好多事的度不好拿捏，特别是一到了小芹这些女孩子这里。

刷子成熟了会变成紫黄色，我和小芹说它很像一支支毛笔头，把野性的诗句写在河子西的蓝天上。

小芹撇撇嘴说，它更像一把把小刷子，洗刷这河子西的天空。她说：地上的好多红尘烂事都飞到天上去了，凡人哪懂天的累。来，我们现在就刷刷天吧。刷——刷——

我细一想还真是，这老天也太需要清洗一遍了。老天的名头多了去了：人在做天在看；天道酬勤；天意怜幽草；仰不愧于天，俯不怍于人；好好学习，天天向上；成事在天……人们寄托给上天太多的东西，上天也承受了超载的祈求和相思，我找不到不给老天清洗一下的任何理由，也找不到比河子西的刷子更好的刷天刷了。

苘饽饽：枝上挂满香饽饽

学名：Abutilon theophrasti
中文名：苘麻
科属：锦葵科苘麻属

苘棵棵，长饽饽。

啥饽饽？甜饽饽。

宝宝就是甜饽饽。

苘棵棵，长饽饽。

啥饽饽？香饽饽。

宝宝就是香饽饽。

——黄河口童谣

在河子西的芸芸众草里，数它的名字最简单，就是一个字——苘。但简单并不代表简陋，这就像村里的姑娘，很多名字叫红、霞、美、芹等一个字的，听上去又俗又土，但长得一点也不比城里人差。比如俺村里的小芹，就俊得出奇。俊不俊不在名字的字儿多少，关键看是不是天生丽质。

苘也有些别的叫法，比如苘麻、青麻、孔麻、小苘、野苎麻。根据苘饽饽的形状，人们还叫它车轮草。

苘是高秆植物，长足了个能到两米，人工种植的还有四米高的。论大小，苘叶在河子西是一号的了，这是一张巨人的手掌。所有童年无邪的梦想，都喜欢在它毛茸茸的叶掌里温柔地停栖；所有晶莹的露珠，都喜欢在它硕大的掌心里自由地滚动。

苘，喜欢挺着身子走在河子西的大道上。盛夏时节，它就把一身衣服染成纯粹的绿色。和向日葵一样，它喜欢开着花走路，而且喜欢开着小黄花走路。小芹她们一帮姑娘嘻嘻哈哈一进到苘田里，一地的苘花都笑了。

苘一般六月份开花，五瓣，蕊黄得令人爱怜。开花，是为了招蜂引蝶。蜂来了，蝶来了，苘饽饽就开始坐果了。诱惑丛生的苘地里，蜜蜂蝴蝶进进出出，蚂蚱蟋蟀起起落落。这里，是我和我的发小，还有虫子们共同的伊甸园。

这段时间，连着下了几场雨。雨打苘叶，发出清脆的声响。湾里的水明显地爬上了一大截儿。青蛙的叫声也随之爬上了一大截儿。青蛙的叫声，也把苘饽饽叫得鼓起了肚子。

这个鼓起肚子的苘饽饽，就是苘的蒴果，土话叫苘饽饽，也有叫苘馍馍、苘婆婆的。苘饽饽一般要到九月份结果，直径两厘米，半球形，边上排着一排小齿，先是绿豆粒儿那么大小，浅绿浅绿的，独立成室。每个房室里，有序地排列着芝麻粒样的苘麻子，白白胖胖的，我们叫它野芝麻，吃起来有股特别的清香。种的芝麻，大人们不让乱摘，这些野芝麻没人管，我们爱咋摘咋摘。

苘又叫磨盘草，是因为苘饽饽确实像个磨盘。我和小毛经常采来玩推磨的游戏。在苘饽饽的中间插上一截铁丝当转轴，从榆树上捉了推磨虫，将它用细麻绳拴住，麻绳的另一头系到苘饽饽上，推磨虫一飞，苘饽饽就跟着转起来。我们边看着它转边念叨：

推磨虫，推磨虫，
你和毛驴谁家能？

推磨虫飞得更起劲。我和小毛赶着牛往河子西走。我心里惦记着那些茼馉馇和老鸹枕头，牛却不紧不慢，不时探出舌头卷一口路边的谷莠子往嘴里送，边嚼嘴角边流着绿涎。它每啃一口草，屁股上都会挨上我一土坷垃，我说："傻牛！犟牛！河子西好草那么多，你偏要啃这些烂草。"

韩小五正在路边锄地，他说："你们急慌慌的，干啥去呀？嗯？又想去后桥苹果园偷苹果啊？实话告诉你们吧，不好吃，还酸着呢。"说完就开始唱：

　　牛啊牛，两角一个头，
　　四根蹄子八个瓣啊，
　　尾巴长在腚后头。

刚唱到这儿，牛好像不愿意他老拿自己穷念杂语，撅起尾巴，对着韩小五噗啦噗啦来了一泡。我和小毛都哈哈大笑起来，宣东笑得最厉害，嘴都咧到耳朵根儿去了，小芹也憋不住，在一边咻咻地笑着。

茼在河子西越长越高，越长越大，早早长过我们的身子，快够着天了。大人们说，今年年景好，收茼。茼长疯了，都成树林子了。

我们和小芹跟着那些蚂蚱走到茼地深处时，那些茼馉馇正好挂满枝头。

没有孩子不喜欢吃茼馉馇的。一头拱到茼地里，我们便自己忙活自己的了。苘饽饽真的可以当饽饽吃，泛着一点点春草的清香，还有一点点野蜂的甘甜，那种好吃的味道说不出来，反正全世界只有它有那个味儿。李时珍说："其嫩子，小儿亦食之。"啥叫"小儿亦食之"啊，我们简直吃不够。即使摘着稍微老点的，也不舍得扔了，剥开苘饽饽，露出白白的籽儿，一点点捏到嘴里，水嫩嫩的，反而更好吃。但我们小男孩儿往往没那个耐心，总是把整个苘饽饽塞进嘴里，先吃个痛快再说。小芹看着我们不住嘴，说："看你们那个吃法，和猪拱槽子一样，饿死鬼托生的呀。"

我们谁也不理她，一个劲地挑着个大且有籽儿的吃。小芹跟在我身后，不时递给我一个，悄悄地说："哥，挑这带小花的吃，甜。"

吃够了苘饽饽，我和宣东开始逮我们的蚂蚱，小芹在水渠上剜她的曲曲菜，牛们在苘地边上啃它们的草。

过了一大阵子，我们开始玩捉迷藏。轮到小毛找人时，小芹悄悄对我说："哥，我发现了一个好地方。"说完拉着我往苘地深处走，藏到了一个很深的草窝里。小毛问："藏好了吗？"我说："藏好了！"小芹说："你不能这么大声，他那是故意诓咱，侦察我们呢。"小毛又问："藏好了吗？"我捏着嗓子说："藏好啦！"小芹捂住嘴笑着。过了一会儿，听到苘地外大声说："逮着了！"然后就是宣东被抓的声音。小毛又找到苘地来，离我们越来越近，边划拉边说："我看见你们了！我看见你们了！"

我和小芹紧紧挤在一块儿，大气也不敢出。小芹趴在我耳朵上又说："哥，他诈我们呢。"我说："你小点声，刚才不是说了吗?"说着瞪了小芹一眼。小芹轻轻吐了吐舌头,脸涨得绯红,鼻尖上沁出了小小的汗珠,脸上细腻的茸毛和苘叶上的一样,一双大眼忽闪忽闪地望着我。又过了一会儿,小毛走远了,好像在苘地外的水渠上说:"我们不找了。"宣东也说:"不找了,回家了。"然后就是小毛吆喝牛走远了的声音,可能他们真的找烦了。

我和小芹趴在草窝里,宽大的苘叶盖着我们。小芹摘下一只肥嫩的苘饽饽,拖着音说——

> 扁豆花,一噜嘟,
> 俺娘教俺织笼布。
> 一织织了二尺半,
> 双手托给俺娘看,
> 俺娘说俺织得好。
> 双手托给俺爹看,
> 俺爹夸俺好闺女。
> 双手托给俺哥看,
> 俺哥谝俺好妹妹。
> 双手托给俺嫂看,
> 嫂子嫌俺织得稀,
> 搬起承筐砸了机。
> 娘啊娘,受不得,
> 带上饽饽送俺的……

小芹边念叨着边剥开了那只饽饽，露出了白白的粒儿，兜着小手举到我脸前。我伸出手去捏，小芹说："不能用手，直接用舌头。"我把头凑过去，伸出舌尖，舔进了嘴里，轻轻一咬，甜丝丝、凉飕飕的。

苘枝挑起的天空是那么蓝，身子下茂密的青草是那么软，小芹紧紧贴着我，我突然闻到了一股比苘叶还馨香的气息，感到有点头晕。这时，我发现小芹的呼吸和我一样急促。

一阵风拂过，苘叶一个劲地舞动，苘花黄得不能再黄。

我说："咱回去吧，他们该走远了，再不去追，他们以后就不和我玩了。"小芹说："他们不玩，不玩就不玩，我和你玩。"我顿了顿，说："小子和小子玩，闺女和闺女玩。要不人们会笑话。"

小芹这才爬起来，整整衣裳，又扑打扑打身上的土说："你谁也不能说，听到没？"我使劲点点头。她又说："一辈子也不能说，听到没？"我又使劲点点头。

我和小芹从苘地深处走出来时，看到宣东两个在草桥沟边上放牛，他们每个人的头上顶着一片大大的苘叶。

苘饽饽仁儿，又叫麻果子、冬葵子，全草都能入药，清热，有利湿解毒，治疗耳鸣、中耳炎等功效。苘叶还是爷爷旱烟叶最好的替代品。

在农人眼里，它们是仅次于五谷的一族，"开轩面场圃，把酒话桑麻"，一根麻绳，连缀着我们民族的历史。它的皮是一种修长而强韧的纤维,"硕人其颀,衣锦褧衣",《本草纲目》上说"北人取皮作麻",做麻绳,捆扎历史;做麻袋,装盛贫穷而快乐的日子。我们今天广泛种植的棉花,是从明朝才开始大面积引进的,在两千六百年前,我们的祖先是用苘麻的茎皮编鞋、搓绳、纺线制衣的。

苘麻收了,捆成一捆捆的,沉到西大湾里,上边再压上些烂泥,沤上些日子。过上一段日子,一到韩小五家的湾边上,就闻到一股沤苘麻的臭味。沤到了一定时候,苘捆被拖上来,苘皮被剥下来,洗净晾干,就可以搓绳、打箔、织麻袋了。剥光了皮的麻秆也可以用来吓唬狼,"麻秆打狼两头怕",指的就是它了。

麻秆还是上好的燃料,在贫寒的日子里燃起暖心的火焰,散发着香味。苘花的花语也令人难忘——温柔的爱。

现在大面积种植的苘麻已很少见,但野地里还有。在七村"城里城外"研学基地的水湾边上,元宵节都过去一周了,苘还干巴巴地站在那里,那些"车轮"还挂在苘枝上。

这个冬天特别冷。风雪弥漫中,那些苘饽饽该遭多大的罪呀。

当下的人们,越来越向城里集中,与植物渐行渐远,和苘麻越来越隔膜。现代人的目光更多地盯在钱眼里,很少仰望星空,也难得俯视大地,多数人根本不认识这种田野里的重要一族——苘,更少有人品尝到苘饽饽那清野的味道,当然更不会有人知道我和小芹隐藏在苘地深处那令人悸动的秘密了。

曼陀罗：媚惑与冷艳

学名：Datura stramonium
中文名：曼陀罗
科属：茄科曼陀罗属

有些草，天生是孤独的，就像这株河子西的曼陀罗。现在，正是六月，荆条花刚刚开过，该它登场了。它一开放，就带着一种与众不同的气场，朵儿大得出奇，白得令人心惊，美得让人不放心。

我和花枝结伴剜菜，她先发现了这株曼陀罗，惊叫了一声："哥，大麻籽！"我们那时还不知道曼陀罗这个名字，我的乡邻们都叫它大麻籽，也叫野大蓖麻，是区别于麻籽的。

我们发现了它，又迅速地远离了它。大麻籽有毒，离它远点，这是大人们再三告诫的。

据说曼陀罗是"洋妞儿"，外来物种，有说原产于中美洲，有说原产于印度。这从它那些很洋气的别名上也能看出来：曼达、洋金花、枫茄花、醉心花等。但即使它真的是外来物种，引进的时间也不会太晚。宋陈与义就有题为《曼陀罗花》的诗："我圃殊不俗，翠蕤敷玉房。秋风不敢吹，谓是天上香。"

茄科的曼陀罗身子高挺，可达一米多，直立木质草本，当年生，叶子巴掌大，植株仲夏后坐果，果期为七至十一月份。果子核桃大，生锥刺，起初刺小而软，随着果实越来越大，硬刺就扎人了，果子还像青核桃大时，刺儿就长到1厘米长了。因为果实比麻籽大了一圈，也长着又长又硬的刺儿，人们就叫它大麻籽了。乡亲们还有叫它野麻籽、大喇叭花的。

其实，曼陀罗最有说头的是它的硕朵。大人们一遍遍嘱咐，离它远一点，果子上的钩刺很厉害，钩住你就不让你走了，然后慢慢吮吸你的血，直到把你的血吸干。我们将信将疑，曼陀罗开着这么好看的花，咋会害人呢？这些花很神秘地朝向一个方向，斜开着口，笑得很妩媚，我又想起了那句诗——你迷离的眸子，像神秘的洞穴，诱惑我又排斥我。

放羊的小懒倌也发现了这株曼陀罗，到了他嘴里，曼陀罗肯定不叫曼陀罗，但也不叫大麻籽，他叫它山茄子。小懒倌说："山茄子是越来越少了。你看，这叶子这么大这么嫩，羊就是不吃它，羊也知道它有毒呢。"他说着伸出鞭杆子去挑了挑一根耷拉下来的枝子，又伸出手去摸那一丛开得正艳的大麻籽花。边摸边说："这世界真邪性。这不，这么漂亮的花，身上恰恰长一身的刺，不让你靠近。你闻闻，这味多么邪性；你看，这秸秆多壮；你看你看，这朵开得多浪啊！"突然，小懒倌像被马蜂蜇了一样，嗷地叫了一声："哎哟，疼死我了。"刚说它不善，立马就给你个样子。然后小懒倌朝我挤了挤眼说："惹不起躲得起，越漂亮的娘们越不好惹。"

我知道，他不会用美这个词，浪就是美的意思，也有点张扬、奔放的意思。是呢，在河子西，把花开得这么大、这么艳，也就它敢。益母草够美吧，水蓬花够美吧，但它们都低调地把花开成串；洋茄子、老鸹瓢开花够多吧，它们都用密匝匝的叶子小心地遮住那些细碎的小花；黄莹莹的苦菜花、紫溜溜的野菊花都漂亮着呢，也都知趣地把花儿开到扣子那么大，即使菖子苗一不小心把花开得大了点，它也是赶紧地把身子趴在了地上，偶尔缠上别的草茎，探出头来提心吊胆地瞅瞅，看有没有人打它的主意。唯独曼陀罗，在河子西的高坡上，挺着身子，仰着脸，把花开得那么大、那么白、那么傲娇,对草木丛中那些嫉妒的草满眼不在乎。

每种草都有每一种草的性灵,每种花都有每一种花的特质。曼陀罗更是一种特立独行的花。它妖冶的花朵历来被认为是使人心性迷惑的神花,方家称之为情欲之门的"门环"。草木的曼陀罗花,大喇叭口大都朝上,早上开,过午就枯萎,有种迷幻作用,既是麻醉良方,又是致幻毒药,半神半魔,亦正亦邪,它冷傲的脸也像在提醒:小心哦,飘升或者堕落,控制或者放纵,边界只有半步,你看着办。

有人说它是麻醉的药时,就会列举出扁鹊的妙手和华佗的神术,说它是麻沸散的主要成分。

有人说它是致幻的毒药时,就会扒出它是蒙汗药的原料。而且举出宋代周去非《岭外代答》的记载进行佐证:"广西曼陀罗花,遍生原野,大叶白花,结实如茄子,而遍生小刺,乃药人(毒害人)草也。盗贼采干而末之,以置人饮食,使之醉闷,则挈箧而趋。"说的是贼人给人下药,然后提着人的箱子跑了的故事。同样是宋朝,还有一个被后人津津乐道了一千多年的麻醉抢劫案,晁盖团伙作案把蒙汗药掺在酒里,让杨志那干人"倒也倒也",劫走了生辰纲,成就了《水浒传》中最精彩的回目之一。

医家用曼陀罗入药,是用来止咳平喘、麻醉止痛。李时珍在写到它时,好像也忘了他正在写的是一部经世致用的药书,而是用了写小说的语言:"相传此花笑采酿酒饮,令人笑;舞采酿酒饮,令人舞。予尝试之,饮须半酣,更令一人或笑或舞引之,乃验也。"曼陀罗竟神奇到这种程度,真是令人不可思议。

曼陀罗本来是音译,梵文,包括枫茄花,都是密宗重要的象征符号,洞察幽微,行化无穷。"妙谛参来一笑逢,曼陀罗下语从容。"西方又把它当成催情之物,它特殊的迷幻作用,也不得不让人想到爱情。爱情是什么?相思;激动;纯洁;迷幻;飞升;一半是海水,一半是火焰;爱上你只需要一秒钟,忘掉你却需要一辈子。

欧洲、印度和阿拉伯人把曼陀罗称之为"万能神药",精神分析学家荣格发现曼陀罗花与宗教体验的深度重合,就把一切存在形式之间的深刻和谐,称之为"曼陀罗经验",这是一种精神层面的神秘契合。

我的乡邻们虽然不懂这些高深的东西,但他们知道这种花邪性、有毒。

其实,曼陀罗本来在河子西就很少,只是你以为它绝了户时,它又冷不丁冒出来,枝头跳动着诱人而冷艳的白色火焰。

可惜的是,这些年在河子西,我再也没有碰到过它。它是什么时候消失在岁月深处的呢?是那些浓烟滚滚的化工厂平地冒出来的时候吗?

刺蓬棵：谁的头像风滚草？

学名：Salsola komarovii
中文名：无翅猪毛菜
科属：苋科猪毛菜属

> 只有当我们意识到大地及其诗意时,我们才堪称真正地生活。
>
> ——[美]亨利·贝斯顿

风滚草喜欢在风里滚。风滚草是从中国北方的大地上生的;风,是从内蒙古高原上吹来的。秋风吹着它在草地上滚,在沟渠上滚,在马路上滚。它愿意滚,它要远行。

风不停,它也不停。它是天地间的游子,是草世界的过客。

风滚草是一种草的统称,我的老乡们也把一种苋科的刺蓬棵叫风滚草。刺蓬棵长了一身的软刺,长大了呈一球状。它的正名应该是无翅猪毛菜,东北人也叫扎蓬菜,山东人有称蓬子菜的。它的枝茎无毛,茎上天然生长的紫红色条纹,陡然增添了它的风韵。它细棍状的叶子顶端有小尖尖,但不太攘人。

到了秋天,刺蓬棵的植株会快速枯干,根很脆。风一吹,就会啪地从地面断裂,甚至风不吹,它也会自动断根。此时的刺蓬棵身子已经没了水分,看上去一大团,却非常轻,一场小风就能把它吹得骨碌骨碌地滚。

如果有一天狂风大作,河子西的刺蓬棵就吹响了冲锋号,千军万马呐喊着滚滚而来,滚过前桥,滚过卞庄,滚向黄河大堤。有的会被抛到天上,飞到黄河南岸一个叫双河的地方。看到它们在风里转啊转,滚啊滚,我就想起了自己,一个身不由己的人,一个被大风从黄河北岸刮来的人。

刺蓬棵的小花开在叶腋里,淡淡的黄绿色,你要不仔细看,就把它和叶子混为一体了。它的花多，果结得也多。刺蓬棵果实的开口处有密密的茸毛，受到振动，会自动漏出来。这是所有风滚草繁衍生息的秘诀。一个草球，就是一个天然的播种机。风不停，它就播种不停，草球滚到哪里，就开疆拓土到哪里。白居易曾言："吊影分为千里雁，辞根散作九秋蓬。"刺蓬棵御风而滚，它的远行不仅仅是为传宗接代，南飞的那些大雁当初就栖身在刺蓬棵丛中，现在它要滚着去追它们了。

在滚动的日子里，刺蓬棵很潇洒。它欢快地完成了使命，抖落种子，抖落枯叶，抖落一路虫鸣，遍地星辰。

刺蓬棵越来越舒展，越来越凌乱，那炸开的圆球已成了乱七八糟的一团。生活太繁忙了，姐妹们连个梳头的工夫都没有。头发乱蓬蓬的时候，娘就会骂：看你的头，像个刺蓬棵。

穆子：没有名分的庄稼

学名：Echinochloa crus-galli
中文名：稗
科属：禾本科稗属

人们活到一定层次，凡事就喜欢讲个名分。名不正言不顺，连说句话都别扭。两个男女关系再好，恩恩爱爱过日子就行了吧，但好像不行，人们还非得整个三媒六聘，搞个结婚仪式不可，不管你喜欢不喜欢。尽管鲁迅先生发出"从来如此便对吗"的诘问已一个世纪了，争名夺分依然如故，只是苦了那些有分无名的人。

稗子就是。

稗子是一流的草，在粮食作物歉收的年份里，稗子就成了充饥的粮食。爷爷曾经一次次絮叨起灾年里稗子的好，说它是菩萨草。关键时候，救人性命的都是好东西。

稗子是一年生草本植物，身高在0.5—1.5米之间，枝叶并不复杂，分枝稍斜了一下，也不离主轴太远。花果期为5—9月份，比水稻要早一步。秆子与叶鞘上都无毛，它把毛长在了花穗上，还挺长，它的籽粒比一般的野草粒大，味道也行。最主要的是，一旦闹粮荒，可供人们选择的充饥之物就少之又少了，野菜、树皮都会成为紧俏之物，更别说比庄稼差不了多少的稗子了。稗子救活了我爷爷，也就是救活了我。

就像狗尾草之于谷子，稗子之于稻子，也是常常相向而生，相伴而长。垦利的七村因盛产黄河口生态稻米出名。你到七村稻田边上，也会发现稗子的身影，只不过它比水稻更自由洒脱，更心性张扬。稗子好像很讨厌那些俗不可耐的东西，说到人们太在乎的名分，它不屑一顾，反对得最直接，两情相悦、两心相契就行了，俗名虚分，管它鸟甚？"我什么都不要，我只要你。"这就是它在七村边上的野性宣言。

当它老了，依然爱着水稻，对水稻不放心，不管它的子孙愿不愿意，还是让它们小心翼翼地把种子下在洼地边，等秧苗又起时，它又低眉顺眼地靠了过来。

穇子有着很多别的名字，龙爪粟、龙爪稷……因为穗子的形状，又被叫作鸭足稗、鸡爪谷等。南方有栽培穇子做谷物或饲料的，也有用来制酿啤酒的，据说口感很好。

如今荒年不再，人们早已"饱汉子不知道饿汉子饥"，更已不记得一株野草的善举。但我对一株穇子的好感，由来已久。我时常深深地望着穇子喃喃自语：亲爱的穇子，冷落你了。我们好像已经没有荒年歉年，年年五谷丰登。万一真有歉年，你可得让老少爷们用得上啊。

有人说，穇子就是稗草，这让我想起古代有稗官一职，这种专门给皇上讲风俗年景、街谈巷闻的小官，就像可有可无的穇草一样。我倒是常常感念穇子填的枕头，只要你的头一贴上，耳边就会传来唰啦唰啦的轻语，温馨、踏实，让你在淡淡的草香中入梦。

三棱草：一到水边我就香给你看

学名：Cyperus rotundus
中文名：香附子
科属：莎草科莎草属

进入农历八月份后,我每天晚饭后都要来到河子西看坡。在南沟和草桥沟的连接处,有一个不大不小的水湾,湾边的沙滩上,长着一片翠生生的三棱草。在那株最高的三棱草上,每个黄昏我都看到一只红蜻蜓静静地停栖在花枝上,一动不动。翅膀是透明的,红红的腹部也是透明的,晚霞染红了它的全身。我屏住呼吸,心怦怦直跳,它是在等我吗?还是和另一只红蜻蜓有约?我静静地凝望着它,但又不敢惊动它,当我走到水湾边时,它身子一闪,轻盈地飞走了。红蜻蜓,等等我呀,我不会伤害你,只想告诉你一个少年飞翔的梦。第二天黄昏,我又来到了水湾边,那只红蜻蜓又停在那株三棱草上了。啊,我想起了那句直击心灵的诗句——从未相许的是我的蜻蜓,永不失约的是我的蜻蜓。

那株三棱草是幸福的,它成了我心仪的红蜻蜓的栖身之所。别看它不足一米的个头,就因为这点,在草桥沟两岸的草木王国里,它就享有与众不同的尊荣。更何况它身上那异样的香气和能入药的善举。

李时珍在《本草纲目》中,竟一口气列出了三棱草的49个方子,当然在书中,它的名字叫香附子。李时珍甚至直接说它是"气病之总司,女科之主帅"。清朝赵瑾叔在《本草诗·香附》中赞曰:

雀头香可达封函,香附连根未许芟。
气病总司权实重,女客主帅品非凡。

三棱草为莎草科，多年生草本，喜欢长在水边，三条棱直挺挺的，棕色的叶鞘一片繁茂，穗状花序，往往不到五月份就开了，长成一个细陀螺形，每株有3—10个小穗，每穗通常开8—28朵小花，斜斜地展开在草桥沟的浅水里。它还有几个别称：雀头香、莎草根、香头草、雷公头、苦荛头、夫须等。因为香附子的生长速度惊人，刚割断，一回头它又长出了绿芽，所以人们又叫它"回头青""隔夜抽"。

　　一看香附子的名字，就知道这种草异香附体，气香行散。作为药材的部分，主要是它的根茎。从中药疗效来看，以山东产的为佳，故又称东香附。《本草纲目》中说它"散时气寒疫"，"利三焦，解六郁"，可治"妇人……月候不调，胎前产后百病"。

　　因香附子草茎有三棱，所以人们直接叫它三棱草。这种草还有一个名字——索索草。传说，有位叫索索的姑娘，十里八村出了名地漂亮，心地又特别善良。因为家贫，被迫嫁给了黄河岸边一户姓巴的富裕人家。适逢大旱，十月无雨，百草皆枯，又赶上了瘟疫，周围因病饿而死的人很多。可奇怪的是，索索的丈夫却安然无恙。丈夫隐约感受到，索索身上的那股香气就是驱疫的秘方，便想借此发一笔横财。谁知索索从不乘人之危，外出给人治病，不仅随叫随到，而且分文不取。丈夫本来就心怀不满，又听信了谣言，听说索索每到一户人家就脱去衣服，让大人小孩围过来闻那种香气，怒火中烧，在一个月黑风高的夜晚害死了自己的妻子。自从索索遇害后，巴家连遭报应，不久全家便不知所终。来年春天，索索的坟地周围就长出了一片小草，窄窄的叶子，三条棱，根像筷子那么粗。人们遇到胸闷、腹痛的症状，便按照当初索索留下的方子，挖来根茎服用，立马见效。从此，人们就把这种草叫作索索草了。

不管它叫索索草，还是莎莎草、三棱草、香附子，我都相信这个凄美的传说，相信一株草与生俱来的纯洁和良善，相信草桥沟里吹过来的风带着疗愈人间疾苦的独特香气。

草木樨：独舞与狂欢

学名：Melilotus suaveolens
中文名：草木樨
科属：豆科草木樨属

当我的前桥村拆迁完毕，在这里生存繁衍了几辈子的村民便和长满村子角角落落的野草一样，很快淡出了人们的视线。从繁荣一时到建筑垃圾遍地，就这么三两天的事儿。

人们流着泪，叹惋着。老村粗重地喘息着，积攒了几辈子的人气和尊严，在凄凉的秋雨中轰然坍塌。

一个村子就这样没了。11月16日那天，正是裴小北他娘出殡的日子。一间房子都不剩的前桥村，就这样连个承办红白喜事的地方也没有。村委会临时搭建了一间房子，在村头匆匆忙忙应付完了出殡仪式。从此，曾经热闹一时的我的出生地、成长地，就这样消失在了历史的烟尘古道中。

唯有明理家的老屋台子上的几株草木樨，还在徒劳地做着最后的抵抗，让人们依稀记起这里曾经有过一个小小的村落。

前桥村没有养蜂的，但河子西并不缺野蜂，而草木樨花蕊的含糖量很高，是珍贵的蜜源植物。每到秋后，我们到野地里胡逛，摘下小小的花朵，用舌尖舔舔那花蕊，那种甜味说不出。

现在，望着废墟上长得如此顽强、如此娇艳的草木樨，追寻着那消失在城市化进程中的故园，我的泪滴竟然主动清洗起了草木樨黄绿的枝条。

作为一种常见牧草，草木樨椭圆形的荚果，常常勾起我强烈的乡愁。裴小北一家是前桥村乃至整个汪二河大队唯一姓裴的人家，单门独户。为防止宗族大户欺负小门小户的人家，乡里往往特意在这些小户人家里发展党员，然后再慢慢发展成村支部书记。这真有点像植物部落里的草木樨，虽然棵子稀少，但生命力顽强。本来户门就小，夹在几个大户人家之间，怕人家说办事不公平，就特别小心翼翼。其他植物占尽风光，草木樨反而历练得坚强卓绝。草木樨恋旧，最喜欢生长在老家的旧屋台子上。春花烂漫、万木争荣的时节，草木樨不动声色；秋叶静美、丹枫飘落的季节，草木樨不紧不慢地绽开小花，枝条上缀满了黄色的小花蕊，就像是哪个顽皮的孩子随手撒上枝条的碎银子。

更让我惊奇的是，我见到的最华丽的草木樨花朵，是在远离家乡几千里的甘肃白银的山坳里。在山东华达集团露营地，到处挤满了野生的草木樨，已是夏季的七八月份，一片片、一丛丛野花次第开放。这是故乡的海风吹来的种子吗？那一浪高过一浪的草海，摇荡在高高低低的土岗上，摇得和它一样无家可归的我心里酸酸的。

草木樨别有一番风韵，它们无时无刻不在风中蹁跹。我分不清花朵的雌雄，只是强烈地感受到了这片山谷花海的盛大。白的，黄的，黄白相间的，黄黄白白的花朵美得让人难以言喻。

黄河口的草木樨的枝条，具有能够捆绑乡愁的十足韧性。钟形花朵盛开在收获的季节，金银交织，随风摇曳。一些花朵已经开始枯萎的时候，草木樨才刚刚遍布山谷，或金黄或洁白的小骨朵刚刚爬满了枝条，嗡嗡嘤嘤的蜂鸣刚刚涌入狭长的山坳。

对一座行将拆迁的故园的怀恋，是与一草一木紧紧连在一起的。想一想吧，把草木樨的种子撒在酷似老家的小院里，在中秋节后的日子里，花香满枝，每次进了院门，总要先去草木樨枝头嗅一嗅故乡的味道，想一想就美得很。

风吹起来了,成片的草木槲开始摇晃。有些植物早已枝叶凌乱、繁华落尽。正像同福叔说的,瓜甜苦中过,梅香寒里来。哪怕是无人问津的野草野菜,也要经过一番寒霜苦,顶风冒雪,屡经跌打。真正的草木幸福、高光时刻,不是万众瞩目时一两株草木槲的独舞,而是无人喝彩时满沟草木槲的狂欢。

独行菜、附地菜、家臣子蓑衣：一把草儿

独行菜

独行菜，本来就喜欢和荠菜长在一起，叶和种子长得又与荠菜的很像，许多人自然就分不清哪是荠菜，哪是独行菜。但二者味道不一样。独行菜又叫辣辣根，根辣得不行。要论清新甜美，独行菜就更算不上。村子拆迁前，一到初春时节，久不住人的房台上，独行菜和荠菜都争相举着细白的"花手"，开着粲然的小花，一串又一串，让人感到喜悦。这样，独行菜就又有了一个"春来早"的芳名。

独行菜的花期长，在4—6月，但早的3月16日前后就开了，比连翘开得还早。

独行菜的果期在6—7月，果为椭圆形，棕红色，短角果，密密麻麻如天上的星斗。

其实，对于长得很像的花草，要想区分它们，不必从植株的外形上一一去分辨，主要凭感觉。就像面对女生，你不用刻意通过口眼鼻去辨认，从精气神上，你就能认出谁是你的"心上人"，闻香识花儿，这叫"花感"。

这种能给我带来别样花感的独行菜，名字就令人同情。据说

学名: Lepidium apetalum
中文名: 独行菜
科属: 十字花科独行菜属

它也是引进品种，有人就叫它北美独行菜。我老想问问它，漂洋过海这么远，到底是来自加拿大，还是墨西哥，还是从美国的公园来到中国的黄河口？啥时候来的？我在一个又一个春天特别留意过，在天津滨海新区的高速路服务区，在北大医院绿化带里，在新疆喀什的民居旁，在甘肃白银华达滑雪场的山坡上……是哪一天哪一阵风，刮得大半个中国到处都是它的消息的呢？

每个春天，我对这种叶片呈狭匙形、叶边缘有浅齿的十字花科植物"独行侠"，都有一种特殊的感情，可以用一首小诗来表露——

细叶如流云，角果闪星光。
远芳塞古道，晴翠接大荒。

附地菜

附地菜是草本植物，但它喜欢串门。这里串个门，那里串个门。它刚开始串门时，正是春意最浓之时，但还没串过瘾呢，春天已踏上了归途。

自然界就是这么有趣。

花朵是植物最吸引人的地方，但有些河子西的草木，你要用放大镜才能观察到它最美的地方，比如附地菜，单从名字就能看出它的低调。附地菜一般高5—30厘米，簇生在路旁，花朵的直茎非常短，只有2—6毫米，你一不小心就错过了它。

学名：Trigonotis peduncularis
中文名：附地菜
科属：紫草科附地菜属

而你错过的这朵小花，又是如此美丽，颜色是让人安静的天蓝色的。花朵温柔淡雅，轻轻揉搓一下，会散发出黄瓜一样的清香。

蓝幽幽的花瓣非常稀奇，有的小朵含苞，有的半露半藏，有的则抱成一团，有的翘首回望。

它没有刻意去改变什么，也无法改变，现有的就是最好的，哪怕终生附在地上，哪怕你感觉它蓝得有点过分，而这都是大自然最奇妙的选择。

家臣子蓑衣

小地锦匍匐在地的样子，我非常喜欢。特别是它的茎，还会分叉，这让你不经意间就会瞥见短茎里那暗红的小蕊。之所以叫它锦花，是因为它的茎卷须是红色的，叶子正面是绿色的，背面又泛浅绿色，就像色彩艳丽的锦缎。它的身量不大，叫它地锦草总感到有些"过誉"。但如果以大地为画布，以红高粱为画笔，一幅天然的锦画铺展在河子西，又感觉没有比那更优美和谐的。

地锦草是原产于北美的归化植物，叶的中央有黑紫色的斑纹，又叫斑地锦。当轻轻折断它的短茎，会有浓浓的白色液体流出，无怪乎它的花语为"执着、隐秘的热情"。

地锦草生长得越来越旺盛。今年，为了写这种植物，从它一钻出地面，我就仔细地观察它，发现地锦草这个群体似乎越来越庞大，植株也越来越干净。同事魏海玲不止一次把带着露水的地

学名：Euphorbia maculata
中文名：斑地锦草
科属：大戟科大戟属

锦草采了来，让我辨识，倒逼着我在书上和网上好一通查找资料。地锦草别名很多，仅山东省各地就有许多种叫法。博山叫它铺地锦，广饶叫它麻雀蓑衣，青岛叫它铁血皮，利津叫它爬山虎，我们垦利则叫它家臣子蓑衣。

其实，地锦草更喜欢密匝匝地躲在狗尾巴草下，叶子互相掩映着，茎干交错，像极了锦毯上避雨的"家臣子"（麻雀）。所以，现在想想，叫它家臣子蓑衣，也确实是最贴切、最可爱、最有乡味的。对于相当一部分人来说，也确实找不到"家臣子蓑衣"那种实用而诗意盎然的"蜗居"呢。

艾草：艾烟缭绕

学名：Artemisia argyi
中文名：艾
科属：菊科蒿属

河子西遍处药香。有一种药草玉立在草桥沟东岸,细叶翩飞,香气撩人,是乡亲们眼中不折不扣的"菩萨草"。

在河子西青草翠蔓的世界里,它有着一个独具爱意的名字——艾草。艾草是菊科草本植物,别名艾蓬、香艾、灸草、医草、黄草、艾蒿等。

艾草可不是一般的草,几千年来,艾草用它独有的药性护佑着我们这个民族。春秋时期,它的身影就出现在了《诗经》中的一首爱情诗里:

> 彼采葛兮,一日不见,如三月兮!
> 彼采萧兮,一日不见,如三秋兮!
> 彼采艾兮,一日不见,如三岁兮!

相思到了"一日不见,如隔三秋"的地步,得有多么痴情!《诗经·小雅·鹿鸣》中还有"呦呦鹿鸣,食野之苹"之句,有人说这里的"苹"字,指的就是艾草。

艾草是草中的淑女,心思缜密,不慕浮华,长足了个儿,能达到一米多。密长的叶片似菊,正面是绿色,背面有细细的绒毛,呈温润的灰白色。茎有少数短分枝,叶的生长方式为轮生,叶片中饱含叶绿素。

艾草喜欢群居,在河子西沟崖上,在黄河滩区,甚至在我家房前的绿化带里,都能见到葱郁连片的艾草,令人心生暖意。

进入六七月份,生长旺盛的艾草就像十八岁的少女曼立在河子西,每片叶子都透着纯净疏朗。它要挑一个一生中最隆重、最温馨的日子,好好展示一下生命和青春的美好。这个日子定在了农历五月初五——端阳节。这一天,艾草又听到了我娘边采艾边哼唱的那首传唱了几千年的歌谣:

> 五月五,是端阳。
> 插艾草,挂香囊。
> 五彩线,手腕绑。
> 吃粽子,蘸白糖。

此时的艾草,经过春风拂面,细雨淋枝,正鲜香无比。头茬艾草,会有一股特殊的香味源源不断地挥发出来。几千年来,这种具有药效的植物一直带给我们连绵不断的善意。

艾,爱也;艾草,爱草也。想必当初命名时,祖先已充分体悟到了这是一种仁爱惠民之草。

"艾"字,上草下乂,"乂"是收割、去除之意,指这种草是一种祛除灾病的良草。

没有哪种草像艾草一样,与中国老百姓有这么多奇妙的"纠缠"。中国人对其认识之久、感情之深、使用之广,没有哪个国家可比。当然,并不是所有的药用植物都像它这样独步群芳,是艾草挡民间"五毒"的天性,是农人和医家在几千年实践中的共同认可,使艾草一步步变得如此重要。

艾的香气来自艾草所含的芳香油,大江南北的艾草以农历五月的长势最旺，含油最多，杀毒驱虫能力也最强。人们青睐艾草，从古诗的字里行间也能感受到一代代黎民百姓对艾草的喜爱：

> 端阳时节草萋萋，
> 野艾茸茸淡着衣。
> 无意争颜呈媚态，
> 芳名自有庶民知。

点燃艾条，会升腾起一缕幽香而神秘的白烟。这袅袅的艾烟已经缭绕熏腾了几千年。早在《庄子》一书中就有"越人熏之以艾"的记载，说明艾灸已成为当时较为普及的一种中医方子。其实艾灸疗法可以追溯到远古时代。针灸是中国古老的发明之一，在针灸疗法发明之前，针砭是一种独立的医疗手段，即用石针扎皮肉治病。后来人们发现，针刺加灸烤，更能穷究病理、对症下药。用什么灸呢？人们发现了艾，因为艾的香气持久，而且燃烧缓慢。编制艾条时，要选用枝叶茂盛而花未开放时收割的品相好的艾草，阴干，研捣，揉碎，揉成棉花样的艾绒。当然是陈艾最好，采摘后储存三年的艾叶药力最佳。正如孟子在论述仁政对治理国家的重要性时所说的："今之欲王者，犹七年之病求三年之艾也。"这样的艾药力温和，熏烫穴位，热气随经脉游走，走进血液，走进骨髓，抵达病灶。让药力慢慢渗透肌体，针灸合一，除陈疾、祛病根，充分显示出了艾草在中医治疗中的神奇功效。

艾草在中医中占有重要地位。现代研究也证明，艾烟对多种病毒、病菌有抑制灭杀作用，平喘镇痛，调理机体。艾叶被誉为"长寿草""医家之草"。孙思邈在《备急千金要方》中曾把艾熏作为主要的防疫方法之一。孔瑶之的《艾赋》中有"奇艾急病，靡身挺烟"之句。李时珍在《本草纲目》中收载的用艾叶治病的附方就有五十多个。艾叶具有理气血、逐寒湿、温经、止血、平喘、安胎、抗过敏等功效。《黄帝内经》《伤寒杂病论》《金匮要略》等医典中都有用艾的处方，我国民间有"家有三年艾，郎中不用来"的谚语。

在中华民族的传承中，艾草已经成为一种文化符号、一种精神象征。当艾草与端午这个特殊的节日联系起来时，便已蕴含着祛除邪恶、健康吉祥的精神祈祷。

端午又称端阳，但我小时候老是听娘和乡亲们说成"五月丹阳"，好长时间也没人纠正我。我感觉"丹阳"这名字更有神韵。孩童时代，我能深深感觉到，贫苦的日子里，娘对这个节日异乎寻常地重视，有种精神层面的东西隐藏在里面。这天，除了能吃到一个用艾叶煮的鸡蛋，娘还要在我们手腕上系一根五彩的丝线，这丝线就叫五丝。汉代的《风俗通义》中记载："五月五日，赐五色续命丝，俗说以益人命。"这根五丝代表了金木水火土五行，系之以祈求长命、驱病消灾。这根五色的丝线，给我们上了一堂原始的审美教育课，让调皮顽劣的男孩子们得到片刻的安宁。五丝一旦被拴上，大人是不允许随意扯下来的，要戴到自然脱落为止。

看似柔弱清香的"艾",是乡村的医女。老百姓盼着以艾草的苦香味驱除各种灾疾,而艾草的药效又正迎合了人们这种期盼。

端午过后,天越来越热,我的身上起了一层小疙瘩。娘说用晒干的艾蒿熬水擦洗全身,可以治痱子。她带着我到河子西去割艾草,边割边给我讲关于艾的故事。

传说,插艾的习俗与黄巢有关。唐末黄巢起义,到了一地,见躲避兵乱的人群中有一妇人,怀里抱着一个大孩子,手里拉着一个哇哇大哭的小孩子,跟跟跄跄地跑。黄巢很纳闷,拦住妇人问:"你这人怎么这么狠心,小的都哭成这样了,你怎么不心疼呢?为何不抱着小的、拉着大的呢?再说,那样还跑得快一些。"老妇人哭着说:"小的孩子是我自己的,大的是我邻居的,他的爹娘都已死于兵乱,我说啥也得对得住这没爹没娘的孩子啊。"黄巢听了深受感动,说:"你爱邻居的孩子,我也爱天下百姓。你回家去吧。"然后又指了指路边的艾草说:"你告诉乡亲们,凡门上插着艾草的,都不杀。"于是众户门上皆插艾,以躲兵灾。从此,端阳节门上插艾的习俗就传了下来。

娘把艾草洗净晒干,放到大锅里熬煮,煮好后,用温热的水给我洗身子,边洗边念叨:

> 艾叶香,艾叶苦,
> 驱痛驱寒在端午。
> 蒲子青,蒲子尖,

防灾防邪在今天。

……

我感觉有一双神奇的手拂过我的全身，我慢慢睡着了。一觉醒来，痒痛全消了。

其实，"端阳挂艾旗，驱灾纳福气""端午插艾"的习俗，很早就有了。春秋时期，吴越一带就有端午插艾以纪念伍子胥的传说了。在黄河口地区，端午节不光插艾，有的人家还挂菖蒲来避邪。还有些地方，蒲草和艾草被当作男女恋爱的信物，蒲男艾女，风味相投。此时的艾草，已成为散发着香气的真爱之草。

嫩绿的艾叶自然还是可以吃的，用它泡茶、煲粥、做汤、做蒸糕、煮鸡蛋、做菜食、包馄饨等，都有一股浓浓的"五月香"。

我常常庆幸，世间竟然有这样的医草，而且河子西艾草遍地。每年的端午节，娘都要用艾水给我洗澡，把我苦难的童年濯洗得"枝青叶绿"。

"游魂无迹任西东，装点柴门沐艾风。""艾风""艾旗"这些诗意盎然的名字，让一位少年每到农历五月便心旌摇动。

可食，可入药，这样的善草，叫人如何不爱它？现在，随着新生物技术的不断拓展研发，围绕神奇的艾草深研细究，文章越做越大，以"艾"为母体的产业开发，已成为中医药产业发展壮大的最有前景的板块之一。

细叶碎花，不蔓不枝，无娇媚逢迎之色；不分贵贱，万草同心，立阳光伟俊之群；香气缭绕，直达精髓，存守正专一之气。

这样举世无双的"三德之草",叫人如何不想它?

早些年,娘从坡里回家轻易不空手。今天一把草,明天一把菜。一把把艾草被晾干上墙,来年驱蚊治病。那些蕴含着大爱的野草,散发着幽幽的香气,散满了我的小手,散满了院子,散满了黄河口这个小村庄,把个端午浸染得艾香四溢。

而如今,娘已离开尘世十多年,原来的小村庄也在挖掘机的轰鸣声中荡然无存。唯有河边苦艾草,端午还发旧时香。

如今的端午,我们还会在门楣上插香蒲、艾草吗?还会给小姑娘戴上香袋,给小男孩系上五丝吗?还会吟诵《离骚》怀念屈原吗?我们还会一边笨笨地剥着粽子,一边回忆那艾烟缭绕的小村庄里的娘亲吗?

又是一个艾草飘香的端午,我回到了河子西。望着业已沉沦的故乡,看着那片日渐萎缩的艾草地,我又记起了我所钟爱的女诗人茨维塔耶娃那些艾草般的诗句。我想把那些苦味悠长的诗句也种在河子西,好让它们在下一个端午节,长得葳蕤生姿,感受艾风阵阵。

益母草：母亲，我是专为你而生的那株草

学名：Leonurus japonicus
中文名：益母草
科属：唇形科益母草属

中谷有蓷,暵其修矣。

有女仳离,条其啸矣。

条其啸矣,遇人之不淑矣!

——《诗经》

《诗经》中许多篇章都有多种释义,但这首《中谷有蓷》应该是历来争论较少的一篇,人们大都认可这是一首弃妇的怨歌。翻译成现代汉语,更能显现此诗篇的美丽和单纯:

山谷中的益母草啊,根儿叶儿都干燥。

有位女子被抛弃呀,长长叹息声声叫。

长长叹息声声叫啊,嫁个恶人真懊恼。

和《诗经》中的许多篇目一样,这篇用的也是起兴的手法。益母草早已晒得枯槁,当初择偶不慎,现在一切都已来不及。

"蓷"指的是益母草。益母草,唇形科一年生或二年生草本植物,别名有贞蔚、益母艾、红花艾、益母夏枯……《本草纲目》中记载:"其茎方类麻,故谓之野天麻。……夏至后即枯,故亦有夏枯之名。""每片萼内有细子四粒,粒的大小如同蒿子。"《唐本草》中说"天后炼益母草泽面方",武则天就喜欢用益母草配制一种秘方——"神仙玉女粉"——敷于脸上。敷后面色红润,明媚如初,斑皱皆消。

一种植物能有如此神奇的养颜效果,真是不可思议。世人更看重益母草的药用价值,消除病痛,调理气血,尤其利于各种妇科疾病的治疗。李时珍曾说:"此草及子皆充盛密蔚,故名茺蔚。"仔细观察益母草,叶拱花,花成簇,它的花唇像极了少女之唇。它是民间的"菩萨草",女人的守护者。

在写《黄河口草语》的过程中,我最宝贵的发现就是,在河子西几乎每一种野草都是一种药,不同的草对应着我们身体的不同部位,它们无所不至,从腠理到血脉再到精神,都有各自对应的司主之草。益母草,是"益母"的,泽被天下女人。我们每个人都和益母草有着脐血之亲。这种草,充满着母性之爱,隐藏着人类生育繁衍的密码。

益母草初春时即可食,炒食,做汤,都味道独具。夏天时,可达三四尺高,茎为四方形,叶青青,每一寸左右就长一节,节节生穗,到六七月,穗上会生发出红紫色小花,美丽异常。

我一直疑惑又羡慕,自然界中唇形科的植物往往花开得俊美无比。

那次回老家,在初中好友付玉祥处坐了坐,驱车快到前桥时,突然一棵益母草闯入视野。赶快急刹车,车身正好停在了它的身边。那一身的红紫色美得令人心醉。一片又一片迷人的晚霞为了草木镀上了金身。我俯下身子闻了一下,又闻了一下,恋恋不舍地走向车门。回到玉祥哥那里拿一把锹,也就五分钟的事,但我一锹掘走了,这片土地怎么办呢?我总不能因为自己喜欢就强行占有。拔走就是毁灭。或许明年它的种子会生根发芽,它的倩影会满山遍野呢。尽管第二年,我到老地方去找寻那棵益母草,最终什么也没找到,但我并不后悔。我始终忘不了那棵益母草,只一棵就美成那样,如果成方连片,漫坡遍野,劲风摇摆,到处生长,那会美成什么样呢?

长足了个的益母草,身形像个缩小版的芝麻棵,节节而上,每节叶腋处簇生花苞。花苞的顶端都努着一片小嘴唇,是在等着另一片小嘴唇吗?

益母草的生长期很短,才几天的工夫,它的种子就已经成熟了。采摘益母草药材,须农历五月五或六月六那一天,花朵正盛时,连根带茎采掘,阴干了以后切成段。农历九月采籽,将它的身子整个倒过来,像敲芝麻一样轻轻敲打,茺蔚籽就会哗啦哗啦地掉出来。因为益母草是妇科良药,对气候条件等要求较高。在黄河口一带流传着这么一句话:"要吃益母草,围着戈武找。"相传药王在南山植药草,历九九八十一载,培育了上百种,唯灵芝和益母草最难培植,药材也特别珍贵。药王特地派老虎把守。有一年,黄河流域突然流行瘟疫,药王派猛虎北上送仙草救苦救难。仙虎走了七七四十九天,终于到达了黄河边。因药王没说清楚送到哪府哪县,仙虎就自行寻找到了垦利县的戈武村,村子里瘟疫横行,妇孺卧床,啼饥号寒,惨不忍睹。老虎于是变作一白胡子老头,广施药草,村民煎服,恢复神速。邻村的村民来讨,白胡子老头先把药送给其他地方的村民,后带领戈武村的村民自行种植,经神奇点化,戈武村的药草采不尽。后来大疫结束,虎归南山,草留戈武。坤为地,喻慈母,这药草又叫"坤草""安坤片"。黄河口的益母草吸天地灵气,纳日月精华,活血补气,护佑慈颜,深受百姓喜爱。尤其戈武村的益母草,花繁叶茂,远近闻名。

还有一传说，一个叫茺蔚的小伙子，其母得了"月子病"，延年不愈。茺蔚为母求药，历尽艰辛。有一次，借宿一座古庙，庙里的老和尚被他的孝心感动，就赠诗一首：

草茎方方似黄麻，
花生节间节生花。
三棱黑子叶似艾，
能医母疾效可夸。

茺蔚苦苦寻找，终于在戈武觅得茺蔚这种草。母亲服药后终于痊愈。因这草有益于妇人，人们就叫它益母草。又因为是茺蔚找到的，人们就把这种草药的种子叫茺蔚籽。

《本草纲目》中记载："益母草之根、茎、花、叶、实，并皆入药，可同用……明目益精，调女人经脉。"

神奇而可贵的是，全世界很多地方都用益母草治疗妇科疾病，英语中的"益母草"叫 motherwort，充满了阴柔之美。

原初的花香在河子西袅袅，汁水充盈的时光已渐行渐远，那些少年的梦想，已风干在岁月的树墩上。

村头的益母草已越来越少，村庄已被拆得一间老屋都不剩。望着仅剩的几棵益母草，我蹲下来，深深凝视着。一只蜜蜂正使劲地钻进它的花蕊里，也不问问花蕊疼不疼，就像我小时候自顾自地吮吸着母亲的乳头，全然不顾母亲的感受。而今，母亲长眠于河子西，只剩下那渐行渐远的美丽唇形科植物，以及那首萦绕在河子西的古老的歌谣——

    野菜苦,爹娘苦;
    野菜香,儿孙香。
    吃了野菜不生病,
    吃了益母草天地长!

苔、藻、萍：水草三韵

刚从利津县王庄大闸里冲出来的黄河水兴奋地撒着欢，在干渠里蜿蜒奔腾着，横贯了利津东部，拐了九十九道弯，终于源源不断地流到了我们村。大人们杵在岸上不住声地谈论着水情。最欢的是我们这些孩子，在水里打闹嬉戏着，全然不关心大人们说些什么。和我们同样兴奋的，是河沟里的苔、藻、萍等水草，它们对这黄河水可恭候多时了。

苔、藻、萍都是水性的，是"水性三姐妹"，但它们美丽而不轻浮。在南沟、草桥沟、驾屋河里，它们各美其美，美美与共。至少有三点，它们是相同的：一是都喜水，爱干净，一天到晚都在洗澡；二是不张扬，尚低调，都是沉水植物，老把身子藏在水里，只有开花的时候，萍、藻才把最美丽的部分挺出水面；三是都良善，可救荒，饥馑年代，它们会和黄须菜、曲曲菜、榆树皮等一起被带到乡亲们的灶台上，成为救命的口粮。

苔

我家老屋的南面不足二百米，有一条东西向的水沟，因为在村南，村里人就叫它南沟。南沟西接草桥沟，东连驾屋河，沟并不宽，水也不深，那时却是我的乐园。高二那年退学在家的那段时光，我每天傍晚都要在南沟里泡上一阵子。锄了一天的地，腰酸腿疼，来到南沟，在黄昏中洗去一身的汗渍。回家后，喝掉母亲熬好的一盆绿豆汤，解渴防暑。然后，爬到里屋的床上，点上罩子灯，读书写日记。每天赤身隐在南沟里的那半个钟头，是我难得的惬意时光。日晒风吹，浑身黝黑，已经脱了一层皮，但明天又要早起干活，所以我十分贪恋泡在水中的舒适，特别感念脚下的水，那是生活赐予我的为数不多的绵软。

白天，小芹她们洗衣服时嬉戏打闹的声音已随水荡去，渐行渐远。此时的南沟里一个人也没有，我濯洗着疲惫的肉身，独自享受着晚霞中水的柔情和苔藻的绵密。如鼓的蛙鸣，起伏的虫吟，连同无边的惆怅一起包围了我。青春的悸动一阵阵漫过十八岁的我。

我又想起了几年前的那个夏天，一场暴雨突然而至，麦场四周腾起的雨烟笼罩了地上的苔藓。雨刚停，我们就到场院四周去捡拾大雨冲出的铜钱等，顺便在地上打滑叉。你不知道世上有多少珍宝被埋在了地下，哪怕就埋在浅浅的一层土下，只要没被冲挖出来，你可能永远都发现不了它。所以每下大雨，我们都会争着窜出去捡拾宝贝。

我那时一定是跑得太快了，当我发现跑到一片滑苔上时已太晚了，光着的小脚丫已来不及停下，摔了个四仰八叉，我清晰地听到了后脑勺撞地时发出的噔噔声，平生第一次感受到了眼前金花乱飞。后面的小伙伴们追上来，也不去捡宝贝了，围着我哈哈大笑。这雨后的滑苔让我长了记性。八岁那年，爹带着我去黄河大坝外剜曲曲菜，回来时我坐在自行车后座的一麻袋曲曲菜上，过汪二河桥时，我从飞奔的自行车后座上摔下来，平生第一次感受到了金星围着脑袋乱撞。再加上在苔藓上摔倒的这一下子，我的脑袋就这样了，再也没有恢复如初。

尽管如此，我一直没有恨苔藓。相反，相处越久越喜欢苔藓。对苔藓的前世今生也越来越感兴趣。

自然界中的每一个物种都有自己的位置,不管是"居庙堂之高",还是"处江湖之远",都有着与众不同的品性。今天脚步匆匆的人们,谁又能走进这些植物卑微的内心呢?尤其是这些一天到晚都躲在水里的苔藓。

苔藓里藏着时光深绿的原色。那安静绵密的贴地青苔,是大地母亲的胎衣。简单而原始的苔藓,是地球生命的先祖,是植物写给地球的第一首情诗。

苔藓是绿色植物的初始宣言。苔藓喜欢努力地往岸上爬。尽管苔藓素不喜热闹,更不喜欢被人们打扰,总是静默在时间的深处,躲在幽深寂寞的角落里,但没办法,人们总能找上它。文学史上关于青苔的诗赋不少,南朝才子江淹曾作《青苔赋》,其中有"必居间而就寂,似幽意之深伤"的咏苔名句。但最懂苔藓的还是"初唐四杰"之一的杨炯,他写青苔"虽处幽林与穷谷,不以无人而不芳"。王勃说青苔"耻桃李之暂芳,笑兰桂之非永""背阳就阴,违喧处静,不根不蒂,无华无影",入木三分地写出了青苔的真味。可惜这等青年才俊竟遭天妒,英年早逝,在世间仅活了二十六岁。王勃若能活成"勃翁",谁能想象得出我们今天会欣赏到多少《滕王阁序》这样的旷世华章。

所有与苔有关的诗句都是绿莹莹、湿漉漉的。王维喜欢"坐看苍苔色,欲上人衣来"的禅意,绿茸茸的苔藓就要跑到诗人的衣服上来了,多么清新,惹人怜爱。刘禹锡身处"苔痕上阶绿,草色入帘青"的陋室,周围泉水泠泠作响,树上好鸟嘤嘤成韵,与之谈笑往来的却都是博学君子,多么高洁,令人向往。

我喜欢苔藓那种连绵的阴柔之美,那是这个世界隐秘的温情与久寻的柔软——一种永恒的湿绿的母性象征。

藻

前桥和汪二河两个自然村的中间有一条大沟,县志上叫甲午河。河上有座老式木桥,那曾经是我们玩打仗游戏的桥头堡,两个村的孩子以桥为界,在这里攻来攻去,时常冲到河里捞起水草烂泥互相甩向对岸。

这座桥也是座有故事的桥。两个村的恋人也常在这里约会。只要说约在老桥,两人就都心领神会,没个找错地方的。听大人们说,当年盖老二和石小娥两人相好,两家父母死活不同意。这对恋人就约好半夜在这里投水自尽,当时河里的水很深。见了面,两人抱头哭了一阵,后来一商量,还不如跑了呢,干脆私奔闯了关东。过了二十年才回了一趟家,来时带回了一群儿女,两个人也都成了国家干部。

后来不知道为啥,河里的水越来越少了,桥墩的小腿都露了出来。老桥下的水似流非流。那些水草就住在桥下,随着水流轻轻晃荡。那些水草我叫不上名字,只是看到它们在水里的样子很好奇。茎是红的,叶子是绿的,在水里完全长开了,像极了孔雀的羽毛。我蹲在水边,静静地望着它们,完全没了平日的调皮顽劣。小毛已催了我好几遍,我让他先回家吃饭。小毛说再不回家吃饭就耽误下午上学了。我没理他,干脆脱了鞋蹚进水里捞起了

水草。我要带回家把它们养到瓶子里。这么漂亮的水草,我要天天看着。

可是等我把它们捞回家养在瓶子里,那些水草就完全不如在东沟里好看了。爹说,瓶子里是死水,养在瓶子里,它们的花和叶子展不开,也晃不起来,当然就跳不起舞来了。

唉,作为一棵水草,一天到晚漂荡在水里真好啊!

一棵水草也能长出狐狸的尾巴,怪不得这么妩媚呢。

所有的藻都爱干净,都喜欢洗澡。李时珍说它们"洁净如澡浴,故谓之藻"。藻多是多年生沉水草木,茎在水底蔓延,节部又生根,叶子轮生,呈丝网状,常常五片轮生。我喜欢的穗状狐尾藻能长到两米半,属小二仙草科。这科名也有点意思。《诗经》

里有"鱼在在藻,依于其蒲"之句,意思是,鱼在何处啊?鱼在水藻里,馨香的蒲草是它的依靠。《诗经》里的水草,历经两千多年,还如此葳蕤生姿啊!

藻也是沉水草木的泛指。部分藻类的叶子呈波状,长着细锯齿,草鱼喜欢吃,也喜欢藏在里面。竹叶眼子菜则拖着长长的叶子,那竹叶状的长叶更便于鱼儿们藏身,在水下说悄悄话。

部分藻类的花出了水面才绽开,像穗子立在水面,漂亮得让人惊叹。其实沉水藻类大多喜欢把花伸出水面,不然这么漂亮的小花就白开了。它们最喜欢的出水时间是在上午十点到下午三点,这是藻花开得最热烈的时刻。远远望去,一团团美丽的火焰燃烧在南沟、草桥沟和甲午河的水面上,惊艳了整个小村。

萍

漂泊是萍的天性,也是萍生存的法门。

萍如乱世的女子,只能颠沛流离。萍的生命已经托付给了水,水流到哪儿,它跟到哪儿。

从萍芽初卷,它就居无定所。枝青叶绿时,它在"随波逐流",一直到"人老珠黄",它还在水面飘零。

只不过,萍并不像魏晋时人冯元兴所说的"有草生碧池,无根绿水上"。其实,恰恰相反,萍是有根的。当你有幸讨得一副潜水镜,把头沉下水面时,你就会发现,萍的叶子浮出水面,茎细细的,根系短小,青绿色的叶面,时不时反射着美丽的水底光

线。绕来绕去的鲢鱼惊奇地用嘴拱着潜水镜,纳闷于"浮萍有根"的秘密是怎么被不速之客发现的。

萍也并不是不恋家,只不过它把全部家当打了包,背了起来。一叶浮萍归大海,人生何处不相逢。萍把家背在身上,背着责任,背着希望,随流漂荡,任意西东。

唯其不停地漂泊,才能更加深刻地体会到世态的炎凉、人间的悲欢。萍是忍辱负重的典型,背负着"水性杨花"的骂名,但它初心不改，无声无息。风雨打沉了它，雨住了再重新抬头；急湍打散了它，水缓处再重新聚首。因为萍知道，怨天尤人是无能的表现，为失意找借口永远解决不了任何问题。不如向一棵水草学点东西。

萍一直在随着水流漂泊，水流的前面是水，水流的后面还是水。萍的一生经历了太多的起起伏伏。

萍不需要廉价的正名，它不是一般意义上的芊草，它是有大格局的。它如那位网名为"一池萍"的女子，有自己的诗和远方。诗人说，老家是祖先流浪的最后一站。但萍的最后一站是哪儿呢？真的是传说中的大海吗？

"晚来惟岸曲，犹得护蛙鸣"，展现的是浮萍的天然之美；"过尽千帆皆不是，斜晖脉脉水悠悠，肠断蘋洲"，表达的是思妇的盼郎之苦；"山河破碎风飘絮，身世浮沉雨打萍"，承载的则是仁人志士的亡国之恨。萍是背负污名但不失节操的水草，萍的坚守，常人不解。

"于以采蘋？南涧之滨。"苔有苔的坚守，藻有藻的坚持，萍有萍的追求。水中三草，各有各的使命。但它们都深深爱着水，是水给了它们一生的慧根和雅意。水那潋滟的柔情和缠绵的馈赠，它们全懂。其他人它们管不了，它们知道爱我所爱，无怨无悔，走到哪儿，爱到哪儿。

荆条：木中之圣

学名：Tamarix chinensis
中文名：柽柳
科属：柽柳科柽柳属

嶙峋的军功章见风就长

　　花香弥漫的故事浸透了我的脉络

　　我喜欢黄昏时节和半人半树的女孩儿胡扯

　　或者看她长出婀娜的身段在沙滩婆娑

　　要么领着半个月亮

　　在路过第六片柽柳林时私奔吧

　　　　　　　　——《关于黄河口的N种诗意物象》

　　在黄河口的莽原上，没有比"木中之圣"荆条更身怀懿德的了。你需要风，我就风情万种；你需要雨，我就雨态万千；你喜欢怀春，我就借你的高枝挂满葱绿的散章；你钟爱诗歌，我就让多情的掌叶沾满粉红的诗句。春来，新枝繁茂，清新翠绿；夏至，旷野傲日，柳堤听蝉；秋入，狐兔欢蹦，虾蟹抢滩；冬藏，荆果摇转，休眠御寒。黄河口的红荆林，多么神奇！

　　荆条，中文名为柽柳。明朝李时珍在《本草纲目》中，对这种黄河口先锋植物的卓然不群，从词源的角度进行了阐释："负霜雪不凋，乃木之圣者也。故字从圣。"我特别注意过，越是贫瘠荒弃之地，柽柳越显现出它的生命力。就像《汉书》中所载："鄯善国多柽柳。"

　　"有女同行，颜如舜英。"黄河口为何多柽柳，没深入研究过，反正它的娇美之姿，就在正确的时间、正确的时令出现在了正确的地方。而且柽柳活得潇洒从容，风光独具，自然而然地显现出了一棵圣洁之木特有的精气神。

植物的美来自生生不息，来自色彩斑斓，来自千姿百态。柽柳作为黄河口的先锋植物，生来桀骜不驯，是真正的"荒原骄子"。每年的三四月份，柽柳绵长的花期开始了，要一直持续到九十月份。在同一棵植株上，不断有新的花序抽生出来，"花开花又落，花落花又开"。密密匝匝的花穗起起落落，绵延不绝，所以柽柳又有了一个三春柳的别称。盛花期时花缠缠绵绵，像一条条彩带挂在腰间。千千万万只蜜蜂嗡嗡欢叫，柽林似海，荆花烂漫。

一种植物的外形和习性一旦定形，它在黄河口地区就会得到充分的尊重和利用。因其良善，叫它观音柳；因其红色的外皮，叫它红柳、赤柳。柽柳花蜜，有着琥珀般的光泽，如凝脂一样；它的枝干遒劲，身段柔软，特别是经冬落叶后，只剩下一身干干净净的枝条，尽显铁干铜枝勾勒出的一种峥嵘之美，这使柽柳又具有了一种天然的风骨。无怪乎宋朝罗愿在《尔雅翼》中说："天之将雨，柽先知之，起气以应，又负霜雪不凋，乃木之圣者也。"

柽柳是黄河口地区极富地域特性的物种。极耐干旱，抵贫瘠，抗盐碱，能在含盐量为1%的盐碱地上顽强生长，是改造盐碱地的优良树种。它属灌木或小乔木，可高达三米，幼枝柔弱，为红紫色或暗紫色。它的叶子是互生的，多为淡蓝色或绿色，披针型，鳞片状。在河海交汇的长滩上，柽柳有着一副天生的飘逸俊朗之相。柽柳的性味与归经：甘，辛，平；功能与主治：祛风除湿，用于麻疹不透，风湿骨痛。其实，这位"木中之圣"本身就是一种著名的中药,只不过它在中药里的名字变成了"西河柳"。

柽柳独成一科,在贫瘠的荒原上不经历三五年的风霜,枝干长不成那个颜色。

在这片土地上,谁的骨骼最刚劲?在这段岁月里,又是谁的身段最柔韧?是这些灵动卓绝的"木中之圣"。筚路蓝缕,以启山林。它们是土地上燃烧的火炬,是征途上招展的旌旗。磨砺越久,这些天选之材的质地将会越坚韧;风雪越多,这些老皮纵横的岁月的包浆将会越厚。

在黄河口这片土地上就没有长瞎了的东西,红荆条更是编筐编篓的首选。每年的秋后,爷爷都会一背篓一背篓地将荆条背回家,削去杂枝,编织成各种各样的筐篓,红红的荆条在爷爷怀里翻飞跳跃着,不多时日,一个个筐篓像一件件艺术品排成一排,苍劲凝重,承担着无穷的希冀、无尽的力量。

世上的植物千千万,家乡的柽柳最可爱。美中不足的,或许就是柽柳以灌木为主。令人欣喜的是,现在乔本柽柳的培育也有了巨大的突破。我曾不止一次前去观赏过垦利弘力祥安园艺有限公司的乔化柽柳良种标准化基地。这里的柽柳一般可达五米,高的能长到七八米。在胜坨镇黄河南展大堤上,这片柽柳郁郁葱葱,临风玉立,圆了一代又一代园丁们的梦想。

这时的柽柳,冲天的香阵透遍了大河之湄。大河浊锁万里浪,长堤翠笼一春烟。此时,万里黄河大堤尽头的柽柳园子,才更像一个可人的阆苑,我的柽柳仙子在这里才更有那种带着梦想一起飞的冲动。多少年没有写过诗信了,我忍不住又颤抖地提起了笔——

家乡的红荆条,你不知道我是多么爱你。我想象不出,没有你的黄河口会是什么样子,就像男人失去阳刚,女人失去阴柔,我爱的天空没有令人神往的云霞一样。

亲爱的,我们回家,我们开花。

后记

"草们摇着它们的叶子，庄稼结着它们的种子。"经过一个夏天的繁荣，秋收时节，我看到农人们又把种植的庄稼和野生的草木果实，连同九月的晚霞，一同收回家。一年又一年，野草喂大了乡村，也喂大了它的孩子。

我甫一降临，就陷入了故乡草木温情的重围之中。

我和草木一同成长、升华。多年来，我一直没有克服想家的毛病。走得越远，乡情越浓；闯荡越久，思乡越切。虽说好男儿志在四方，但一个重情重义的人，是无论如何割舍不掉生命的原乡的，故乡带给你的快乐是不可替代的，正像元人倪瓒诗中所说——"他乡未若还乡乐，绿树年年叫杜鹃"。睡梦中时常听到有人用乡音喊我的乳名，喊出我成串的泪珠来。怀乡，不仅关涉距离故乡远近的问题，更是一种情结，一种剪不断理还乱的、苦乐参半的情结。

在寻找还乡路径的过程中，写作，治好了我的思乡病。怀乡也就成了我作品的主题之一。是写作，尤其是关于草木的写作，让我在这个喧嚣的世界中沉静下来。生态写作，成了我的一种皈依。沿着草木的脉络回乡，我找到了我的王道乐土。

广袤无垠的黄河口，鲜卉如阵。千姿百态的花，高低错落的草，占领了我童年的世界。蔓蔓子草只能伏地爬行，永远站不起来，够不着茅草头顶的柔荑花序。白茅则只能长到芦苇的腰身。而芦苇仰着头，却又只能望"杨"兴叹。在黄河口植物部落，贴地的喇叭花对我仰天长啸，参天的水蓬花对我俯身耳语。而它们说的内容几乎又是一致的——"草生"在世，道法自然，生死有命，高低在天。

曾经，河子西的草木和我童年生活的穷困拉拉扯扯。直到现在，连接故乡和我的脐带还不曾被剪断过。多少年过去了，曲曲菜承载苦难的枝杈仍然在我身后拖着长长的背影。

从穿着红肚兜儿，跟着爷爷到河子去捡蘑菇，到和小芹去草桥沟摘老鸹枕头开始，我就和那些植物们幸福地厮守。黄河口那片退海之地，会在春天打开它和煦而壮美的门。植物的世界那么大，知识那么多，学浅如我，只能选取驻扎在黄河口的几十种野菜野草之畔。那是黄河口人的饥者之食、病者之药。一株植物就是一盏灯，一盏充满神秘与未知的灯。我们都在这些光亮里活着。认真地描摹这些草木，本身就是对一草一木的敬重和感恩。

在本书艰难的创作过程中，得到了东营市作协主席陈谨之先生、垦利区作协主席周建功先生等的特别鼓励和关爱。中国作家协会书记处书记李一鸣老师倾情推荐本书。我山师作家研究生班的导师李掖平一直关怀鞭策着我的写作。山东文艺出版社杨智总编为本书的编辑给予了莫大的支持。我的儿媳、插画师EchoLee一次次到旷野中拍照、写生，精心绘制了七十多幅水彩插图，大大丰富、美化了本书的内容。还有我的好友张建光、刘宪亮等都为本书的出版做出了无私的贡献。在此，对所有关心本书出版的师友表示真诚的感谢。

在出版这本书之前，我又抱病来到了早已面目全非的河子西，含泪写下这段文字：

　　大河尾间，前桥小庄。幼时家贫，辘辘饥肠。赖食野菜，勉强生长。杂花遍地，高枝向阳。郁郁青青，葳蕤生光。蓬勃经年，地久天长。狐兔撒欢，虫鱼游畅。民风纯正，邻里安详。感恩斯土，文思激荡。谨以此书，以报故乡。

　　歌曰——
　　大河口兮我故乡，食野菜兮有乡殇。
　　离家园兮上学堂，闯世界兮到远方。
　　书乡愁兮热泪淌，寄草木兮以疗伤。
　　故乡故乡我故乡，大河故乡永难忘。